U0075919

國際學術研討會

古龍武俠小說 領先時代半世紀

【記者賴素鈴／報導】江湖代有才人出，這廂古龍凋零二十載，那廂今朝懸賞百萬獎新秀，浪淘不盡，唯有武俠熱愛，不隨時間變易，在學術研討會上更見分明。以「一代鬼才：古龍與武俠小說」爲主題，淡江大學第九屆文學與美學國際學術研討會昨起在國家圖書館，展開爲期兩天的議程，紀念武俠小說家古龍逝世二十周年，新生代學者與古龍故舊齊聚一堂，以文論劍話武俠。

日前與淡大中文系教授林保淳共同發表《台灣武俠小說發展史》，武俠小說評論家葉洪生昨天在專題演講中，直批胡適1959年底發表「武俠小說下流論」是「胡說」，學界泰斗的不當發言以及隨即展開的「暴雨專案」，反而促成1960年起台灣武俠新秀的繁興，「武俠小說迷人的地方，恰恰在門道之上。」，葉洪生認定，武俠小說審美四原則在文筆、意構、雜學、原創性，他強調：「武俠小說，是一種『上流美』。」

集多年心血完成《台灣武俠小說發展史》，葉洪生認爲他已爲從十歲起迷上武俠小說的半世紀畫上完美句點，並且宣布他「以後決心退出武俠論壇，封劍退隱江湖」。

雖然葉洪生回顧武俠小說名家此起彼落，套太史公名言「固一世之雄也，而今安在哉？」，認爲這是值得深思的嚴肅課題，昨天意外現身研討會而備受矚目的溫世禮，則爲了紀念同是武俠迷的哥哥溫世仁，推出第一屆「溫世仁武俠小說百萬大賞」，即日起至今年10月3日截止收件，經兩階段評選後於明年12月7日公布首獎得主，預料將會是一場武林新秀的龍虎爭霸戰。

看明日誰領風騷？風雲時代出版社發行人陳曉林眼中的古龍，其實領先他的時代半世紀，以致如今雖然古龍逝世20年，陳曉林認爲大家對古龍的了解仍然有限，預言未來世代更能和古龍的後設風格共鳴。

昨天這場研討會，也凸顯武俠小說作爲一項文學研究門類，仍有待開發學習空間。多位與會者都指出，武俠小說的發表、出版方式和管道具考證難度，學術理論與論文格式的建立待加強。而武俠名家的版權之爭、市場競爭力，也增加出版推廣困難，古龍武俠小說的版權糾紛、司馬翎作品的版權官司也成爲研討會的場外話題。

與

第九屆文學與美

古龍兄為人慷慨豪邁、跌蕩自如，變化多端，文如其人，且復多奇氣，惜英年早逝，余與古兄當年交好，且喜讀其書，今後不見其人，又無新作可讀，深自嘆惜。

金庸

一九九六．十．十一．香港

七種武器

(四)

七殺手

拳頭

古龍精品集 40

七種武器（四）

七殺手 拳頭

【七殺手】

【導讀推薦】險中求勝，奇中逞奇……007
一 奇人之約……009
二 苦肉之計……041
三 月兒彎彎照長街……069
四 不是人的人……101
五 相思令人老……121
六 人中之龍……147
七 空手擒龍……173
八 天網恢恢……193

【附錄：拳頭】

【導讀推薦】跌宕起伏，扣人心弦……215

一　青春的魅力……219

二　溫柔……233

三　千金一諾……243

四　常剝皮……255

五　狼人……269

六　十八柄刀……281

七　轎中的人……293

八　美腿……307

九　奇異的慾望……319

十　魔女……337

十一　狼君子……349

十二　法師……361

十三　太陽湖之祭……375

十四　夢中的女人……389

十五　狼山之王……399

十六　朱五太爺……411

十七　燃燒……425

十八　殺人者死……435

十九　圖窮匕首……449

廿　真相……465

七個不平凡的人。
七種不可思議的武器。
七段完全獨立的故事。

七殺手

【導讀推薦】

險中求勝，奇中逞奇

——《七種武器：七殺手》導讀

專欄作家、資深文學評論家
李榮德

《七殺手》發表於一九七三年，篇幅不長，只有十二萬字，但風格特色，十分鮮明，最能代表古龍「險中求勝，奇中逞奇」的新奇寫作追求。

《七殺手》的寫法不同於古龍以前所寫的許多小說。寫的是一個破案故事，幾乎每一章每一節，每一段落，都有奇招怪式，從頭到尾，純粹是反導向的操作，必須要有逆向思維才有可能接近古龍的構思，稍一不慎便會墜入迷宮，明明是正派人物的做法，卻偏偏是反派人物的本性，前面是好人，後面暴露本性卻可能是戴了好人面具的壞蛋。絕對讓人無法預測，無法意料，你只有順著他畫的迷宮之路去探「險」，直到最後謎底揭開來，才恍然大悟。

本書開篇寫杜七「一手七殺」之神功奇巧，將讀者注意力引到了杜七那隻神乎其神的手上，然而，情節還沒有展開，杜七的「神手」已經被斬下，頓時情節發展失去導向。

下一章開始居然把杜七拋到九霄雲外，杜七其人不再出場，這種僅用其名，點綴用作標題，看似作了名不符實的商標，給人以貨不真價不實的虛假廣告的感覺。其實這正是古龍標新立異之處，試問是古龍不懂起承轉合的寫作方法嗎？是不懂得連開兩頭是寫作之忌嗎？非也，古龍正是懂得鄭板橋聯句「刪繁就簡三秋樹，標新立異二月花」的真諦。正因爲沒有人這麼開頭的，所以他要這麼標新，正因爲沒有這麼重複的，所以他要這麼立異。二次開頭不是毫無意義的，起碼使你記住了《七殺手》非同一般的開頭，同時加重了柳長街出場後的份量，以及神秘的氣氛。

《七殺手》原本不在《七種武器》之列，大陸珠海版《古龍作品集》第七種武器收入的是《拳頭》，因爲《拳頭》的主角是小馬，小馬在《霸王槍》中是個次要人物，到《拳頭》中成了主角，由於人物是連貫的，所以以《拳頭》入《七種武器》也還講得過去。

而《古龍精品集》則由陳曉林先生將《七殺手》編入《七種武器》，這種配合顯然更爲得體，因爲《七殺手》遠比《拳頭》精彩。《七殺手》最能代表古龍「險中求勝，奇中逞奇」的風格；《七殺手》是一種全新的寫法，符合《七種武器》中開始的全新探索，從整體上看《七殺手》可以看作是古龍這一寫作生命時段的經典。《拳頭》雖然有「憤怒的小馬」這個人物作貫串，但將《七種武器》連貫起來看，《霸王槍》已弱，《離別鈎》也不具強勢，恐有虎頭蛇尾之感，而加入《七殺手》則一甩而響，儼然是一條豹尾。

《七殺手》節奏緊湊，幾乎每一篇每一段都盡發奇招，故事一環扣一環，密不容針；情節懸念安排極妙，正扣反扣連環布展，求奇求險之心處處皆在，因此將《七殺手》作爲《七種武器》的結束篇，使得七種武器系列功德圓滿，從這一點來看，陳曉林先生確具法眼。而陳曉林先生在篇中及篇末，以對語的場景將前六種武器中相關人物巧妙地嵌入，收尾時更以奇中逞奇的手法，將「七殺手」這種武器予以傳奇化、抽象化，直接呼應「七種武器」的內在精神，實有畫龍點睛之妙。

一 奇人之約

一

杜七的手放在桌上，卻被一頂馬連坡大草帽蓋住。是左手。

沒有人知道他為什麼要用帽子蓋住自己的手。

杜七當然不止一隻手，他的右手裡拿著塊硬饃，他的人就和這塊硬饃一樣，又乾、又冷、又硬！

這裡是酒樓，天香樓。

桌上有菜，也有酒。

可是他卻動也沒有動，連茶水都沒有喝，只是在慢慢的啃著這塊他自己帶來的硬饃。

杜七是個很謹慎的人，他不願別人發現他被毒死在酒樓上。

他自己算過，江湖中想殺他的人至少有七百七十個，可是他現在還活著。

黃昏，黃昏前。

街上的人正多，突然有一騎快馬急馳而來，撞翻了三個人，兩個攤子，一輛獨輪車。

馬上人腰懸長刀，精悍矯健，看見了天香樓的招牌，突然從馬鞍上飛起，凌空翻身，箭一般竄入了酒樓。

樓上一陣騷動，杜七沒有動。

佩刀的大漢看見杜七，全身的肌肉都似已立刻僵硬，長長吐出口氣，才大步走過來。

他並沒有招呼杜七，卻俯下身，將桌上的草帽掀起一角，往裡面看了一眼，赤紅的臉突然蒼白，喃喃道：「不錯，是你。」

杜七沒有動，也沒有開口。

佩刀的大漢手一翻，刀出鞘，刀光一閃，急削自己的左手。

兩截血淋淋的手指落在桌上，是小指和無名指。

佩刀大漢蒼白的臉上冷汗雨點般滾落，聲音也已嘶啞：「這夠不夠？」

杜七沒有動，也沒有開口。

佩刀大漢咬了咬牙，突又揮刀。

他的左手也擺在桌上，他竟一刀剁下了自己的左手：「這夠不夠？」

杜七終於看了他一眼，點點頭，道：「走！」

佩刀大漢的臉色已因痛苦而扭曲變形，卻又長長吐出口氣，道：「多謝。」

他沒有再說一個字，就踉蹌衝下了酒樓。

這大漢行動矯健，武功極高，爲什麼往他帽子裡看了一眼，就心甘情願的砍下自己一隻手？而且還像是對杜七很感激？

這帽子裡究竟有什麼秘密？

沒有人知道。

黃昏，正是黃昏。

兩個人匆匆走上了酒樓，兩個錦衣華服，很有氣派的人。

看見他們，酒樓上很多人都站起來，臉上都帶著尊敬之色，躬身爲禮。

附近八里之內，不認得「金鞭銀刀，段氏雙英」的人還不多，敢對他們失禮的人更沒有幾個。

段氏兄弟卻沒有招呼他們，也沒有招呼杜七，只走過來，將桌上的草帽掀起一角，往帽子裡看了看，臉色突然蒼白。

兄弟兩人對望了一眼，段英道：「不錯。」

段傑已經垂下手，躬身道：「大駕光臨，有何吩咐？」

杜七沒有動，也沒有開口。

他不動，段英段傑也都不敢動，就像呆子般站在他面前。

又有兩個人走上酒樓，是「喪門劍」方寬，「鐵拳無敵」鐵仲達，也像段氏兄弟一樣，掀開草帽看了看，立刻躬身問：「有何吩咐？」

沒有吩咐，所以他們就只好站著等。他若沒有吩咐，就沒有人敢走。

這些人都是威鎭一方的武林豪客，爲什麼往帽子裡看了一眼後，就對他如此畏懼？如此尊敬？

難道這帽子裡竟藏著某種可怕的魔力？

黃昏，黃昏後。

酒樓上已燃起了燈。

燈光照在方寬他們的臉上，每個人的臉上都在流著汗，冷汗。

杜七還是沒有吩咐他們做一點事，他們本該樂得輕鬆才對。

可是看他們的神色，卻彷彿隨時都可能有大禍臨頭一樣。

夜色已臨，有星昇起。

樓外的黑暗中，突然響起一陣奇異的吹竹聲，尖銳而淒厲，就像是鬼哭。

方寬他們的臉色又變了，連瞳孔都似已因恐懼而收縮。

杜七沒有動。

所以他們還是不敢動，更不敢走。

就在這時，突聽「轟」的一響，屋頂上同時被撞破了四個大洞。

四個人同時落了下來，四條身高八尺的彪形大漢，精赤著上身，卻穿著條鮮紅如血的紮腳褲，用一根金光閃閃的腰帶圍住。腰帶上斜插著十三柄奇形彎刀，刀柄也閃著金光。

這四條修長魁偉的大漢，落在地上卻輕如棉絮，一落下來，就守住了酒樓四角。

他們的神情看來也很緊張，眼睛裡也帶著種說不出的恐懼之意。

就在大家全都注意著他們的時候，酒樓上又忽然多了個人。

這人頭戴金冠，身上穿著件織金綿袍，腰上圍著根黃金腰帶，腰帶上也插著柄黃金彎刀，白白的臉，圓如滿月。

段氏雙英和方寬他們雖也是目光如炬的武林高手，竟沒有看出這個人是從屋頂上落下來的？還是從窗外掠進來的？

但他們卻認得這個人。

南海第一鉅富，黃金山上的金冠王，王孫無忌。

就算不認得他的人，看見他這身打扮，這種氣派，也知道他是誰的。

杜七沒有動，連看都沒有看他一眼。

王孫無忌卻已走過來，俯下身，將桌上的草帽掀起了一角，往裡面看了一眼，忽然鬆了口氣，道：「不錯，是你。」

他本來顯得很緊張的一張臉，此刻竟露出了一絲寬慰的微笑，忽然解下腰上的黃金帶，將帶扣一擰，黃金帶中立刻滾出了十八顆晶瑩圓潤的明珠。

王孫無忌將這十八粒明珠用黃金帶圍在桌上，躬身微笑，道：「這夠不夠？」

杜七沒有動，也沒有開口。

這時黑暗中的吹竹之聲已愈來愈急，愈來愈近。

王孫無忌笑得已有些勉強，舉手摘下了頭上的黃金冠，金冠上鑲著十八塊蒼翠欲滴的碧玉。

他將金冠也放在桌上：「這夠不夠？」

杜七不動，也不開口。

王孫無忌再解下金刀，刀光閃厲，寒氣逼人眉睫：「這夠不夠？」

杜七不動。

王孫無忌皺眉道：「你還要什麼？」

杜七忽然道：「要你右手的拇指！」

右手的拇指一斷，這隻手就再也不能使刀，更不能用飛刀。

王孫無忌的臉色變了。

但這時吹竹聲更急、更近，聽在耳裡，宛如有尖針刺耳。

王孫無忌咬了咬牙，抬起右手，伸出了拇指，厲聲道：「刀來！」

站在屋角的一條赤膊大漢立刻揮刀，金光一閃，一柄彎刀呼嘯著飛出，圍著他的手一轉。

一根血淋淋的拇指立刻落在桌上。

彎刀凌空一轉，竟已呼嘯著飛了回去。

王孫無忌臉色發青：「這夠不夠？」

杜七終於抬頭看了他一眼，道：「你要什麼？」

王孫無忌道：「要你殺人。」

杜七道：「殺誰？」

王孫無忌道：「鬼王。」

杜七道：「陰濤？」

王孫無忌道：「是。」

杜七不再開口，也不再動。

方寬、鐵仲達、段氏雙英，卻已都不禁聳然失色。

「鬼王」陰濤，這名字的本身就足以震散他們的魂魄。

這時吹竹聲忽然一變，變得就像是怨婦低泣，盲者夜笛。

王孫無忌低叱一聲：「滅燭！」

酒樓上燈火輝煌，至少燃著二十多處燈燭。

四條赤膊大漢突然同時揮手，金光閃動，刀風呼嘯飛過，燈燭突然同時熄滅。

四面一片黑暗，黑暗中忽然又亮起了幾十盞燈籠，在酒樓外面的屋脊上同時亮起。

慘碧色的燈火，在風中飄飄盪盪，又恰恰正像是鬼火。

王孫無忌失聲道：「鬼王來了！」

晚風淒切，慘碧色的燈光，照在人面上，每個人的臉都已因恐懼而扭曲變形，看來竟也彷彿是一群剛從地獄中放出的活鬼。

纏綿悲切的吹竹聲中，突然傳來了一聲陰惻惻的冷笑：「不錯，我來了！」

五個字說完，一陣陰森森的冷風吹過，送進了一個人來。

一個長髮披肩，面如枯蠟，穿著件白麻長袍，身材細如竹竿的人，竟真的像是被風吹進來的，落到地上，猶在飄搖不定。

他的眼睛也是慘碧色的，瞬也不瞬的盯著王孫無忌，陰惻惻笑道：「我說過，你已死定了！」

王孫無忌突也冷笑：「你死定了！」

陰濤道：「我？」

王孫無忌道：「你不該到這裡來的，既然已來，就死定了！」

陰濤道：「你能殺我？」

王孫無忌道：「我不能。」

陰濤道：「誰能？」

王孫無忌道：「他！」

他就是杜七。

杜七還是沒有動，連神色都沒有動。

鬼王陰濤一雙碧燐燐的眼睛已盯住了他：「你能殺我？」

答覆很簡單：「是！」

陰濤大笑：「用什麼殺？難道用你這頂破草帽？」

杜七不再開口，卻伸出了手，右手，慢慢的掀起了桌上的草帽。

這帽子下究竟有什麼？

帽子下什麼也沒有，只有一隻手。

左手。

手上卻長著七根手指。

手很粗糙，就像是海岸邊亙古以來就在被浪濤沖激的岩石。

看見這隻手，鬼王陰濤竟像是自己見到了鬼一樣，聳然失色：「七殺手！」

杜七不動，不開口。

陰濤道：「我不是來找你的，你最好少管閒事。」

杜七道：「我已管了。」

陰濤道：「你要怎麼樣？」

杜七道：「要你走！」

陰濤跺了跺腳，道：「好，你在，我走。」

杜七道：「留下頭顱再走！」

陰濤的瞳孔收縮，突然冷笑，道：「頭顱就在此，你爲何不來拿？」

杜七道：「你爲何不送過來？」

陰濤大笑，笑聲淒厲。

淒厲的笑聲中，他的人突然幽靈般輕飄飄飛起，向杜七撲了過來。

他的人還未到，已有十二道碧燐燐的寒光暴射而出。

杜七右手裡的草帽一招，漫天碧光突然不見，就在這時，陰濤的人已到，手已多了柄碧燐燐的長劍，一劍刺向杜七的咽喉。

這一劍凌空而發，飄忽詭異，但見碧光流轉，卻看不出他的劍究竟是從哪裡刺過來的。

杜七的手卻已抓了出去。

慘碧色的光華中，只見一隻灰白色的，長著七根手指的手，凌空一抓，又一抓。

劍影流轉不息，這隻手也變幻不停，一連抓了七次，突聽「叮」的一聲，劍光突然消失，

陰濤手裡竟已只剩下半截斷劍。

劍光又一閃，卻是從杜七手裡發出來的。

杜七手已捏著半截斷劍，這半截斷劍忽然已刺入了陰濤的咽喉。

沒有人能形容這一劍的速度，也沒有人能看清他的手。

大家只聽見一聲慘呼，接著，陰濤就已倒下。

沒有聲音，沒有光。

樓外的燈籠也已經突然不見，四下又變成了一片黑暗。

死一般的靜寂，死一般的黑暗。

甚至連呼吸聲都沒有。

也不知過了多久，才聽見王孫無忌的聲音說：「多謝。」

杜七道：「你走，帶著陰濤走！」

「是！」

接著，就是一陣腳步聲，匆匆下了樓。

杜七的聲音又道：「你們四個人也走，留下你們的兵器走。」

「是！」四個人同時回答，兵器放在桌上，一條鞭、一柄刀、一把喪門劍！

杜七說道：「記住，下次再帶著兵器來見我，就死！」

沒有人敢再出聲，四個人悄悄的走下樓。

黑暗中又是一片靜寂。又不知過了多久，忽然有一點燈光亮起。

燈在一個人的手裡，這人本就在樓上獨飲，別的客人都走了，他卻還沒有走。

是個看來很平凡、很和氣的中年人，臉上帶著種討人歡喜的微笑，正在看著杜七微笑：

「一手七殺，果然名不虛傳！」

杜七沒有理他，也沒有看他，用一隻麻袋裝起了桌上的兵器和珠寶，慢慢的走下樓。

這中年人卻又喚道：「請留步。」

杜七霍然回頭道：「你是誰？」

「在下吳不可。」

杜七冷笑，道：「你也想死？」

吳不可道：「在下奉命，特來傳話。」

杜七道：「什麼話？」

吳不可道：「有個人想見七爺一面，想請七爺去一趟。」

杜七冷冷道：「無論誰想見我，都得自己來。」

吳不可道：「可是這個人……」

杜七道：「這個人也得自己來，你去告訴他，最好爬著來，否則就得爬著回去。」

他已不準備再說下去，他已下樓。

吳不可還在微笑著，道：「在下一定會將七爺的話，回去轉告龍五公子。」

杜七突然停下腳，再次回頭，岩石般的臉上，竟已動容：「龍五？三湘龍五？」

吳不可微笑，道：「除了他還有誰？」

杜七道：「他在哪裡？」

吳不可說道：「七月十五，他在杭州的天香樓相候！」

杜七的臉上已露出種很奇怪的表情，忽然道：「好，我去！」

二

公孫妙的手並沒有放在桌上。

他的手很少從衣袖裡拿出來，從不願讓別人看見。

尤其是右手。

公孫妙說話的聲音總是很小，像貌很平凡，衣著也很樸素。

因爲他從不願引人注意。

可是現在他對面卻坐著個非常引人注意的人，身上穿的衣服，是最好的質料，用最好的手工剪裁的，手上戴著的，是至少值一千兩銀子的漢玉斑指，帽子上綴著比龍眼還大的明珠。

何況他本身長得就已夠引人注意，他瘦得出奇，頭也小得出奇，卻有個特別大的鷹鉤鼻子，所以他的朋友都叫他胡大鼻子。不是他的朋友，就叫他大鼻子狗。

他的鼻子的確像獵狗一樣，總能嗅得一些別人嗅不到的東西。

這一次他嗅到的是一粒人間少有、價值連城的夜明珠。

他的聲音也壓得很低，嘴幾乎湊在公孫妙耳朵上：「你若沒有見過那粒夜明珠，你絕對想不到那是多麼奇妙的東西。」

公孫妙板著臉，道：「我根本不會去想。」

胡大鼻子道：「它不但真的能在黑暗中發光，而且發出來的光比燈光還亮，你若將它放在屋子裡，看書都用不著點燈。」

公孫妙冷冷道：「我從來不看書，萬一我想看書的時候，我也情願點燈，燈油和蠟燭都不貴。」

胡大鼻子苦著臉，道：「可是我卻非把它弄到手不可，否則我就死定了。」

公孫妙道：「那是你的事，你無論想要什麼，隨時都可以去拿。」

胡大鼻子苦笑道：「你也明知我拿不到的，藏珠的地方，四面都是銅牆鐵壁，只有你能進得去，那鐵櫃上的鎖，也只有你能打得開，除了你之外，世上還有誰能將那粒夜明珠偷出來？」

公孫妙道：「沒有別人了。」

胡大鼻子道：「我們是不是二十年的老朋友？」

公孫妙道：「是。」

胡大鼻子道：「你願不願意看著我死在路上？」

公孫妙道：「不願意。」

胡大鼻子道：「那麼你就一定要替我去偷。」

公孫妙沉默著，過了很久，忽然從衣袖裡伸出他的右手：「你看見我這隻手沒有？」

他手上只有兩隻手指，他的中指、小指、無名指，都已被從根切斷。

公孫妙說道：「你知不知道我這根小指是怎麼斷的？」

胡大鼻子搖搖頭。

公孫妙道：「三年前，我當著我父母妻子的面，切下我的小指，發誓以後絕不再偷了。」

胡大鼻子在等著他說下去。

公孫妙嘆道：「可是有一天，我看了八匹用白玉雕成的馬，我的手又癢了起來，當天晚上，就又將那八匹玉馬偷了回去。」

胡大鼻子道：「我看見過那八匹玉馬。」

公孫妙道：「我的父母妻子也看見了，他們什麼話也沒有說，第二天早上，就收拾東西，搬了出去，準備從此再也不理我。」

胡大鼻子道：「你爲了要他們回去，所以又切斷了自己的無名指？」

公孫妙點點頭道：「那次我是真的下了決心，絕不再偷的，可是……」

過了兩年，他又破了戒。

那次他偷的是用一整塊翡翠雕成的白菜，看見了這樣東西後，他朝思夜想，好幾天都睡不著，最後還是忍不住去偷了回來。

公孫妙苦笑道：「偷也是種病，一個人若是得了這種病，簡直比得了天花還可怕。」

胡大鼻子在替他斟酒。

公孫妙黯然道：「我母親的身體本不好，發現我舊病復發後，竟活活的被我氣死，我老婆又急又氣，就把我這根中指一口咬了下來，血淋淋的吞了下去。」

胡大鼻子道：「所以你這隻手只剩下了兩根手指。」

公孫妙長長嘆了口氣，將手又藏入了衣袖。

胡大鼻子道：「可是你這隻只有兩隻手指的手，卻還是比天下所有五指俱全的手，都靈巧十倍，你若從此不用它，豈非可惜？」

公孫妙道：「我們是二十年的老朋友，你又救過我，現在你欠了一屁股還不清的債，債主非要你用那顆夜明珠來還不可，因爲他也知道你會來找我的，你若不能替他辦好這件事，他就會要你的命。」

他嘆息著，又道：「這些連我都知道，但我卻還是不能替你去偷。」

胡大鼻子道：「這次你真的已下了決心？」

公孫妙點點頭，道：「除了偷之外，我什麼事都肯替你做。」

胡大鼻子忽然站起來，道：「好，我們走。」

公孫妙道：「到哪裡去？」

胡大鼻子道：「我不要你去偷，可是我們到那裡去看看，總沒關係吧。」

五丈高的牆，寬五尺，牆頭上種著花草。

就是這道牆，卻很少有人能越過去，可是這一點當然難不倒公孫妙。

胡大鼻子道：「你真的能過得去？」

公孫妙淡淡道：「再高兩丈，也沒問題。」

胡大鼻子道：「藏珠的那屋子，號稱鐵庫，所以除了門口有人把守外，四面都沒有人，因爲別人根本就進不去。」

公孫妙忍不住問道：「那地方真的是銅牆鐵壁？」

胡大鼻子點點頭道：「牆上雖有通風的窗子，但卻只有一尺寬，九寸長，最多只能伸進個腦袋去。」

公孫妙笑了笑，道：「那就已夠了。」

他的縮骨法，本就是武林中久已絕傳的秘技。

胡大鼻子道：「進去之後，還得要打開個鐵櫃，才能拿得到夜明珠，那鐵櫃上的鎖，據說是昔年七巧童子親手打造的，唯一的鑰匙，是在老太爺自己手裡，但卻沒有人知道他將這把鑰匙藏在哪裡。」

公孫妙淡淡道：「七巧童子打造的鎖，也不是絕對開不了的。」

胡大鼻子道：「你打開過？」

公孫妙道：「我沒有，但我卻知道，世上絕沒有我開不了的鎖。」

胡大鼻子看著他，忽然笑了。

公孫妙道：「你不信？」

胡大鼻子笑道：「我相信，非常相信，我們還是趕快走吧。」

公孫妙反而不肯走了，瞪著眼道：「爲什麼要趕快走？」

胡大鼻子嘆道：「因爲如你一時衝動起來，肯替我進去偷了，卻又進不了那屋子，打不開那道鎖，你一定不好意思再出來的，那麼我豈非害了你？」

公孫妙冷笑道：「你用激將法也沒有用的，我從來不吃這一套。」

胡大鼻子道：「我並沒有激你，我只不過勸你趕快走而已。」

公孫妙道：「我當然要走，難道我還會在這黑巷子裡站一夜不成？」

他冷笑著，往前面走了幾步，突然又停下，道：「你在這裡等我，最多半個時辰，我就回來。」

這句話還沒說完，他人已一掠出兩丈，貼在牆上，壁虎般爬了上去，人影在牆頭一閃，就看不見了。

胡大鼻子臉上不禁露出了得意的微笑，老朋友總是知道老朋友有什麼毛病的。

得意雖然很得意，但等人卻還是件很不好受的事。

胡大鼻子正開始擔心的時候，牆頭忽然又有人影一閃，公孫妙已落葉般飄了下來。

「得手了沒有？」胡大鼻子又興奮，又著急。

公孫妙卻不開口，拉著他就跑，轉了幾個彎，來到條更黑更窄的巷子，才停下來。

胡大鼻子嘆道：「我就知道你不會得手的。」

公孫妙瞪著他，突然開了口，吐出來的卻不是一句話，而是一顆珍珠。

夜明珠。

月光般柔和，星光般燦爛的珠光，將整條黑暗的巷子都照得發出了光。

胡大鼻子的臉已因興奮而發紅，抓住了這顆夜明珠，立刻塞入衣服裡，珠光隔著衣服透出來，還是可以照人眉目。

突聽一個人微笑道：「好極了，公孫妙果然是妙手無雙。」

一個人忽然從黑暗中出現，看來是個很和氣的中年人，臉上帶著種討人歡喜的微笑。

胡大鼻子看見了這個人，臉色卻變了變，立刻迎了上去，雙手捧上了那粒夜明珠，勉強笑道：「東西總算已經到手，在下欠先生的那筆債，是不是已可一筆勾消？」

原來這人就是債主，可是這債主並不急著要債，甚至連看都沒有去看那顆夜明珠一眼。

難道他真正要的並不是這夜明珠？

他要的是什麼？

「在下吳不可。」他已微笑著向公孫妙走過來：「爲了想一試公孫先生的妙手，所以才出此下策，至於那筆債只不過是區區之數，不要也無妨。」

公孫妙已沉下了臉，道：「你究竟要什麼？」

吳不可道：「有個人特地要在下來，請公孫先生去見他一面。」

公孫妙冷冷道：「可惜我卻不想見人，我一向很害羞。」

吳不可笑道：「但無論誰見到龍五公子都不會害羞的，他從不會勉強別人去做爲難的事，也從不說令人難堪的話。」

公孫妙已準備走了，突又回過頭：「龍五公子？你說的是三湘龍五？」

吳不可微笑道：「世上難道還有第二個龍五？」

公孫妙臉上已露出種很奇怪的表情，也不知是驚奇？是興奮？還是恐懼？

「龍五公子想見我？」

吳不可道：「很想。」

公孫妙道：「但龍五公子一向如天外神龍，從來也沒有人知道他的行蹤，我怎麼找得到他？」

吳不可道：「你用不著去找他，七月十五，他會在杭州的天香樓等你。」

公孫妙連考慮都不再考慮，立刻便道：「好，我去！」

三

石重伸出手，抓起了一把花生。

別人一把最多只能抓起三十顆花生，他一把卻抓起了七八十顆。

他的右手比別人大三倍。

花生攤子上寫明了：「五香花生，兩文錢一把。」

他拋下了三十文錢，抓了十五把花生，一籮筐花生就幾乎全被他抓得乾乾淨淨。

賣花生的小姑娘幾乎已經快哭了出來。

石重大笑，大笑著將花生全都丟到地上，便揚長而去。

他從來也不喜歡吃花生，可是他喜歡看別人被他捉弄得要哭的樣子。

他好像隨時隨地都能想出些花樣來，讓別人過不了太平日子。

山上的玄妙觀裡，有隻千斤銅鼎，據說真的有千斤，尋常十來條大漢，也休想能搬得動它。

有一天大家早上起來時，忽然發現這隻銅鼎到了大街上，而且不偏不倚就恰巧擺在街心。

這隻銅鼎當然不會是自己走來的。

這世上假如還有一個人能將這隻銅鼎從山上搬到這裡來，這個人一定就是石重。

於是大家跑去找石重。

有這麼大的一隻銅鼎擺在街心，來來往往的車馬，都要被堵死，所有的生意都要受到影響。

大家求石重再將它搬回去。

石重不理。

再等到每個人都急得快要哭出來了，石重才大笑著走出去，用他那隻特別大的手托住了銅鼎，吐氣開聲，喝了聲：「起！」

這隻千斤銅鼎竟被他一隻手就托了起來。

就在這時，人叢中忽然有人道：「石重，龍五公子在找你。」

石重立刻拋下銅鼎就走，什麼也不管了，走了十幾步，才回過頭來問：「他的人呢？」

「七月十五，他在杭州的天香樓等你。」

四

七月十五，月圓。

杭州天香樓還是和平常一樣，還不到吃晚飯的時候，就已座無虛席。

只不過今天卻有件怪事，今天樓上樓下幾十張桌子的客人，竟全都是從外地來的陌生人，平時常來的老主顧，竟全都被擋在門外。

就連天香樓最大的主顧，杭州城裡的豪客馬老闆，今天居然找不到位子。

馬老闆已漲紅了臉，準備發脾氣了，馬老闆一發脾氣，可不是好玩的。

天香樓的老掌櫃立刻趕過來，打躬作揖，賠了一萬個不是，先答應立刻送一桌最好的酒菜，和五十隻剛上市的大閘蟹到馬老闆府上，又附在馬老闆耳畔，悄悄的說了幾句話。

馬老闆皺了皺眉，一句話都不說，帶著他的客人們，扭頭就走。

老掌櫃剛鬆了口氣，杭州萬勝鏢局的總鏢頭「萬勝金刀」鄭方剛帶著他的一群鏢師，穿著鮮衣，乘著怒馬而來。

鄭總鏢頭就沒有馬老闆那麼講理了：「沒有位子也得找出個位子來。」

他揮手叱開了好意的老掌櫃，正準備上樓。

樓梯口忽然出現了兩個人，擋住了他的路。

兩個青衣白襪，眉清目秀的年輕人，都沒有戴帽子，漆黑的頭髮，用一根銀緞帶束住。

居然有人敢擋鄭總鏢頭的路？

萬勝鏢局裡的第一號鏢師「鐵掌」孫平第一個衝了出去，厲聲道：「你們想死？」

青衣少年微笑著道：「我們不想死。」

孫平道：「不想死就閃開，讓大爺們上去。」

青衣少年微笑道：「大爺們不能上去。」

孫平喝道：「你知道大爺們是誰？」

「不知道。」青衣少年還在微笑：「我只知道今天無論是大爺、中爺、小爺，最好都不要上去。」

孫平怒道：「大爺就偏要上去又怎麼樣？」

青衣少年淡淡道：「大爺只要走上這樓梯一步，活大爺就立刻要變成死大爺。」

孫平怒喝，衝上去，鐵掌已拍出。

他的手五指齊平，指中發禿，鐵沙掌的功夫顯然已練得不錯，出手也極快。

這一掌劈出，掌風強勁，銳如刀風。

青衣少年微笑著，看著他，突然出手，去刁他的手腕。

孫平這一招正是虛招，他自十七歲出道，從趟子手做到鏢師，身經百戰，變招極快，手腕一沉，反切青衣少年的下腹。

這一著已是致命的殺手，他並不怕殺人！

但青衣少年的招式卻變得更快，他的手剛切出，青衣少年的兩根手指已到了他咽喉。

只聽「噗」的一響，這兩根手指竟已像利劍般插入了他咽喉。

孫平的眼睛珠子突然凸出，全身的肌肉一陣痙攣，立刻就完全失去控制，眼淚、鼻涕、口水、大小便一起流出，連一聲慘呼都沒有，人已倒下。

青衣少年慢慢的取出塊雪白的手帕，慢慢的擦淨了手背上的血，連看都不再看他一眼。

每個人都怔住，都像是覺得要嘔吐。

他們殺過人，也看過人被殺，但他們現在還是覺得胃部收縮，有的已幾乎忍不住要吐出來。

青衣少年慢慢的疊起手帕，淡淡道：「各位現在還不走？」

他的出手雖可怕，但現在若是就這麼走了，萬勝鏢局以後還能在江湖中混麼？鏢師中又有兩個人準備衝過去。

他們吃的這碗飯，本就是隨時都得準備拚命的飯。

但鄭方剛卻突然伸出手，攔住了他們。

他已發現了一件奇怪的事。

今天來的這些陌生客，雖然各式各樣的人都有，但卻有一點相同之處。

每個人都沒有戴帽子，每個人的頭髮上，都繫著條銀色的緞帶。

這邊已有人血濺樓梯，那邊的客人卻連看都沒有回頭看一眼。

鄭方剛勉強壓下了一口氣，沉聲問：「朋友你高姓大名，從什麼地方來的？」

青衣少年笑了笑道：「這些事你全都不必知道，你只要知道一件事就夠了。」

鄭方剛道：「什麼事？」

青衣少年淡淡道：「今天就算是七大劍派的掌門，五大幫派的幫主，全都到了這裡，也只有在門外站著，若是敢走這樓梯一步，也得死！」

鄭方剛臉色變了：「爲什麼？」

青衣少年道：「因爲有個人在樓上請客，除了他請的三位貴客外，他不想看見別的人。」

鄭方剛忍不住問：「是什麼人在樓上？」

青衣少年道：「這句話你也不該問的，你應該想得到。」

鄭方剛的臉色突然變得慘白，嗄聲道：「難道是他？」

青衣少年點頭道：「是他。」

鄭方剛跺了跺腳，回頭就走，鏢師們也只好抬起孫平，跟著他走。

走出了門後，才有人忍不住悄悄問：「他究竟是什麼人？」

鄭方剛沒有直接回答這句話，卻長長嘆了口氣，道：「行蹤常在雲霄外，天下英豪他第一。」

五

現在他正坐在樓上的一間雅室裡，坐在一張很寬大的椅子上。

他的臉色是蒼白的，瘦削而憔悴，眼睛裡也總是帶著種說不出的疲倦之色。

不但疲倦，而且虛弱，在這麼熱的天氣裡，他坐的椅子上還墊著張五色斑斕的豹皮，腿上也還蓋著塊波斯毛氈，也不知是什麼毛織成的，閃閃的發著銀光。

可是他的人看來卻已完全沒有光采，就彷彿久病不癒，對人生已覺得很厭倦，對自己的生命，也完全失去了希望和信心。

一個滿頭銀髮，面色赤紅，像貌威武如天神般的老人，垂手肅立在他身後。這年已垂暮的老人，全身反而充滿了一種雄獅猛虎般的活力，眼睛裡也帶著種懾人魂魄的光芒，令人不敢仰視。

可是他對這重病的少年，態度卻非常恭敬。無論誰看見他這種恭敬的態度，都很難相信他就是昔年威鎮天下，傲視江湖，以一柄九十三斤重的大鐵椎，橫掃南七北六十三省，打盡了天下綠林豪傑，會遍了天下武林高手，身經大小百戰，從未敗過一次的「獅王」藍天猛。

還有一個青衣白襪，面容呆板，兩鬢已斑白的中年人，正在爲這重病的少年倒茶。

他一舉一動都顯得特別謹慎，特別小心，彷彿生怕做錯了一點事。

暖壺中的茶，倒出來後還是滾燙的，他用兩隻手捧著，試著茶的溫度，直到這杯茶恰好能入口時，才雙手送了過去。

這重病的少年接過來，只淺淺的啜了一口。

他的手也完全沒有血色，手指很長，手的形狀很秀氣，好像連拿著個茶杯都很吃力。

但他卻正是天下英豪第一的龍五。

屋子裡沒有別的人，也沒有別的人來。

龍五輕輕的嘆息了一聲，道：「我已有五六年沒有等過人了。」

藍天猛道：「是。」

龍五道：「今天我卻已等了他們半個多時辰。」

藍天猛道：「是。」

龍五道：「上次我等的人好像是錢二太爺。」

藍天猛道：「現在他已絕不會再讓別人等他了。」

龍五又輕輕嘆息了一聲，道：「他死得真慘。」

沒有人會等一個死人的。

藍天猛道：「以後也絕不會再有人等杜七他們。」

龍五道：「那是以後的事！」

藍天猛道：「現在他們還不能死？」

龍五道：「不能。」

藍天猛道：「那件事非要他們去做不可？」

龍五點點頭。他彷彿已覺得說的話太多、太累。他並不是個喜歡說話的人。

他甚至連聽都不願多聽。所以他不開口，別人也都閉上了嘴。

屋子裡浮動著一陣淡淡的茶香，外面也安靜得很，二十多張桌子上雖然都坐滿了人，卻連一句說話的聲音都聽不見。

剛換上的嶄新青布門簾，突然被掀起。一個藍布短衫的伙計，垂著頭，捧著個青花蓋碗走了進來。

藍天猛皺眉道：「出去。」

這伙計居然沒有出去：「小人是來上菜的。」

藍天猛怒道：「誰叫你現在上菜的？客人們還沒有來。」

伙計忽然笑了笑，淡淡道：「那三位客人，只怕都不會來了。」

龍五疲乏而無神的眼睛裡，突然射出種比刀鋒還銳利的光，盯在他臉上。

這伙計圓圓的臉，笑容很親切，眼角雖已有了些皺紋，但一雙眼睛卻還是年輕的，帶著種嬰兒般的無邪和純真。

無論誰都看得出他正是那種心腸很軟，脾氣很好，而且一定很喜歡朋友和孩子的人。

女人若是嫁給了這種男人，是絕不會吃虧，也不會後悔的。

龍五盯著他，過了很久，才慢慢的問道：「你說他們不會來了？」

這伙計點點頭：「絕不會來了。」

「你怎麼知道？」

這伙計沒有回答，卻將手裡捧著的青花蓋碗，輕輕的放到桌上，慢慢的掀起了蓋子。

龍五的瞳孔突然收縮，嘴角忽然露出種奇特的微笑，緩緩道：「這是道好菜。」

伙計也在微笑：「不但是道好菜，而且很名貴。」

龍五居然同意了他的話：「的確名貴極了。」

這道菜卻吃不得，碗裡裝的既不是山雞熊掌，也不是大排翅、老鼠斑，而是三隻手。

三個人的手！

三隻手整整齊齊的擺在青花瓷碗裡，一隻大手，兩隻小手。一隻左手，兩隻右手。大手至少比普通人大三倍。左手上多了兩根手指，右手上卻少了三根。

世上絕沒有任何一個菜碗裡，裝的東西能比這三隻手更名貴。就算你在一個大碗裡裝滿了碧玉金珠，也差得多。事實上，根本就沒有人能真正估計出這三隻手的價值。

龍五當然認得這三隻手，已不禁輕輕嘆息：「看來他們的確是不會來了。」

這伙計居然還在微笑：「可是我來了。」

龍五道：「你？」

「他們不來，我來也一樣。」

「哦？」

這伙計道：「他們並不是你的朋友。」

龍五冷冷道：「我沒有朋友。」

他的眼瞼垂下，看來又變得很疲倦、很寂寞。

這伙計居然能了解他這種心情：「你非但沒有朋友，也許已連仇敵都沒有。」

龍五又看了他一眼：「你不笨！」

這伙計道：「你找他們來，只不過有件事要他們去做。」

龍五道：「你果然不笨！」

這伙計笑了笑：「所以我來也一樣，因爲他們能做的事，我也能做。」

「他們三個人做的事，你一個人就能做？」

這伙計道：「我最近很想找件事做。」

「分光捉影，一手七殺。」龍五凝視著碗中的左手：「你知不知道這隻手殺過多少人？你知不知道他殺人的快？」

「不知道。」

「妙手神偷，無孔不入。」龍五目光已移在那隻少了三根手指的右手：「你知不知道這隻手偷過多少奇珍異寶？你知不知道這隻手的靈巧？」

「不知道。」

「巨靈之掌，力舉千斤。」龍五又在看第三隻手：「你知不知道這隻手的神力？」

「不知道。」

龍五冷笑：「你什麼都不知道，就認爲自己可以做他們三個人的事？」

「我只知道一件事。」

「你說。」

這伙計淡淡道：「我知道我的手還在腕上，他們三個人的手卻已在碗裡！」

龍五霍然抬起頭，凝視著他：「就因爲你，所以他們的手才會在碗裡？」

這伙計又笑了笑：「無論誰要賣東西，都得先拿出點貨物給人看看的。」

龍五的目光又變得刀鋒般逼人：「你要賣的是什麼？」

這伙計道：「我自己。」

「你是誰？」

「我姓柳，楊柳的柳，」這姓並不怪：「我叫柳長街，長短的長，街道的街。」

「柳長街！」龍五道：「這倒是個怪名字。」

柳長街道：「有很多人都問過我，爲什麼要取這麼樣個怪名字。」

龍五也在問：「爲什麼？」

「因爲我喜歡長街。」

柳長街微笑著，又道：「我總是想，假如我自己是條很長的街，兩旁種著楊柳，還開著各式各樣的店舖，每天都有各式各樣的人從我身上走過，有大姑娘，也有小媳婦，有小孩子，也有老太婆……」

他眼睛似又充滿了孩子般的幻想，一種奇怪而美麗的幻想：「我每天看著這些人在我身上閒逛，在柳蔭下聊天，在店裡買東西，那豈非是件很有趣的事，豈非比做人有趣得多？」

龍五笑了。

他臉上第一次露出愉快的笑容，微笑著道：「你這人也很有趣。」

這句話說完，他臉上的笑容已不見，冷冷道：「快替我把這個有趣的人殺了！」

藍天猛一直石像般站在他身後，他的「殺」字出口，藍天猛已出手！

他一出手，他的人就似已變成了隻雄獅，動作卻還比雄獅更快！更靈巧！

他身子一轉，人已到了柳長街面前，左手五指彎曲如虎爪，已到了柳長街胸膛。

無論誰都看得出，這一抓，就可將人的胸膛撕裂，連心肺都抓出來。

柳長街身形半轉，避開了這一抓，閃避得也很巧妙、很快。

誰知藍天猛卻似早已算準了他這閃避的動作，右手五指緊緊併攏，一個「手刀」劈下去，急斬柳長街左頸後的血管。

這一招不但立刻致命，而且也已令對方連閃避的退路都沒有。

「獅王」藍天猛自從四十歲後，出手殺人，已很少用過第三招。

柳長街閃避的力量已用到極限，不可能再有新的力量生出，若沒有新力再生，就不可能再改變動作。

所以獅王這次殺人，也已不必再使第三招。

他的確沒有使出第三招。因爲他忽然發現，柳長街的手已到了他肘下，他這一掌若是斬下去，他的肘就必定要先撞上柳長街的手。

手肘間的關節軟脆，柳長街食指屈突如鳳眼，若是撞在他關節上，關節必碎。

他不能冒這種險。他的手已突然在半空中停頓。就在這一瞬間，柳長街的人已到了門外。

藍天猛並沒有追擊，因爲龍五已揮手阻止了他，道：「進來。」

柳長街來時，藍天猛已又石像般站在龍五身後，那青衣白襪的中年人，一直遠遠的站在角落裡，根本連動都沒有動。

「你說我是個有趣的人，這世上有趣的人並不多。」柳長街苦笑道：「你爲什麼要殺我？」

龍五道：「有時我也喜歡說謊話，但我卻不喜歡聽謊話。」

柳長街道：「誰在說謊？」

龍五道：「你！」

柳長街笑了笑，道：「有時我也喜歡聽謊話，卻從來不說謊。」

龍五道：「柳長街這名字，我從來沒有聽過。」

柳長街道：「我本來就不是個有名的人。」

龍五道：「杜七、公孫妙、石重，本都是名人，你卻毀了他們。」

柳長街道：「所以你認爲我本來也應該很有名？」

龍五道：「所以我認爲你在說謊。」

柳長街又笑了笑，道：「我今年才三十，若是想做名人，剛才已死在地上。」

龍五凝視著他，目中又有了笑意。他已聽懂了柳長街的話。

要求名，本是件很費功夫的事，要練武，也是件很費功夫的事。能同時做好這兩件事的人並不多。

柳長街並不像那種絕頂聰明的人，所以他只能選擇一樣。

他選的是練武。所以他雖然並不有名，卻還活著。

這句話的意思並不容易懂，龍五卻已懂了，所以他抬起一根手指，指了指對面的椅子道：「坐下。」

能夠在龍五對面坐下來的人也不多。

柳長街卻沒有坐：「你已不準備殺我？」

龍五道：「有趣的人已不多，有用的人更少，你不但有趣，也很有用。」

柳長街笑道：「所以你已準備買我了？」

龍五道：「你真的要賣？」

柳長街道：「我是沒有名的人，又沒有別的可賣，但一個人到了三十歲，就難免想要享受享受了。」

龍五道：「像你這種人，賣出去的機會很多，爲什麼一定要來找我？」

柳長街道：「因爲我不笨，因爲我要的價錢很高，因爲我知道你是最出得起價錢的人，因爲……」

龍五打斷了他的話，道：「這三點原因已足夠！」

柳長街道：「但這三點卻還不是最重要的。」

龍五道：「哦。」

柳長街道：「最重要的是，我不但想賣大錢，還想做大事，無論誰要找杜七他們三個人去做的事，當然一定是大事。」

龍五蒼白的臉上，又露出微笑，這次居然抬起手，微笑道：「請坐。」

這次柳長街終於坐了下來。

龍五道：「擺酒。」

二　苦肉之計

一

古風的高杯，三十年的陳酒。

青衣白襪的中年人，倒了四杯酒。

龍五微笑道：「你一個人要做三個人的事，就也得喝三個人的酒。」

柳長街道：「這是好酒，三十個人的酒我也喝。」

他的酒量很不錯，喝得很快。

所以他醉了。

最容易醉的，本就是酒量又好，喝得又快的人。

忽然間，他已像一灘泥般，往椅子上滑了下去。

龍五靜靜的坐在那裡，看著他，彷彿在沉思。

屋子裡飄動著酒香，外面還是很安靜。

過了很久很久，龍五忽然道：「問。」

藍天猛立刻走過來，一把揪起柳長街的頭髮，將半壺酒倒在他臉上。

酒有時反能令醉人清醒。

柳長街居然睜開了眼睛，失神的看著他。

藍天猛道：「你姓什麼？叫什麼？」

「姓柳，叫柳長街。」柳長街說話的時候，舌頭似已比平時大了兩倍。

「你是在什麼地方生長的？」

「濟南府，楊柳村。」

「你是跟誰學武的？」

「我自己。」柳長街吃吃的笑著：「誰也不配做我的師傅，我有天書。」

這並不完全是醉話。

世上本就有很多湮沒已久，又忽然出現的武功秘笈。

藍天猛再問：「你的武功最近才練成？」

「我已經練得夠快了，我一點也不笨。」

「這次是誰叫你來的？」

「我自己，我本來想殺了龍五的。」柳長街忽然大笑，道：「殺了龍五，我就是天下第一個有名的人了！」

「你爲什麼沒有出手？」

「我看得出……」

「你看得出你殺不了他？」

「我一點也不笨，」柳長街還是在笑：「能做天下第二個大人物也不錯……他居然請我坐，請我喝酒，他也看得出我有本事。」

藍天猛還想再問，龍五卻已擺了擺手：「夠了。」

「這個人怎麼樣？」

龍五臉上又露出疲倦之色，淡淡道：「他喝酒喝得太多。」

藍天猛點點頭，突然一拳打在柳長街肋骨上。

二

星光燦爛，圓月如冰盤。

柳長街忽然被一陣劇痛驚醒，才發現自己竟已被人像風鈴般吊在天香樓外的飛簷下。

七月的晚風中，已有涼意。

涼風吹在他身上，就像是刀鋒一樣。

他全身的衣服都已碎裂，連骨頭都似已完全碎裂，嘴角還在流著血，流著苦水，又酸又苦。

他身上也一樣，滿身都是鮮血和嘔吐過的痕跡，看來就像是條剛被人毒打過一頓的野狗。

天香樓裡的燈火已經熄滅，對面的店舖已上起了門板。

龍五呢？

沒有人知道龍五的行蹤，從來也沒有人知道。

沒有光，沒有人，沒有聲音。

長街上留著滿地垃圾，在夜色中看來，醜陋、愚笨而破碎，就正像是被吊在屋簷上的柳長街一樣。

一個人出賣了自己，換來的代價卻是一頓毒打，他心裡的滋味如何？

柳長街突然用盡全身力氣大叫、大罵：「龍五，你這個狗養的，你這個……」

他將自己知道的粗話全都罵了出來，罵得聲音真大，在這靜寂的深夜裡，連十條街以外的人都可以聽得清清楚楚。

突聽遠處有個人拍手大笑道：「罵得好，罵得痛快，罵得真他媽的痛快極了。」

笑聲和蹄聲是同時傳過來的，接著，就有三匹快馬衝上了長街，急馳而來，驟然停在屋簷下。

第一個騎在馬上的人仰面看著柳長街，大笑道：「我已很久未曾聽見過有人敢這麼樣罵那狗養的了，你千萬要接著罵下去，千萬不要停。」

這人濃眉如劍，滿臉虬鬚，看來很粗野，一雙眼睛卻是聰明人的眼睛。

柳長街盯著他，道：「你喜歡我罵那個狗養的？」

虬髯大漢笑道：「喜歡得要命。」

柳長街道：「好，放我下去，我再罵給你聽。」

虬髯大漢道：「我就是來救你的。」

柳長街道：「哦？」

虬髯大漢道：「聽見了你的事，我就馬不停蹄的趕來。」

柳長街道：「為什麼？」

虬髯大漢傲然地道：「因為我知道龍五吊在屋簷上的人，除了我之外，是絕沒有第二個人敢救他下來的。」

柳長街道：「你認得我？」

虬髯大漢道：「以前不認得，但現在你已是我的朋友。」

柳長街忍不住又問：「爲什麼？」

虬髯大漢道：「因爲現在你已是龍五的對頭，無論誰做了龍五的對頭，都是我的朋友。」

柳長街道：「你是誰？」

虬髯大漢道：「孟飛。」

柳長街動容道：「鐵膽孟嘗，孟飛？」

虬髯大漢仰面大笑，道：「不錯，我就是那個不要命的孟飛！」

除了不要命的人之外，還有什麼人敢跟龍五作對？

柳長街坐在那裡，只覺得自己就像是粽子，全身都被裹了起來，裹得緊緊的。

孟飛就坐在他對面，看著他，忽然挑起拇指，道：「好，好漢子！」

柳長街苦笑道：「挨打的也算好漢子？」

孟飛道：「你居然沒有被那些狗養的打死，居然還有膽子罵他們，你就是好漢子！」

他又用力握起了拳，一拳打在桌子上，恨恨道：「我本該將那些狗雜種一個個全都活活捏死的。」

柳長街道：「你爲什麼不去？」

孟飛嘆了口氣，道：「因爲我打不過他們。」

柳長街笑了：「你不但有種，而且坦白。」

孟飛道：「我別的好處也沒有，就是有種敢跟龍五那狗養的作對。」

柳長街道：「所以我奇怪。」

孟飛道：「奇怪什麼？」

柳長街道：「他爲什麼不來殺了你？」

孟飛冷笑道：「因爲他要表示他的氣量，表示他是個了不起的大人物。不屑跟我這種人一般見識，其實他只不過是個狗養的。」

柳長街道：「其實他也不是狗養的，其實他連狗都不如。」

孟飛大笑：「對！對極了，就憑這句話，我就敬你三百杯！」

他大笑著，叫人擺酒，又道：「你安心在這裡養傷，我已替你準備了兩種最好的藥。」

柳長街道：「其中有一樣就是酒？」

孟飛大笑，道：「一點也不錯，一杯真正的好酒，無論對什麼人都有好處的。」

他看著柳長街，忽又搖了搖頭：「可是在你這種情況下，一杯酒就不會對你有什麼好處了，那至少要三百杯才能有點效。」

柳長街也不禁大笑：「除了酒之外，還有一樣是什麼？」

孟飛沒有回答，也已不必回答。

外面已有人捧著酒走了進來，是六個女人，六個又年輕、又漂亮的女人。

柳長街的眼睛亮了。

他喜歡漂亮的女人，這一點他並不想掩飾。

孟飛又大笑，道：「你現在總該明白了吧，一個真正的好女人，無論對誰都有好處的。」

柳長街笑道：「可是在我這種情況下，一個女人就不會對我有什麼好處了，那至少要六個女人。」

孟飛看著他，忽然嘆道：「你不但坦白，而且真的有種。」

柳長街道：「哦？」

孟飛道：「要對付這麼樣六個女人，也許比對付龍五還不容易。」

孟飛有一點沒有錯。

酒和女人，對柳長街竟真的很有好處，他的傷好像比想像中好得快得多。

孟飛也有一點錯了。

要柳長街去對付龍五，雖然還差了一點，可是他對付女人卻的確有一手。

很少有人能看得出，他在這方面不但很在行，而且簡直已可算是專家。

現在孟飛已是他的好朋友，他們最愉快的時候，就是在一面擁著美女喝酒，一面大罵龍五的時候。

他們還有聽眾。

這地方所有的人，都是龍五的對頭，只要吃過龍五虧的人，只要還沒有死，孟飛就會想法子將他們全都請到這裡來，用最好的酒和最好的女人款待他們，然後再送筆盤纏讓他們走。

「孟嘗」這兩個字就是這麼樣來的，至於：「鐵膽」兩個字，那意思就是不要命——只有不要命的人，才敢和龍五作對。

酒喝得愈多，當然也就罵得愈痛快。

現在夜已深，聽的人已聽累了，罵的人卻還是精神抖擻。

屋裡已只剩下他們兩個人，他們已喝了十來個人的酒。

柳長街忽然問孟飛：「你也被他們毒打過？」

孟飛搖搖頭：「沒有。」

柳長街道：「你跟他有殺子之仇？奪妻之恨？」

「也沒有。」

柳長街奇怪了：「那你為什麼如此恨他？」

孟飛道：「因為他是個狗養的。」

柳長街沉默了一陣子，忽然道：「其實他也不能算是個狗養的。」

孟飛笑道：「我知道，他比狗還不如。」

柳長街又沉默了一陣子，忽然笑了笑，道：「其實他比狗還要強一點。」

孟飛瞪著他，瞪了半天，總算勉強同意：「也許強一點，但最多只強一點。」

柳長街道：「他至少比狗聰明。」

孟飛也勉強同意：「世上的確沒有他那麼聰明的狗。」

柳長街道：「連『獅王』藍天猛那種人，都甘心做他的奴才，可見他不但本事很大，對人也一定有很好的時候，否則別人怎麼會甘心替他賣命。」

孟飛冷冷道：「他對你並不好。」

柳長街嘆了口氣，道：「其實那也不能怪他，我只不過是個陌生人，他根本不認得我，又怎麼知道我是真的想去替他做事的。」

孟飛突然一拍桌子，跳起來，瞪著他，怒道：「你這是什麼意思，他把你揍得半死，你居然還在替他說話？」

柳長街淡淡地道：「我只不過在想，他那麼樣對我，也許是有原因的，他看來並不像是完全不講理的人。」

孟飛冷笑道：「你難道還想再見他一面，問問他是爲什麼揍你的！」

柳長街道：「我的確有這意思。」

孟飛恨恨的瞪著他，突然大吼：「滾，滾出去，從後面的那扇門滾出去，滾得愈快愈好。」

柳長街就站起來，從後面的門走了出去。

這扇門很窄，本來一直是栓著的，門外卻並不是院子，而是間佈置得更精緻的密室，裡面非但沒有別的門，連門簾都沒有。

可是裡面卻有兩個人。

龍五正斜倚在一張鋪著豹皮的軟榻上，閉目養神，那青衣白襪的中年人正在一個紅泥小火爐上暖酒，藍天猛卻居然沒有在。

柳長街一推門，就看見了他們。

他並沒有怔住，也並沒有吃驚，這驚人的意外，竟似本就在他意料之中。

龍五也已睜開眼，正在看著他，嘴角居然露出了一點微笑，忽然道：「我現在才知道你爲什麼一直都沒有出名了。」

柳長街在聽著。

龍五微笑道：「練武已經是件很費功夫的事，女人更費功夫，這兩件事你都做得不錯，你哪裡還有功夫去做別的事？」

柳長街忽然也笑了笑，道：「還有樣你不知道的事，我做得也不錯。」

龍五道：「什麼事？」

柳長街道：「喝酒。」

龍五笑道：「你喝得的確很多。」

柳長街道：「可是我醉得並不快。」

龍五道：「哦？」

柳長街道：「今天我喝得比那天更多，可是我今天並沒有醉。」

龍五忽然不笑了，眼睛裡又露出刀鋒般的光，刀鋒般盯在他臉上。

柳長街也靜靜的站在那裡，並沒有迴避他的目光。

龍五忽然道：「坐，請坐。」

柳長街就坐下。

龍五道：「看來我好像低估了你。」

柳長街道：「你並沒有低估我，只不過有點懷疑我而已。」

龍五道：「你是個陌生人。」

柳長街道：「所以你一定要先查明我的來歷，看看我說的是不是真話？」

龍五道：「你的確不笨。」

柳長街道：「我說的若不假，你再用我也不遲，我說的若是假話，你再殺我也一樣，因為我反正一直都在你的掌握中。」

龍五道：「哦？」

柳長街道：「孟飛去救我，當然也是你的安排，他去得太巧。」

龍五道：「你還知道什麼？」

柳長街道：「我還知道，像你這樣的人，一定會需要幾個像孟飛這樣的對頭，對頭能替你做的事，有時還比朋友多得多……他至少可以打聽出一些你的朋友們永遠打聽不出的消息。」

龍五嘆了口氣，道：「看來你非但不笨，而且很聰明。」

柳長街並沒有否認。

龍五道：「你早已看出我跟孟飛的關係，也早已算準我會來？」

柳長街道：「否則我為什麼要在這裡等？」

龍五道：「那天你也根本是在裝醉的。」

柳長街道：「我說過，我的酒量也很不錯。」

龍五冷冷道：「但有件事你卻錯了。」

柳長街道：「你認為我今天不該告訴你這些事？」

龍五點點頭：「聰明人不但會裝醉，還得要會裝糊塗，一個人知道的若是太多，活著的日子就不會太多了！」

柳長街卻笑了笑，道：「我告訴你這些事，當然有很好的理由。」

龍五道：「你說。」

柳長街道：「你再來找我，當然已查明我說的不是假話，已準備用我。」

龍五道：「說下去。」

柳長街道：「你要杜七他們去做的事，當然是件大事，你當然不會要一個糊塗的醉鬼去做。」

龍五道：「你說這些話，就爲了要證明你能替我做好那件事？」

柳長街點點頭，道：「一個人到了三十歲，若還不能做幾件驚天動地的大事，以後只怕就永遠沒有機會了。」

龍五凝視著他，蒼白的臉上又露出微笑，忽然問道：「你還能不能再陪我喝幾杯？」

三

酒又擺上，早已溫好了的酒。

龍五舉杯，緩緩道：「我一向很少喝酒，也一向很少敬別人酒，但是今天我要敬你三杯。」

柳長街眼睛裡已不禁露出興奮感激之色，龍五居然肯敬別人的酒，這的確不是件容易事。

龍五飲盡了杯中酒，微笑著道：「因爲我今天很高興，我相信你一定能替我去做好那件事。」

柳長街道：「我一定盡力去做。」

龍五道：「那不但是件大事，也是件極危險、極機密的事。」

他的表情又變得很嚴肅：「我那天那麼樣對你，並不完全是因爲懷疑你。」

柳長街在聽，每個字都聽得很仔細。

龍五道：「我不能讓任何人知道，你是在替我做事，所以我一定要別人都認爲你已是我的對頭，而且恨我入骨。」

這正是周瑜打黃蓋，是苦肉計。

柳長街當然懂，但他卻不懂：「這件事難道連藍天猛都不能知道？」

龍五點點頭：「知道這件事的人愈少，你的危險就愈少，成功的機會卻大了。」

柳長街忽然發現他真正信任的只有兩個人——這青衣白襪的中年人和孟飛。

龍五道：「你以前也說過，我這人非但沒有朋友，甚至已連仇敵都沒有。」

柳長街記得：「我說過。」

「可是你錯了，」龍五臉上的表情很奇怪：「我不但有個朋友，有個仇敵，還有個妻子。」

柳長街動容道：「他們是什麼人？」

龍五道：「不是他們，是她。」

柳長街不懂。

龍五道：「我的朋友，我的仇敵，和我的妻子，就是同一個人。」

柳長街更不懂，卻忍不住問：「她是誰？」

龍五道：「她叫秋橫波。」

柳長街聳然道：「秋水夫人？」

龍五道：「你也知道她？」

柳長街道：「江湖中只怕已沒有人不知道她。」

龍五冷冷道：「但你卻一定不知道她本來是我的妻子。」

柳長街道：「現在呢？」

龍五道：「現在我們雖已不是夫妻，看來卻還是朋友。」

柳長街道：「其實……」

龍五蒼白的臉已變爲鐵青：「其實她早已恨我入骨，她嫁給我，就是爲了恨我！」

柳長街還是不懂，卻沒有再問——像龍五這種人的秘密，無論誰都最好不要知道得太多。

龍五不但已閉上了嘴，而且已閉上了眼睛。

他也不願說得太多、太激動，過了很久，才慢慢的問道：「你有沒有見過我出手？」

柳長街道：「沒有。」

龍五道：「你知不知道我的武功究竟如何？」

柳長街道：「不知道。」

龍五還是閉著眼睛，卻慢慢的伸出了手。

他的手蒼白而秀氣。

他的動作很慢，慢慢的往空中一抓。

就像是奇蹟般，那紅泥小火爐中燃燒著的幾塊炭，竟突然飛了起來，飛到他手裡。

他的手慢慢的握緊，握緊了這幾塊熾熱的紅炭。

等他的手再攤開時，炭已成灰，灰已冷。

龍五淡淡道：「我並不是在你面前炫耀武功，只不過告訴你兩件事。」

柳長街沒有問，他知道龍五自己會說的。

龍五果然已接著道：「我雖有這樣的武功，卻還是不能自己出手。」

他凝視著掌中的冷灰：「我們之間的情感，已如這死灰一樣，是絕不會復燃的了。」

這的確是件很奇特、很有趣的事，其中牽涉到的，又是兩個最不平凡的人。

一個是天下英雄第一的男人，一個是世上最神秘、最美麗的女人。

柳長街的見聞雖不廣，卻也久已聽到過她的傳說。

她的傳說很多。

有關她的傳說也和她的人一樣，神秘而美麗。

江湖中的英雄豪傑，人人都想見她，卻永遠也見不到她一面。

所以有很多人都喜歡稱她為「相思夫人」，因為她實在逗起了無數人的相思。

誰也想不到這位相思夫人，居然就是龍五的妻子。

他們的關係竟也如此神秘，如此奇特。

她既然是他的妻子，他的朋友，為什麼又是他的仇敵？

他們本該是一對郎才女貌的恩愛夫妻，為什麼會離異？

這其中當然也有一段奇特曲折的故事，柳長街實在很想聽龍五說出來。

誰知龍五說話的方式，也和他的人一樣，總是如神龍見首而不見尾。

他居然突然就結束了這段故事，突然就改變了話題，淡淡道：「這已是很久以前的往事，世上知道這件事的人，並沒有幾個，你也不必知道得太多。」

柳長街並沒有露出失望之色，他顯然也是個很擅於控制自己的人。

龍五道：「你只需要知道一件事就夠了。」

柳長街在聽。

龍五道：「我要你去對付的人就是她，我要你到她那裡去，爲我拿一樣東西回來。」

柳長街道：「是去拿？」

龍五冷冷道：「你若願意說是去偷，也無妨。」

柳長街長長吐出口氣，道：「那麼我至少還需要知道兩件事。」

龍五道：「你說。」

柳長街道：「到哪裡去偷？去偷什麼？」

龍五先回答了他後面一句話：「去偷一個箱子。」

他揮了揮手，那青衣白襪的中年人，就捧了口箱子出來。

箱子並不大，是用黃金鑄成的，上面鏤著很精細的龍鳳花紋，還嵌著碧玉。

龍五道：「和這口箱子完全一模一樣的箱子。」

柳長街忍不住問：「箱子裡是什麼？」

龍五遲疑著，終於道：「你本來不必知道的，但我也不妨告訴你，箱子裡有一瓶藥。」

柳長街很意外：「只有一瓶藥？」

龍五點點頭，道：「對我說來，這瓶藥比世上所有的珠寶加起來都珍貴。」

他的眼睛刀鋒般凝視著柳長街，慢慢的接著道：「你應該看得出我是個病人。」

柳長街當然看得出。

只不過他也看得出，這個病人只要一揮手，就可以要世上大多數健康無病的人，死在他面前。

龍五凝視著他臉上的表情，忽然笑了笑，道：「我知道你心裡在想什麼，這世上病人有很多種，我也許是天下所有的病人中，最可怕的一個，但病人畢竟是病人。」

柳長街也在遲疑著，終於問道：「只有那瓶藥才能治好你的病？」

龍五道：「你也該聽說過后羿和嫦娥的故事。」

后羿射落九日後，赴西天求王母給了他一瓶不死的神藥，卻被嫦娥偷服了。

嫦娥雖然已不死，換來的卻是永恆的寂寞。

「嫦娥應悔偷靈藥，碧海青天夜夜心。」

龍五道：「我們的故事，也和他們的故事一樣。」

他沒有再說下去，但柳長街卻已明白。

龍五也許是因爲先天質弱，也許是因爲練功入魔，得了種不治的怪病，就像是附骨之蛆般折磨著他。

後來他終於求得了一瓶靈藥，可以治他的病，但卻被他的妻子偷走了。

所以他心裡雖然恨她入骨，卻還是不敢得罪她，因爲他怕她毀了那瓶藥。

所以他雖然想找人對付她，卻又生怕消息走漏，被她知道。

龍五目光凝注著遠方，臉上帶著種說不出的傷感與寂寞之色。

難道他們這故事中，寂寞的不是嫦娥，而是后羿？

龍五緩緩道：「我知道她偷去了那瓶藥之後，絕沒有後悔，也不會寂寞，她已利用那瓶藥，要我爲她做了很多件我不願做的事。」

他眼睛裡的傷感寂寞，已變爲憤怒怨毒：「所以我不惜一切，也得將那瓶藥拿回來！」

柳長街忍不住再一次問：「到哪裡去拿？」

龍五道：「你當然想得到，要從她手上拿回一樣如此重要的東西，絕不是件容易事。」

柳長街已想到。

龍五道：「她將那箱子，收藏在棲霞山裡一個秘密的山窟裡，又找來了七個亡命江湖，在世上已無立足之地的巨盜，爲她看守那山窟。」

柳長街立刻想到殺人如閃電的「一手七殺」杜七。

龍五道：「那山窟的密室外，有一道千斤鐵閘。」

柳長街立刻想到了天生神力的石重。

龍五道：「那箱子放在密室中一道暗門裡，要進入那密室，打開那暗門，要先開七道鎖，每一道鎖都是由當世最負盛名的巧匠製成的。」

柳長街又想到了公孫妙。

龍五道：「最重要的是，那山窟距離她的住處近在咫呎，一有警訊，她隨時都可以趕去，只要她一趕去，世上就絕沒有任何人再能將那箱子拿走了。」

柳長街輕輕嘆了口氣。他忽然明白了一件事——龍五對秋水夫人的忌憚，並不完全是因爲那瓶藥，至少有一半是因爲她的武功。

她的武功顯然絕不在龍五之下。

龍五道：「幸好她有個很可笑的習慣，她每天子時就寢，上床前一定要將全身每一分、每一寸，都塗上一層她自己特製的蜜油。」

他目中又露出憎惡之色，接著道：「這件事每天都至少要費去她半個時辰，在她做這件事的時候，總是將自己鎖在房裡，就算天塌下來，她也不會知道。」

柳長街終於明白他們爲什麼離異的了。

他的妻子若是每天上床前也都要花半個時辰做這種可笑的事，他也一樣受不了的。

這種事世上也許沒有一個男人能受得了——無論誰都應該想像得到，每天都要抱著一個全身塗著蜜油的妻子上床睡覺，是件多麼可怕的事。

龍五竟似又看出了他的心意，冷冷道：「那實在是件令人噁心的事，可是這半個時辰，卻是你下手的唯一機會。」

柳長街道：「所以我一定要在半個時辰內，殺了那七個亡命之徒，舉起那千斤鐵閘，打開那七道鎖，拿出那箱子，還得逃出百里之外，免得被她追到。」

龍五點點頭，道：「我說過，這本是三個人才能做的事。」

柳長街嘆了口氣，苦笑道：「而且還一定要杜七、石重和公孫妙這三個人。」

龍五冷冷道：「但你現在卻已毀了這三個人，我也絕對再找不出和他們同樣的三個人了。」

柳長街明白他的心意：「所以現在我一定要替你去做好這件事。」

龍五道：「你有把握？」

柳長街道：「我沒有。」

龍五的瞳孔在收縮。

柳長街淡淡的接著道：「我這一生中，無論做什麼事，都不會事先就覺得有把握的。」

龍五道：「可是你每件事都做成了。」

柳長街笑了笑，道：「就因爲我沒有把握，所以我總是特別謹慎小心。」

龍五也笑了：「好，說得好，我一向喜歡小心謹慎的人。」

柳長街道：「但現在我還不知道該如何下手。」

龍五道：「爲什麼？」

柳長街道：「因爲我還不知道那山窟在哪裡。」

龍五又笑了，微笑著揮了揮手。

那青衣白襪的中年人，立刻又捧出一疊銀票，放在桌上。

龍五道：「這裡是五萬兩銀子，你可以拿去，痛痛快快的去玩幾天。」

柳長街並不客氣，立刻就收下。

龍五道：「我只希望你十天中，將這五萬兩銀子全花光。」

柳長街微笑道：「要花光並不太容易，可是我會替女人買房子，我還會輸。」

龍五目中也帶著笑意：「這兩件事只要會一樣，就已足夠了。」

他接著又道：「無論誰要去做大事之前，都應該先輕鬆輕鬆。何況，你已爲我吃了不少苦。」

柳長街淡淡道：「其實那也算不了什麼，藍天猛畢竟老了，他的出手並不重。」

龍五突然大笑。

青衣白襪的中年人，吃驚的看著他，因爲從來沒有人看見他如此大笑過。

但龍五笑聲結束得也很快，忽然又沉下了臉，道：「可是這十天之後，你就絕不能再碰一個女人，再喝一滴酒。」

柳長街笑道：「經過這麼樣十天後，我想必也暫時不會再對女人有什麼興趣了。」

龍五道：「好，很好，十天之後，我會叫人去找你，帶你到那地方去。」

他神情忽然又變得很疲倦，揮手道：「現在你已可以走了。」

柳長街不再說什麼，立刻就走。

龍五卻又叫住了他：「這些天來，一直陪著你的那六個女人，你覺得怎麼樣？」

柳長街道：「很好。」

龍五道：「你若是喜歡，也不妨將她們帶走。」

柳長街忽然又笑了笑：「這世上的女人是不是已死光了？」

龍五道：「還沒有。」

柳長街微笑道：「既然還沒有死光，我爲什麼還要她們六個？」

四

柳長街已走了出去。

龍五看著他的背影，眼睛裡又露出刀鋒般的光芒。

他忽然問：「你看這個人怎麼樣？」

青衣白襪的中年人垂手肅立在門後，過了很久，才緩緩道：「他是個很危險的人。」

他每個字都說得很慢，每個字都彷彿是經過深思熟慮之後，才說出的。

龍五道：「刀也很危險。」

青衣人點點頭，道：「刀不但能殺死別人，有時也會割破自己的手。」

龍五道：「刀若是在你手裡呢？」

青衣人道：「我從未割破過自己的手。」

龍五淡淡的笑了笑，道：「我喜歡用危險的人，就正如你喜歡用快刀一樣。」

青衣人道：「我明白了。」

龍五道：「我就知道你一定會明白的……」

這次他的眼睛闔起，就沒有再睜開。

他竟似已睡著。

柳長街已走出了孟飛的莊院。

他沒有再見到孟飛，也沒有再見到那六個女人。

他一路走出來，連個人影都沒有看見，孟飛顯然是個不喜歡送別的人，柳長街正好也一樣。

他沿著大路慢慢的走，顯得很從容，很悠閒。

一個懷中放著五萬兩隨時可以花光的銀子，可以痛痛快快玩十天的人，本來就應該是這樣子的。

唯一的問題是，應該怎麼樣去玩？怎麼樣才能將銀子花光？

這問題絕不會令任何人頭疼。

事實上，這是個每個人都喜歡去想的問題，就算沒有五萬兩銀子可花的人，也喜歡幻想一下的。

五萬兩銀子，十天狂歡假期。

無論誰想到這種事，睡著了都可能會笑醒的。

杭州本就是個繁華的城市。

繁華的城市裡，自然少不了賭和女人，這兩樣的確是最花錢的事。

尤其是賭。

柳長街先找了幾個最貴的女人，喝得大醉，再走去賭。

喝醉了酒再去賭，就好像用腦袋去撞石頭一樣，要能贏，那才是怪事。

但怪事卻年年都有的。

柳長街居然贏了，又贏了五萬兩。

他本想送那五個女人一人一萬兩，可是第二天早上，他忽然覺得這五個女人一個比一個討厭，一個比一個難看，連一千兩都不值。

有很多男人都是這樣子的，他們在晚上大醉後看成天仙一樣的女人，到了早上，就好像忽然會變的。

他簡直就像是在逃命一樣，逃出了那妓院——逃入了另一家妓院，喝了點酒之後，他發覺自己這次才總算找對了地方。

這地方的女人才真的是天仙。

可是第三天早上，他忽然又發覺這地方的女人，比第一天那五個還討厭，還難看，連看都懶得再看一眼。

這個妓院的老鴇後來告訴別人，她十二歲被賣入青樓，從妓女混到老鴇，卻從來也沒有見過像這「姓柳的」如此無情的嫖客。

他簡直是翻臉不認人。

柳長街從天香樓走出來的時候，午時剛過沒多久。

他剛花八十兩銀子，叫了一整桌最好的八珍全席，叫伙計將每道菜都擺在桌上，讓他看了看，就給了一百二十兩的小賬走出來。

他實在連一口都吃不下，可是到了吃飯的時候，總得叫桌菜來意思意思，據說有很多闊佬都是這樣子的，叫了整桌的菜，卻只是坐在旁邊看著別人吃。

昨天晚上他幸好輸了一點，但現在身上卻還有七萬多兩銀子。

他忽然發覺一個人要在十天中花去五萬兩銀子，也並不是件太容易的事。

現在正是暮春初夏，天氣很好，陽光新鮮得就像是處女的眼波。

他決定再到城外去走走，郊外的清風，也許能幫他想出個好法子來花錢。

於是他立刻買了兩匹好馬，一輛新車，還僱了個年輕力壯的車伕。

這只花了他片刻功夫，卻花了他一千五百兩銀子——錢有時也能買得到時間的。

城外一片青綠，遠山溫柔得就像是處女的乳房。

他叫車子停在柳蔭下，沿著湖濱逛過去，輕風吹起了湖水上的漣漪，看來就像是女人的肚臍。

只要是美麗的東西，好像總能令他聯想到女人，他自己心裡也在好笑。

他覺得自己實在是個好色之徒。

就在他開始這麼樣想的時候，他忽然看到了一個比陽光、遠山、湖水，加起來都美十倍的女人。

這女人正在一個小院子裡餵雞，身上穿著套青布衣裙，用衣襟兜著一把米，豐滿柔和的小嘴噘起，「嘖，嘖，嘖」的在逗雞。

他從來也沒有看過這麼玲瓏、這麼小巧的嘴。

天氣已很熱，她身上穿的衣服很單薄，衣領上的鈕子散開了一粒，露出了一截又白又嫩的頸子，只看這一截頸子，已經很容易就能令人聯想到她身上的其他部份，何況她還赤著足，只穿著雙木屐。

「屐上足如霜，不著鴉頭襪。」

柳長街忽然覺得作這兩句詩的人實在不懂得女人，女人的腳，怎麼能用「霜」來形容呢，那簡直像牛奶，像白玉，像剛剝了殼的雞蛋。

屋子又有個男人走出來，是個年紀已不輕的男子，一臉討厭像，尤其是一雙眼睛更討厭，正盯在這個女人渾圓結實的屁股上，忽然走出去，在她屁股上摸了一把，要拉她到屋子裡去。

女人吃吃的笑著，搖著頭，指了指天上的太陽，意思顯然是在說，時候還早，你急什麼？

看來這男人竟是這女人的老公。

想到天一黑的時候，這男人就要拉住這女人上床，柳長街幾乎已忍不住要衝過去一拳打歪這個男人的鼻子了。

可惜他並不是這麼不講理的人，他知道就算要打人的鼻子，也不能用拳頭打。

他立刻又趕回城，將銀票全都換成了五十兩一錠的大元寶，再趕到這裡來。

女人已不在餵雞了，夫妻兩個人，正坐在小屋的門口，一個在喝茶，一個在補衣裳。

她的手指纖長柔美，若是摸在男人身上，那滋味一定……

柳長街沒有再忍下去，他已經在敲門，也不等別人回應，就自己推門走了進去。

男人立刻站起來，瞪著他道：「你是誰？來幹什麼？」

柳長街微笑道：「我姓柳，特地專程來拜訪你們的！」

男人道：「但我卻不認得你！」

柳長街微笑著，拿出了一錠元寶，道：「你認不認得這樣東西？」

這樣東西當然是人人都認得的，男人的眼睛立刻發直：「這是銀子，銀元寶。」

柳長街道：「像這樣的元寶你有多少？」

男人說不出話，因爲他連一個也沒有。女人本已想躲進去，看見這錠元寶，也停下了腳。

這種東西好像天生就有種吸引力，不但能吸住大多數人的腳，還能吸掉大多數人的良心。

柳長街笑了。

他揮了揮手，車伕立刻將剛換來的四大箱元寶都抬進來，擺在院子裡，打開。

柳長街道：「這是五十兩一錠的元寶，這裡一共有一千兩百錠。」

男人的眼珠子已經凸了出來，女人臉已發紅，呼吸已急促，就好像少女看見初戀的情人一樣，心已經動了。

柳長街道：「這些元寶你想不想要？」

男人立刻點點頭。

柳長街道：「好，你想要，我就會給你。」

男人的眼珠子已經快掉了下來，連站都站不穩了。

柳長街道：「你現在立刻就可以帶兩箱走，隨便到哪裡去，車馬也送給你，只要你過七天再回來。」

他微笑著，用眼角瞟著那女人，道：「剩下的兩箱，留給你老婆，七天後你回來，老婆和銀子還是你的。」

男人的臉也已發紅，頭上已在冒汗，回過頭，去看他老婆。

女人卻不看他，一雙美麗的眼睛，正盯在那兩箱銀子上。

男人伸出舌頭，舔了舔發紅的嘴唇，吃吃道：「你……你……你看怎麼樣？」

女人咬著嘴唇，忽然一扭頭，奔進了屋子。

男人想追進去，又停下。

他整個人都已被銀子吸住。

柳長街忽然說道：「你只要出去七天，七天並不長。」

男人忽然從箱裡抓起錠銀子，用力咬了一口，連牙齒都差點被咬掉兩顆。

銀子當然是真的。

柳長街道：「七天之後，你還可以回來，你老婆……」

男人不等他這句話說完，突然用盡全身力氣，抱起銀子，衝上了馬車。

車伕爲他帶去了另一箱。

男人喘著氣，抱著箱子，道：「走，趕快走，隨便到哪裡去，走得愈遠愈好。」

柳長街又笑了。

車馬急馳而去，他提起兩口銀箱，施施然走進了屋子，放下錢箱，關上門，閂起。

臥房的門卻是開著的，門簾半捲，那女人正坐在床頭，咬著嘴唇，一張臉紅得像桃花一樣。

柳長街微笑著走了進去，輕輕問道：「你在想什麼？」

女人道：「我在想你這人真他媽的不是個好東西。也只有像你這種人，才會想得出這種法子，做這種事。」

柳長街嘆了口氣，苦笑道：「我剛跟自己打過賭，胡月兒說的第一句話裡，若是沒有『他媽的』三個字，我就情願三個月不看女人。」

三　月兒彎彎照長街

一

這女人原來叫胡月兒，原來早已認得柳長街，而且看來還是好朋友！

這究竟是怎麼回事？

難道剛才他們只不過是在演戲？

爲什麼要演這齣戲？演給誰看的？

胡月兒已站起來，手插著腰，瞪著他，道：「我問你，若是真的有一對小夫妻，遇見了你這種人，遇見了這種事，你說那怎麼辦？」

這句話竟然將柳長街也給問住了，怔了半晌，才回答：「我雖然不是個好東西，卻也不會做這種缺德事。」

柳長街苦笑道：「那我也不知道該怎麼辦，我還沒有想得這麼多。」

胡月兒道：「我不一定是在說你，我說的是你這種人。」

胡月兒道：「這法子都是你想出來的。」

柳長街的神情忽然變得很嚴肅：「我這麼樣做，只不過要讓龍五認爲我是個混蛋而已，我們絕不能讓他有一點懷疑，隨時隨地都得小心，他的勢力實在太大，耳目實在太多。」

胡月兒道：「可是剛才……」

柳長街道：「剛才也有他的耳目，那車伕就一定是他的人。」

胡月兒道：「你知道？」

柳長街道：「我看得出。」

他又解釋：「那小伙子要真是個趕車的，看見四大箱白花花的銀子，一定也已連魂都要被勾走，可是他卻好像已見慣了，居然還能沉得住氣。」

胡月兒眼珠子轉了轉，氣已平了，忽然笑了笑，道：「聽說你最近日子過得很樂。」

柳長街苦笑道：「我已連鼻子都被人打歪了，你還說我樂。」

胡月兒忽然道：「只要能天天有女人陪著，挨頓揍也是值得的。」

柳長街嘆了口氣，道：「只可惜那些女人沒有一個能比得上你！」

胡月兒也笑了，笑著道：「你少拍我馬屁，你也該知道我是不會上你當的，這件事不辦妥，你休想碰我。」

柳長街道：「連碰碰手都不行？」

胡月兒道：「不行，從今天開始，我睡床，你睡地，你晚上若想偷偷爬上來，我就去告訴龍五，把你的來歷全抖出來。」

柳長街嘆道：「你簡直不是人，是個活鬼！」

胡月兒道：「你本來豈非也是個鬼，色鬼。」

她忽然又笑了，眨著眼笑道：「何況你只不過是條街而已，我卻是月亮，月亮可以照幾千幾萬條街，所以我正好是你的剋星。」

柳長街笑笑道：「我只不過自己總覺得有點奇怪，怎麼選上你做我的幫手的。」

胡月兒抬起了頭，道：「因爲我是胡力胡老爺子的女兒，因爲我又能幹，又機伶，又因爲我什麼事都懂，什麼事都知道，因爲我……」

柳長街打斷了她的話：「因爲你不但是個小狐狸，而且還是個狐狸精！」

她的確是條小狐狸，因爲她父親就正是江湖中最老的一條老狐狸。

只要聽見「胡力」這兩個字，在道上的朋友，無論誰都立刻會變得頭大如斗。

胡月兒冷笑道：「我也還在奇怪，我爹爹爲什麼總是說只有你才能對付龍五？爲什麼要我幫你？」

柳長街微笑道：「因爲我雖然武功高強，聰明能幹，卻從來也沒有招搖炫耀，因爲江湖中很少有人真的見過我。因爲我毛病雖不少，好處卻更多，所以他老人家早已想將我招做女婿。」

胡月兒板著臉道：「因爲你不但會吹牛，還會放屁。」

這句話說完，她自己也忍不住笑了，但立刻又板起了臉，問道：「你已當面見過了龍五？」

柳長街道：「已見過兩次。」

胡月兒道：「你爲什麼不索性把他抓住？爲什麼要把這種好機會錯過？」

柳長街嘆道：「我若也跟你一樣笨，真的想這麼做，你現在看見的，已經是個死人了。」

胡月兒冷笑道：「你的武功豈非很好？豈非已可算是天下數一數二的高手？不但我爹爹他們一直在誇獎你，連老王爺豈非也一直拿你當寶貝？你怎麼也會怕了別人的？」

柳長街嚴肅道：「我不怕別人，只怕龍五！」

胡月兒眨著眼，道：「他的武功真有傳說中那麼可怕？」

柳長街道：「也許比傳說中還可怕，我敢保證，連七大劍派的掌門人都算上，江湖中絕沒有一個人能接得住他兩百招的！」

胡月兒道：「你呢？」

柳長街依然沒有回答這句話，又道：「何況他身邊還有一個極可怕的人。」

胡月兒道：「藍天猛？」

柳長街笑了笑，道：「這頭雄獅已老了，而且被關在籠子裡很久，雖然還能咬人，但牙齒卻已經不及昔日鋒利，銳氣也已被消磨了很多。」

胡月兒眼珠子轉了轉，道：「據說龍五手下有一獅一虎一孔雀，都是極可怕的人。」

柳長街道：「但現在雄獅已老，黑虎已入山，孔雀雖美麗，卻不會咬人。」

胡月兒道：「你說的不是他們？」

柳長街道：「不是。」

胡月兒道：「不是他們是誰？」

柳長街道：「是個青衣白襪的中年人，看來又規矩，又老實，就像是奴才一樣，但武功之深，卻已深不可測。」

胡月兒道：「你怎麼看出來的？」

柳長街道：「雄獅已經跟我交過手，他的掌力實在很驚人，連屋子都幾乎被他震動，可是那青衣白襪的中年人就站在旁邊，卻連衣衫都沒有動。」

他想了想，又道：「所以他替我倒酒時，我就一直注意他的手，我從來也沒有看見過那麼穩定的手，他拿著很重的酒壺，隨隨便便一倒，就剛好把一杯酒倒滿，既不會少一滴，也不會溢出一滴來。」

胡月兒靜靜的聽著，似在沉思，過了很久，才問道：「你看不看得出來，他這隻手本來是用什麼兵器的？」

柳長街道：「我看不出，他手上連一點練過武功的痕跡都沒有。」

無論練過哪種兵器的人，手上都一定會留下練功時生出的老繭，那是絕對瞞不過明眼人的。

胡月兒沉吟著道：「他練的莫非是左手？」

柳長街道：「很可能。」

胡月兒道：「以左手成名的武林高手，最高明的是誰？」

柳長街笑道：「這就得問你了，你豈非本來就是本活的武林名人譜？」

這的確是胡月兒最大的本事。

她不但過目不忘，而且見識最博，因爲她父親本就是位江湖中眼皮最雜、人頭最熟的人。所以江湖中的人物來歷、歷史典故，她不知道的實在很少。

胡月兒道：「以左手功夫出名，最了不起的一個人，本來當然應該是秦護花。」

柳長街動容道：「護花刀？」

胡月兒點點頭，道：「據說他九歲時就已殺了人，殺的還是中原有名的大盜彭虎。」

柳長街道：「這件事我也聽說過。」

胡月兒道：「他十三歲時就已成名，十七歲時就已橫掃中原，號稱中原第一刀，三十一歲時，就已接掌了崆峒派，成爲有史以來七大門派中最年輕的一位掌門人，到那年爲止，敗在他刀下的武林高手，據說已有六百五十多人。」

柳長街嘆道：「看來江湖中比他更出風頭的人，的確已不多了。」

胡月兒道：「他少年成名，的確鋒芒太露，但他卻也的確是驚才絕技，令人不能不佩服。」

她眼睛裡閃著光，嘆息著又道：「只恨我晚生了十幾年，否則我一定要想法子嫁給他。」

柳長街笑道：「幸好你晚生了十幾年，否則我一定要找他拚命！」

胡月兒白了他一眼，道：「但你說的那個人，一定不會是他。」

柳長街道：「哦！」

胡月兒道：「像他那樣驕傲的人，怎麼會肯去做別人的奴才？何況他在十年前就已失蹤，一直下落不明，有人說他已去了海外的仙山，也有人說他已死了。但無論他是死是活，都絕不會替別人倒酒的。」

柳長街嘆了口氣，道：「我也希望那個人不是他，我實在不希望有他這樣的對頭。」

他的聲音忽然停頓。

就在他聲音停頓的那一瞬間，他的人已壓在胡月兒身上。

沒有人能看清他的動作，沒有人能想得到他會忽然有這麼樣一手。

胡月兒也想不到。

她咬著牙掙扎：「你這個色鬼，我說……」

她的聲音也忽然停頓，因爲柳長街的嘴，已堵住了她的嘴。

現在她只能從鼻子裡發出聲音來了，一個有經驗的男人，總該知道女人用鼻子裡發出來的聲音，是種什麼樣的聲音。

這種聲音簡直可以令男人聽了全身骨頭都發酥。

她還在推，還在掙扎，還想去搥他。

可是她的手已被按住。

她的臉已變得火燒般發燙，全身都在發燙。

一個正常健康的成熟女人，被一個她並不討厭的男人壓住，她還能有什麼別的反應。

但就在這時，只聽「砰」的一聲，外面的門，已被人一腳踢開了！

一個人手裡提著朴刀，闖了進來，赫然竟是那年輕力壯的車伕。

二

柳長街還是壓在胡月兒身上，只不過嘴已離開了她的嘴。

車伕已闖到臥房的門口，冷冷的看著他們。

他的身子站得很穩，握刀的姿勢很正確，無論誰都可以看得出，這個人的刀法絕對不弱。

他冷酷的眼睛裡帶著種譏刺之意，冷笑道：「我已在外面兜了個大圈子，你居然還沒有把這女人弄到手，看來你對女人的手段並不太高明。」

柳長街道：「時間還長得很，我又不是你這種毛頭小伙子，我何必著急。」

他好像到這時才想起自己不必向別人解釋的，立刻沉下了臉，道：「你回來幹什麼？」

車伕也沉著臉，道：「回來殺你！」

柳長街覺得很吃驚：「你要回來殺我，爲什麼？」

車伕冷笑道：「我跟他跟了七八年，到現在還是個窮光蛋，玩的還是土嫖館裡的臭婊子，你剛來就想當大亨，你憑什麼？」

柳長街當然知道他說的「他」是什麼人，卻故意問道：「難道你也是龍五手下？」

車伕冷冷道：「你只要稍微有點眼力，就該知道我彭剛是幹什麼的。」

柳長街道：「『旋風刀』彭剛？」

彭剛道：「想不到你居然還有點見識，居然還知道我。」

柳長街嘆道：「五虎斷門刀門下的高足，居然要替人趕車，這實在是委曲了你。」

彭剛握刀的手上已暴出青筋，額上也暴出了青筋，咬著牙道：「老子也早就不想再受這種鳥氣。」

柳長街道：「所以你想殺了我，帶著四箱銀子和這個女人遠走高飛。」

彭剛眼睛落在胡月兒還在喘息的小嘴上，眼睛裡又立刻像是冒出了火：「像這樣的小寡婦，每個男人都想玩玩的。」

聽到「小寡婦」三個字，胡月兒就叫了起來：「你……你把我那當家的怎麼樣了？」

彭剛獰笑道：「那種看見銀子連老婆都肯賣的男人，死八次也不嫌多，你難道還捨不得？」

他的話還沒有說完，胡月兒已嚎啕大哭起來，哭得就像是真的一樣。

柳長街這才嘆了口氣，心不甘情不願的從她身上爬起來，喃喃道：「這女人既不是天仙，銀子也不多，爲了這點銀子送命，實在不值得。」

彭剛冷笑道：「要送命的是你，不是我。」

柳長街道：「你真有把握殺我？」

彭剛道：「你若真有本事，就不會被人像野狗般打得半死，再吊到屋簷上去。」

柳長街道：「所以你認為你比我強！」

彭剛道：「我只不過有點不服氣，挨了一頓打，就弄到那麼多銀子。」

柳長街又嘆了口氣，道：「你實在還是個連屁事都不懂的毛頭小伙子，我實在不忍下手殺你。」

彭剛厲聲說道：「那麼你不如就索性讓我殺了你吧！」

他的刀已劈出，一出手就是連環五刀，「五虎斷門刀」本就是武林中最毒辣兇狠的刀法，「旋風刀」的出手也的確不慢。

柳長街沒有還手。

他甚至連閃避都好像沒有閃避，可是彭剛的刀，卻偏偏總是砍不到他身上。

胡月兒似已嚇得連哭都不敢哭，俯在床面，身子縮成了一團。

彭剛出手更快，漸漸已經將柳長街逼到屋角，突然一刀從下挑起，連變了三個方向，急砍柳長街的左頸。

這一招「翻天覆地」，正是五虎斷門刀的殺手！

柳長街眼見已無路可退，身子突然沿著牆壁滑了起來，滑上了屋頂。

「叮」的一聲，火星四濺，彭剛本以為這一刀必已致命，已使出全力，想收回已來不及了，一刀砍在牆上，刀鋒恰巧嵌入磚牆裡。

他正想用力拔刀，壁外突然伸進一隻手來，捏住了他的刀鋒。

很結實的磚牆，就像是忽然變成了紙糊的，這隻手竟隨隨便便的穿過了牆，輕輕一拗，一把上好的鋼刀，就已被拗成了兩截。

彭剛臉色變了，全身都已僵硬。

他畢竟還是識貨的，這樣的武功，他簡直連聽都沒聽過。

牆外已有個人冷冷道：「你跟了龍五七八年，每個月卻還是只能弄到手七八十兩銀子，但他一下子卻弄到了好幾萬兩，所以你很不服氣，是不是？」

彭剛鐵青著臉，點了點頭。

牆外的人卻看不見他點頭的，所以柳長街就替他回答：「他正是這意思。」

「可是這姓柳的已被藍大爺揍了，已成了孟飛的朋友，從孟飛那裡出來的人，就是我們的對頭，你怎麼知道銀子是誰給的？」

彭剛遲疑著，終於道：「我看得出，孟飛絕不會有這麼大的出手，而且那天我又正好看見公子到孟飛的莊院裡去。」

牆外的人淡淡道：「想不到你居然是個很聰明的人，而且居然還很仔細。」

只有仔細的人，才能看見很多別人看不見的事：「只可惜你卻做了件最笨的事。」

他的人雖在牆外，說話的聲音卻彷彿在耳旁：「你明知柳長街是一家人，還要殺他？」

彭剛垂下頭，汗落如雨：「我錯了。」

「你知道你犯了什麼錯？」

「我……我犯了家法！」最後這兩個字從彭剛嘴裡說出來，他似乎已用盡了全身力氣。

「你知道犯了家法的人應該怎麼樣?」

彭剛的臉已因恐懼而扭曲，就像是有雙看不見的手，已扼住了他的咽喉。

他突然轉身，想衝出去。

他認爲牆外的人一定看不見。

可是從牆外伸進來的這隻手上，竟似也長著眼睛。

手一揮，手裡的半截斷刀飛出，刀光一閃，已釘入了彭剛的背脊。

就在這時，四條大漢從門外衝進來，一個人手裡提著個麻袋，兜頭往彭剛身上一套。

一個人手裡提著兩口銀箱，擲在桌上。

第三個人手拿鐵鎚，一進來就立刻開始修補剛才被彭剛踢毀了的門框。

第四個人卻拿著泥水匠用的手鏟鏟泥土，這隻手一縮回去，他就開始在補牆上的破洞。

只聽牆外的人緩緩道:「我保證這七天內絕不會有人再來打擾你，可是你最好也記住，你並不是我們的人，你跟龍家並沒有絲毫關係!」

說到最後一句話，聲音已在遠方。

牆上的牆洞已補上，門框已修好，麻袋也已束起，連一滴血都沒有滴在地上。

四條大漢從頭到尾連看都沒有看柳長街一眼，牆外的語聲消寂，這四條大漢已消失在門外。

屋子裡又恢復安靜，好像什麼事都沒發生過一樣。

這些人做事效率之迅速準確，已令人無法想像。但現在無論誰都已可以想像到，犯了龍五家法的人，會有怎麼樣的下場!

三

柳長街沒有動，沒有開口。

胡月兒也沒有動，沒有開口。

外面有風吹木葉的聲音，老母雞在「咯咯」的叫，狗也在叫。

屋子裡好像突然變得很熱，柳長街慢慢的解開衣襟，躺下來，躺在胡月兒身邊。

胡月兒居然沒有一腳把他踢下去，只是瞪著雙大眼睛在發怔。

她現在才終於完全明白，龍五是個多麼可怕的人。

柳長街忽然道：「他們已走了，全都走了。」

胡月兒道：「這七天內，他們真的不會再來？」

柳長街道：「那個人好像並不是個說話不算數的人。」

胡月兒道：「你知道他是誰？你認得那隻手？」

那是右手，手上也看不出任何一點練過武功的痕跡。但現在無論誰都已應該看得出，這隻手若要殺人時，世上只怕已很少有人能抵抗。

柳長街道：「我希望我沒有看錯。」

胡月兒道：「你希望他就是那個青衣白襪的中年人？」

柳長街點點頭。

胡月兒道：「為什麼？」

柳長街道：「他要是那個人，就表示他也有不在龍五身邊的時候，我若要出手對付龍五，我絕不希望有他在旁邊。」

胡月兒道：「你準備等到什麼時候出手？」

柳長街道：「等到他完全信任我，等到他有機會給我的時候。」

胡月兒道：「你認為會有那麼一天？」

柳長街的回答很堅定：「一定會有！」

胡月兒卻嘆了口氣，道：「我只怕等到那一天時，已不知有多少人要為這件事而死。」

柳長街道：「你在為老石頭難受？」

胡月兒黯然道：「老石頭的確是個老實人，這本已是他最後一件差使，辦完了這件事，他就準備回家耕田去的，他已買了幾畝地。」

老石頭當然就是那個假扮她老公的人。

柳長街靜靜的聽著，臉上全無表情，冷冷道：「他本就不該買房子買地，幹我們這一行的人，本就隨時隨地會死在路上的。」

胡月兒眨眼道：「但他卻死得太冤枉，他的功夫本來絕不在彭剛那王八蛋之下，可是彭剛要殺他時，他卻不能回手，因為他若一出手，就會洩露秘密，他……他竟寧死也不肯洩露我們的秘密。」

柳長街淡淡道：「他本就應該這麼樣做的，這是他的本份。」

胡月兒瞪起了眼，道：「你難道認為他本就應該死的？」

柳長街居然沒有否認。

胡月兒幾乎已要叫了起來：「你究竟是不是人，還有沒有一點人性，你……你……」

她愈說愈氣，突然一腳將柳長街踢下床去。

柳長街反而笑了：「你若認爲老石頭真是個老實人，那你就錯了，你若認爲他真的已死在那王八蛋手裡，你就錯得更厲害。」

他躺在地上，居然好像還是跟躺在床上一樣舒服：「他也許會讓彭剛砍他一兩刀，也許會讓彭剛認爲他已死了，但他若是真的這麼簡單就會被那種小王八蛋一刀殺死，那他就不該叫老石頭，應該叫老豆腐才對。」

胡月兒還在懷疑：「你真的認爲他沒有死？」

柳長街道：「你知不知道這是件多麼大的事？你知不知道我們爲這件事已計劃了多久？老石頭若是你想像中的那種老實人，我們怎會要他參與這件事？」

胡月兒笑了：「別的我不知道，我只知道你的確不是個老實人。」

柳長街道：「哦……」

胡月兒咬著嘴唇道：「剛才你就算是已聽出外面有人來了，也不必那麼樣做的，你根本就是想乘機揩油。」

柳長街笑了笑，道：「你只猜對了一半。」

胡月兒道：「你還有什麼別的意思？」

柳長街悠然道：「我只不過想要你知道，我若真的要強姦你，你根本一點法子都沒有。」

胡月兒眼珠子轉了轉，輕輕道：「現在你……你難道不想了？」

柳長街道：「你難道還要我再試一次？」

胡月兒紅著臉，又咬起了嘴唇：「你不敢！」

柳長街又笑了。

然後他的人竟突然從地上彈了起來，忽然間就已壓在胡月兒身上。

胡月兒嘆了口氣，道：「看來你真是個色鬼。」

柳長街道：「但這次卻是你故意勾引我的，我知道你……」

這句話沒有說完，他的人突然又從胡月兒身上彈起來，撞在牆上，落下，一雙手捧著小腹，一張臉已疼得發白。

胡月兒看著他，忽然道：「剛才我的確是在故意勾引你，因爲我也想要你知道，我若真的不肯，你也連一點法子都沒有。」

柳長街彎著腰，似已疼得連話都說不出來，額上的冷汗，一粒粒往外冒。

胡月兒眼睛又不禁露出些歉意，又覺得有點心疼了，柔聲道：「可是我早已說過，只要你能做成這件事，我……我……」

她沒有再說下去，也不必再說下去，她的意思，就算是呆子也聽得懂。

柳長街卻好像聽不懂。

他又慢慢的躺下來，躺在地上，本來總是顯得很和氣、很愉快的一張臉上，忽然露出種說不出的悲痛傷感之色。

他沒有說什麼，過了很久很久，還是連一句話都沒有說。

胡月兒的心更軟了，卻故意板著臉道：「我就算踢痛了你，你也不必像孩子一樣賴在地上不起來。」

柳長街還是不開口。

胡月兒又忍不住問道：「你究竟是在生我的氣，還是在想心事？」

柳長街終於輕輕嘆了口氣，道：「我只不過在想，以後你爹爹一定會替你找個很好的男人，一定不會是幹我這行的，他不會有隨時送命的危險，你們……」

胡月兒臉色已變了，大聲道：「你說這種話是什麼意思？」

柳長街笑了笑，笑得很淒涼：「我也沒什麼別的意思，只不過希望你們能白頭偕老，希望你能很快就忘了我。」

胡月兒的臉已蒼白：「你為什麼要這樣說？我剛才的話，你難道聽不懂？」

柳長街嘆道：「我聽得懂，可是我也知道，我是等不到那一天的了！」

胡月兒急著問道：「為什麼？」

柳長街淡淡道：「自從我答應來做這件事的那一天，我已沒有打算再活下去，就算我能有機會殺了龍五，我……我也絕不會再見到你。」

他目光凝視著遠方，臉上的神情更悲戚。

胡月兒看著他，臉上的表情，也好像有根針正在刺著她的心。

柳長街忽又笑了笑，道：「無論如何，能用我的一條命，去換龍五的一條命，總是值得的，我只不過是個無足輕重的人，既沒有親人，也沒有……」

胡月兒沒有讓他說完這句話。

她忽然撲到他身上，用她溫暖柔和的嘴唇，堵住了他的嘴……

窗外的風更緊了。

一隻母雞，正孵出了一窩小雞……

月亮已昇起，月光從窗外照進來，照著胡月兒的臉，她臉上還帶著淡淡的紅暈。

柳長街正在偷偷的看著她，眼睛裡充滿了一種神秘的歡愉。

胡月兒癡癡的看著窗外的月亮，忽然道：「我知道你是騙我的。」

柳長街道：「我騙你？」

胡月兒又在用力咬著嘴唇：「你故意那麼樣說，讓我聽了心軟，你才好……才好乘機欺負我，我明明知道你不是個好東西，卻偏偏還是上了你的當。」

說著說著，她眼淚已流了下來——這本是女孩子一生中情感最脆弱，最容易流淚的時候。

柳長街就讓她流淚，直等到她情緒剛剛平定，才嘆了口氣，道：「我現在才知道你爲什麼會難受了，你難受，只因爲我並不一定會死。」

胡月兒不想分辯，卻還是忍不住要分辯：「你明明知道我不是這意思。」

柳長街道：「你若知道我已死定了，豈非會覺得好受些。」

胡月兒恨恨道：「可是你根本不會死的，你自己說過，一定要等到有把握時才出手，只要你能制住龍五，還有誰敢動麼？」

柳長街道：「我既然不會死，這件事既然一定能完成，你既然遲早總要嫁給我，那麼你現在又有什麼好難受的？」

胡月兒說不出話來了。

她忽然發現柳長街在笑，笑得那麼可惡——當然並不完全可惡，當然也有一點點可愛。

她看著他，輕輕嘆了口氣道：「我知道你現在一定很得意，因爲你知道我一定會變得很乖，很聽話，因爲我已非嫁給你不可。」

柳長街微笑著，居然沒有否認。

胡月兒柔聲道：「我實在很怕你不要我，我一定會變得很乖的，就像是條母老虎那麼乖。」

她忽然又一腳把柳長街踢下床去。

柳長街怔住，終於怔住。終於笑不出了。

胡月兒從被裡伸出一隻手，擰住了他的耳朵，但聲音卻更溫柔：「從今天起，應該聽話的是你，不是我，因為你反正已非娶我不可，但是你若敢不聽話，我還是要你睡在地上，不讓你上床。」

她的嘴貼在他耳朵上，輕輕道：「現在你明白了沒有？」

「我明白了。」柳長街苦笑道：「但另外一件事我卻反而變得糊塗了。」

胡月兒忍不住問：「什麼事？」

柳長街苦笑道：「我已分不清究竟是你上了我的當，還是我上了你的當？」

無論他們是誰上了當，我相信這種當卻一定有很多人願意上。

因為他們的日子過得實在很甜蜜，只可惜甜蜜的日子總是過得特別快的。

六七天好像一轉眼就已過去，忽然間就已到了他們相聚的最後一天晚上了。

最後的一個晚上，本該是最纏綿的一個晚上。

胡月兒卻穿得整整齊齊的，坐在客廳裡——平常到了這時候，他們本該已躺在床上。

柳長街看著她，好像已對她仔細研究了很久，終於忍不住問道：「今天我又有什麼事得罪了你？」

胡月兒道：「沒有。」

柳長街道：「你忽然有了毛病？」

胡月兒道：「沒有。」

柳長街道：「那麼今天是怎麼回事？」

胡月兒道：「我只不過不想還沒有出嫁就做寡婦而已。」

柳長街道：「沒有人想要你做寡婦。」

胡月兒道：「有一個。」

柳長街道：「誰？」

胡月兒道：「你。」

她板著臉，冷冷道：「這六七天來，只要我一想談正事，你就跟我胡說八道，再這麼下去，我很快就會做寡婦的。」

柳長街嘆了口氣，道：「正事不是用嘴談的，是要用手去做的。」

胡月兒道：「你準備怎麼樣去做？」

柳長街道：「你今天晚上這樣子，就爲的是要跟我談這件事？」

胡月兒道：「今天晚上再不談，以後只怕就沒有機會了。」

柳長街又嘆了一口氣，道：「好，你要談，就談吧。」

胡月兒道：「龍五要你到相思夫人那裡去，偷一口箱子？」

柳長街道：「嗯！」

胡月兒道：「你已答應了他？」

柳長街道：「嗯！」

胡月兒道：「因為你若想抓龍五，就一定要先得到他的信任，若想得到他信任，就只有先替他做好這件事。」

柳長街道：「難道你還有什麼更好的法子？」

胡月兒道：「我沒有。」

她也嘆了口氣，道：「這些年來，我們雖然知道有很多件大案子，都是龍五幹的，我們甚至懷疑他就是青龍會的老大，卻連他的一點把柄都抓不到。」

柳長街道：「就算能抓到他的把柄，也抓不到他的人。」

胡月兒道：「據說，連一向笑傲生死的『長生劍』白玉京、勇氣蓋世的丁喜與怒拳驚天的小馬，開朗誠實、無往不利的『碧玉刀』段玉，都遇到過青龍會的糾纏，卻也只能與青龍會中堂主級人物周旋，而未能直搗青龍總會的首腦。」

柳長街嘆道：「孔雀山莊擁有威力無比、輝煌燦爛的『孔雀翎』，據謂秋莊主也與青龍會有一段過節，卻也不敢對青龍會放手一搏。」

胡月兒嫣然道：「西北雙環門以『多情環』馳名江湖，後來竟被天香堂所滅，據說雙環門流浪在外的唯一高手蕭少英後來矢志報仇，幾番鬥智鬥力，終與天香堂同歸於盡。整個過程中，也有青龍會的陰影迴旋其間。更不消說，在身世離奇的『離別鈎』楊錚與世襲一等侯狄青麟的決戰中，狄死楊斷臂，起因亦在於青龍會擴張勢力，要將各方高手一網打盡之故。」

柳長街道：「你們真的認為，龍五可能就是青龍會的總瓢把子？」

胡月兒道：「但龍五對我們的調查似已有所警覺，他滑溜至極，身邊高手又多，我們的人已查不下去。」

柳長街道：「所以你們對付龍五的行動已遇到了瓶頸？」

胡月兒道：「所以我們一定要出奇兵。」

柳長街道：「你們的奇兵，就是我。」

胡月兒道：「所以你不但要抓他的人，還得先證明他犯的罪。」

柳長街道：「所以我一定要替他做好這件事。」

胡月兒道：「你有把握？」

柳長街道：「有一點。」

胡月兒道：「你能在半個時辰裡，殺了守在外面的那七個人？再舉起那道千斤閘，打開那三道秘門，逃到相思夫人追不上的地方去？」

柳長街道：「我只不過說我有一點把握而已，並不是很有把握。」

胡月兒道：「你知不知道那七個人，是七個什麼樣的人？」

柳長街道：「不知道。」

胡月兒道：「你知不知道他們的武功如何？」

柳長街道：「不知道。」

胡月兒冷笑道：「你什麼都不知道，居然就已覺得有點把握了，這不是存心想害我做寡婦是什麼？」

柳長街居然笑了笑，道：「我雖然不知道他們的來歷武功，可是我知道你一定會告訴我的。」

胡月兒板著臉，冷冷道：「你憑什麼認爲我會知道他們的武功來歷？」

柳長街微笑道：「因爲你又能幹，又聰明，江湖中的事，你幾乎沒有不知道的，而且這幾天晚上，你都沒有睡好，一定就是在替我想這件事。」

胡月兒雖然還是板著臉，但眼波卻已溫柔多了，輕輕嘆息著，道：「你總算還有點良心，總算還知道我的苦心。」

柳長街立刻走過去，攬住了她的腰，柔聲道：「我當然知道你對我好，所以……」

他的話還沒有說完，胡月兒已用力推開了他，冷冷道：「所以你現在就該乖乖的坐著，聽我把七個人的武功來歷告訴你，好好的想個法子對付他們，好好的活著回來，不要讓我做寡婦。」

柳長街只有坐下來，苦笑道：「你真的已知道那七個人是誰？」

胡月兒道：「這些年來，江湖中被人逼得無路可走的亡命之徒，算起來至少有一兩百個，只不過有些人武功不夠，有些人年紀太老，相思夫人是絕不會把他們看在眼裡的。」

柳長街道：「這其中當然也還有些人早已死了。」

胡月兒點點頭，道：「所以我算來算去，有可能被相思夫人收留的，最多只有十三四個。他們之中，又有七個人的可能性最大。」

柳長街道：「你憑哪點算出來的？」

胡月兒道：「因爲這七個人不但貪圖享受，而且怕死，只有怕死的男人，才肯去做女人的奴才。」

柳長街苦笑道：「我不怕死，可是現在我已做了你的奴才。」

胡月兒瞪了他一眼，道：「你到底想不想知道那七個人是誰？」

柳長街道：「想。」

胡月兒道：「你有沒有聽人說過『小五通』這個人？」

柳長街道：「是不是那個採花盜？」

「五通」本就是江南淫祠中供奉的邪神，「小五通」當然是個採花盜。

胡月兒道：「這人雖然是下五門中最要不得的淫賊，但是輕功掌法都不弱，尤其是身上帶著的那三種煨毒暗器，更是見血封喉，霸道極了。」

柳長街道：「據說他本是川中唐家的子弟，毒門暗器的功夫，當然是有兩下子的。」

川中唐門，以毒藥暗器威鎮江湖，至今已達三百年，江湖中一向很少有人敢去惹他們，他們倒也不肯輕易去犯別人——唐門家法之嚴，也是出了名的。

這「小五通」唐青，卻是唐家子弟中，最不肖的一個，他要是真的已投靠了相思夫人，也許就是怕唐家的人抓他回去，用家法處置他。

胡月兒道：「那七個人中，你特別要加意提防的，就是這個人的煨毒暗器，所以我希望你最好能先到唐家去要點解藥。」

柳長街苦笑道：「只可惜我要也要不到，買也買不起。」

胡月兒道：「那麼你就只有第一個先出手對付他，讓他根本沒有用暗器的機會。」

柳長街點點頭，道：「你放心，我也知道被唐門毒砂打在身上的滋味很不好受。」

胡月兒道：「為了安全，你身上最好穿件特別厚的衣服，我也知道你怕熱，可是熱總熱不死人的。」

柳長街：「我一定穿件厚棉襖去。」

胡月兒這時才表示滿意，又道：「那七個人中，算來功夫最好，並不是他。」

柳長街道：「是誰？」

胡月兒道：「有三個人的功夫都很硬，一個是『鬼流星』單一飛，一個『勾魂』老趙，一個是『鐵和尚』。」

柳長街皺了皺眉，這三個人的名字，他顯然全都聽說過。

胡月兒道：「尤其是那鐵和尚，他本來已是少林門下的八大弟子之一，練的據說還是童子功，這個人既不貪財，也不好色，卻偏偏喜歡殺人，而且用的法子很慘，所以才被少林逐出了門牆。」

柳長街道：「也許就因爲他練的是童子功，所以心理才有毛病，就因爲心裡有毛病，所以才喜歡無緣無故的殺人。」

胡月兒道：「他的人雖然有毛病，功夫卻沒有毛病，據說他的十三太保橫練，幾乎已真的練到刀砍不入的火候。」

柳長街又笑道：「也許就因爲他殺得太多，所以才怕死，就因爲怕死，所以才會練這種不怕被人用刀砍的功夫。」

胡月兒道：「只不過有很多殺不死的人，都已死在你手下，所以你根本不在乎他。」

柳長街笑道：「一點也不錯。」

胡月兒瞪著他，忽然嘆了口氣，道：「其實我真正擔心的，倒也不是他們。」

柳長街道：「不是他們是誰？」

胡月兒道：「是個女人。」

女人真正擔心的，好像總是女人。

柳長街立刻問：「那七個人中也有女人？」

胡月兒道：「只有一個。」

柳長街又問：「她是個什麼樣的女人？」

胡月兒道：「是個假女人。」

柳長街笑了：「真女人都迷不住我，假女人你擔心什麼？」

胡月兒道：「就因爲他是假女人，所以我才會擔心。」

柳長街道：「爲什麼？」

胡月兒道：「因爲真女人你見得多了，像他那樣的假女人，我卻可以保證你從來也沒有見過。」

柳長街的眼睛已瞇了起來，只要是女人，無論是真是假，他好像總是特別有興趣。

胡月兒斜盯著他，冷冷道：「我很了解你，只要是漂亮的女人，不管是真是假，你看見都免不了要動心的。」

柳長街道：「哦！」

胡月兒道：「只要你一動心，你就死定了。」

柳長街道：「你要我不看他？」

胡月兒道：「我要你一見到他，就立刻出手殺了他。」

柳長街道：「你剛才好像是要我第一個出手對付唐青的。」

胡月兒道：「不錯。」

柳長街道：「你要我一次殺兩個人？」

胡月兒道：「殺兩個還不夠。」

柳長街又笑了，只不過這次是苦笑。

胡月兒道：「我剛才只說了六個人，因為另外的那一個，很可能根本就不是人。」

柳長街苦笑道：「不是人是什麼？」

胡月兒道：「是條瘋狗。」

柳長街皺眉道：「打不死的李大狗？」

胡月兒點點頭，道：「就因為他是條瘋狗，所以根本就不要命，就算明知你一刀要砍在他腦袋上，他說不定還是會衝過來咬你一口的。」

柳長街嘆道：「被瘋狗咬一口的滋味也不好受。」

胡月兒道：「所以你一出手，就得砍下他的腦袋來，絕不能給機會讓他纏住你。」

柳長街道：「似乎我一出手，就得殺三個人。」

胡月兒道：「三個並不多。」

柳長街嘆道：「只可惜我只有兩隻手。」

胡月兒道：「你還有腳。」

柳長街苦笑道：「你要我左手殺唐青，右手殺瘋狗，再一腳踢死那個女人？」

胡月兒道：「我說過，你絕不能給他們一點機會，但我也知道，要你一下子殺死他們三個人，也並不是件容易事，除非你的運氣特別好。」

柳長街道：「你看我的運氣好不好？」

胡月兒道：「很好，好極了！」

柳長街眨了眨眼，道：「我運氣是幾時變得這麼好的？」

胡月兒又嫣然一笑，道：「從你認識我的時候開始，你的運氣就變好了。」

她忽然又問道：「你有沒有聽說過一種能用腳發出去的暗器？」

柳長街道：「好像聽說過。」

胡月兒道：「你有沒有腳？」

柳長街道：「好像有。」

胡月兒道：「好，這就夠了。」

柳長街道：「這就夠了？」

胡月兒道：「我正好有那種暗器，你正好有腳。」

從腳上發出去的暗器，通常都很少有人能夠避得了的。

胡月兒又道：「你的出手並不慢，再加上腳上的暗器，同時要殺三個人就已不是件困難的事。」

柳長街道：「可惜那種暗器我只不過聽說過一次而已。」

胡月兒道：「現在你馬上就會看見了。」

柳長街道：「在哪裡？」

胡月兒道：「現在想必已在路上。」

柳長街道：「你已叫人送來？」

胡月兒道：「想起那三個人的時候，我就已叫人送來。」

柳長街道：「你出去過？」

胡月兒道：「我的人雖然沒有出去過，消息卻已傳了出去。」

柳長街怔住。

他並不笨，可是他隨便怎麼樣想，也想不通胡月兒是怎麼把消息傳出去的。

胡月兒忽然道：「我也知道這地方一定早已在龍五的監視之中，可是就算龍五再厲害，也不能不讓人吃飯。」

柳長街還是不懂，吃飯和這件事有什麼關係。

胡月兒道：「要吃飯，就得煮飯，要煮飯，就得生火……」

柳長街終於明白：「一生火，就會冒煙。」

胡月兒嫣然道：「你總算還不太笨。」

用煙火來傳達消息，本就是種最古老的法子，而且通常都很有效。

胡月兒凝視著他，目光堅定如磐石，聲音卻溫柔如春水：「只要你有手段，而且懂得方法，無論什麼東西都會服從你，替你做事的，甚至連煙囪裡冒出去的煙，都會替你說話。」

四

夜色並不深，卻很靜，遠處的道路上，隱隱傳來犬吠聲。

胡月兒又道：「除了這種暗器外，你還得要有把能一刀砍下人頭顱的快刀。」

柳長街道：「刀也在路上？」

胡月兒道：「刀你可以去問龍五要，江湖中最有名的十三柄好刀，現在至少有七柄在他手上。」

柳長街凝視著她，凝視著她的胸膛，緩緩道：「現在你還有什麼吩咐？」

胡月兒道：「沒有了。」

柳長街道：「那麼我們是不是已經可以上床去睡覺？」

胡月兒道：「你可以。」

柳長街道：「你呢？」

胡月兒嘆了一口氣，道：「我已經要開始準備死了。」

柳長街吃了一驚：「準備死？」

胡月兒道：「你走了之後，龍五絕不會放過我的，他就算相信你不會在我面前洩露秘密，也絕不會留下我的活口。」

柳長街終於明白：「他無論叫什麼人來殺你，你都不能反抗，因爲你只不過是個莊稼漢的老婆。」

胡月兒點點頭，笑道：「所以我不如還是先死在你的手裡好。」

柳長街道：「死在我手裡？你要我殺了你？」

胡月兒道：「你捨不得？」

柳長街苦笑道：「你難道以爲我也是條見人就咬的瘋狗？」

胡月兒嫣然道：「我知道你不是，我也知道你捨不得殺我，只不過……」

她笑得神秘而殘酷：「殺人有很多法子，被人殺也有很多法子的。」

柳長街沒有再問。

他也許還不十分了解她的意思，可是他已聽見了一陣腳步聲。

腳步聲已穿過外面的院子，接著，已有人在敲門。

「是誰呀？」

「是我，」一個女人的聲音，還很年輕，很好聽：「特地來還雞蛋的。」

「原來是阿德嫂。」胡月兒道：「幾個雞蛋，急著來還幹什麼！」

「我也是順路。」阿德嫂道：「今天晚上我正好要到鎮上去抓人。」

「抓人？抓誰呀？」

「還不是那死鬼，昨天一清早，他就溜到鎮上去了，直到現在還沒有回來，有人看見他跟那臭婊子混在一起了，這次我……」

她沒有再說下去。

因爲她已進了門，看見了柳長街，彷彿顯得有點吃驚。

柳長街也在看著她。

這女人不但年輕，而且豐滿結實，就像是個熟透了的柿子，又香又嫩。

胡月兒已掩起門，忽然回過頭向柳長街一笑，道：「你看她怎麼樣？」

柳長街道：「很好。」

胡月兒道：「今天晚上，你想不想跟她睡覺？」

柳長街道：「想。」

他的確想。

這女人身上穿的衣服很單薄，他甚至已可看見她的奶頭正漸漸發硬。

她也想？

胡月兒微笑著，道：「現在你已經可以把衣裳脫下來了。」

阿德嫂咬著嘴唇，居然連一點都沒有拒絕，就脫下了身上的衣裳。

她脫得很快。

胡月兒也在脫衣裳，也脫得很快。

她們都是很漂亮的女人，都很年輕，她們的腿同樣修長而結實。

柳長街看著她們，心卻在往下沉。

忽然間，他已明白了胡月兒的意思。

「……殺人有很多法子，被人殺也有很多法子。」

原來她早已有了準備，早已準備叫這女人來替死的……

她們不但身材很相像，臉也長得差不多，只要再經過一點修飾，龍五的手下就不會分辨出來。

事實上，他們根本就不會注意一個莊稼漢的老婆，他們只不過是要來殺一個女人而已，這女人究竟長得什麼樣子，他們也絕不會很清楚。

胡月兒果然已將這阿德嫂脫下來的衣服穿在自己身上，用眼角瞟著柳長街，微笑道：「你看著她幹什麼，還不抱她上床？」

阿德嫂的臉有點發紅。

她顯然並不清楚自己的任務，只知道是來替換一個女人，陪一個男人的。

這個男人看來並不令人噁心，她甚至已在希望胡月兒快走。

胡月兒已準備走出去，吃吃的笑著，突然反手一掌，拍在她後心上。

她張開口，卻沒有喊出聲，連血都沒有噴出，因爲胡月兒已將她剛送來的雞蛋塞了一個到她嘴裡……

柳長街看見她倒下去，卻覺得自己嘴裡也像是被人塞入了個生雞蛋，又腥又苦。

胡月兒卻嘆了口氣，道：「我們原來的計劃，是要她留在這裡陪你，等你殺她的。」

柳長街沉默著，過了很久，才緩緩道：「你爲什麼忽然改變了主意？」

胡月兒道：「因爲我受不了你剛才看她的表情。」

柳長街道：「哦！」

胡月兒咬著嘴唇道：「你一看見她，就好像恨不得立刻把手伸進她的裙子。」

柳長街嘆了口氣，道：「不管怎麼樣，她反正遲早總是要死的，而要做成一件大事，總也難免要死很多人。」

胡月兒道：「現在我只希望龍五派來帶路的，不是個女人。」

柳長街道：「假如是女人，你也要殺了她？」

胡月兒慢慢將雞蛋一個個放在桌上，提起空籃子。

她臉上帶著種奇怪的表情，過了很久，才道：「我知道我不是你的第一個女人，但卻希望是你最後一個。」

雞蛋有幾個是空的，蛋殼裡藏著些很精巧的機簧銅片，拼起來，就變成很精巧的暗器——一種可以裝在鞋子裡的暗器。

只要用腳趾用力一夾，就會有毒針從鞋尖裡飛出去，毒得就像青竹蛇的牙，黃尾蜂的刺一樣。

就好像女人的心一樣！

「我不坐了，我還得趕到鎭上去。」胡月兒提著空籃子，嬌笑著走出門，笑得居然還很愉快。

門外的夜色似已很深。

四 不是人的人

一

夜的確已深了。

柳長街一個人坐在這小而簡陋的客廳裡，已很久很久沒有聽見一點聲音。

他先將那陌生的女人放到床上，將所有能找到的棉被全都爲她蓋起來，彷彿生怕她著了涼。

然後他又將所有屋子裡的燈全都燃起，甚至連廚房裡的燈都不例外。

他既不怕面對死亡，也不怕面對黑暗，不過對這兩件事，他總是有種說不出的厭惡和憎恨。總希望能距離它們遠些。

現在他正在盡力集中思想，將這件事從頭到尾再想一遍——

他本是個默默無名的人，甚至連他自己都不知道自己究竟有多大的力量。

因爲他從未試過。也從不想試。

可是「胡力」胡老爺子卻發掘了他，就像是在沙蚌中發掘出一粒珍珠一樣。

胡老爺子不但有雙銳利的眼睛，還有個任何人都比不上的頭腦。

他從未看錯過任何人，也從未看錯過任何事——他的判斷從未有一次錯誤過。

他並沒有真的戴過紅纓帽，吃過公門飯，但卻是天下第一名捕。每一州，每一府的捕快班頭，都將他敬若神明。

因為只要他肯伸手，世上根本就沒有破不了的盜案，只要他活著，犯了案的黑道朋友就沒有一個人能逍遙法外。

只可惜無論多麼快的刀，都有鈍缺的時候，無論多麼強的人，都有老病的一天。

他終於老了，而且患了風濕，若沒有人攙扶，已連一步路都不能走。

就在他病倒的這兩三年裡，就在京城附近一帶，就已出了數百件巨案——正確的數目是，三百三十二件。

這三百多件巨案，竟連一件都沒有偵破。

但這些案子卻非破不可，因為失竊的人家中，不但有王公巨卿，而且還有武林大豪，不但有名門世家，而且還有皇親貴冑。

胡老爺子的腿都已殘廢，眼睛卻沒有瞎。

他已看出這些案子都是一個人做的，而且也只有一個人能破。

做案的人一定就是龍五，破案的人，也一定非得找柳長街不可。

大家都相信他這次的判斷還是不會錯誤。

所以默默無聞的柳長街，就這麼樣忽然變成了個充滿傳奇的人物。

想到這裡，柳長街自己也不知道自己這是走了運？還是倒了楣？

直到現在，他還是不十分明白，胡老爺子是怎麼看中他的？

他好像永遠也不能了解這狐狸般的老人，正如他永遠也無法了解這老人的女兒一樣。

他只記得，一年前他交了個叫王南的朋友，有一天，王南忽然提議，要他去拜訪胡老爺子，三個月之後，胡老爺子就將這副擔子交給了他，一直到今天晚上，他才知道這付擔子有多麼重。

現在他總算已將中間這三個月的事，瞞過了龍五。

可是以後呢？

他是不是能在半個時辰中，殺了唐青、單一飛、勾魂老道、鐵和尙、李大狗，和那個女人？是不是能拿到那神秘的檀木匣子？是不是能抓住龍五？

只有他自己心裡知道，他實在完全沒有把握。

最令他煩心的，還是胡月兒。

她究竟是個什麼樣的女人？究竟對他怎麼樣？

只有他自己知道，他也是個人，是個有血有肉的平凡的人，並不是一塊大石頭。

夜雖已很深，距離天亮還有很久。

明天會發生什麼事？龍五會叫一個怎麼樣的人來爲他帶路？

柳長街嘆了口氣，只希望能靠在這椅子上睡一下，暫時將這些煩惱忘記。

但就在這時，他忽然聽見一種奇異的聲音，就彷彿忽然有一片細雨灑下，灑在屋頂上。

接著，「轟」的一聲，整個屋子忽然燃燒了起來，就像是紙紮的屋子被點起了火，一燒就不可收拾。

柳長街當然不會被燒死。

就算真的把他關在個燒紅的爐子裡，他說不定也有法子能逃出去。

這屋子雖然不是洪爐，卻也燒得差不多了，四面都是火，除了火焰外，別的什麼都看不見。

但柳長街已衝了出去。

他先衝進廚房，拉起了口大水缸，再用水缸頂在頭上，缸裡的水淋得他全身都濕透了，可是他的人已衝了出去。

沒有人能想像他應變之快，更沒有人能想像他動作之快。

除了這燃燒著的屋子外，天地之間居然還是一片寧靜。

小院裡的幾叢小黃花，在閃動的火光中看來，顯得更嬌艷可喜。

一個穿著身黃衣裳的小姑娘，手裡拈著朵小黃花，正在看著他吃吃的笑。

門外居然還停著輛馬車，拉車的馬，眼睛已被蒙住，這驚人的烈火，並沒有使牠們受驚。

穿黃衣裳的小姑娘，已燕子般飛過去，拉開車門，又向他回眸一笑。

她什麼話都沒說。

柳長街也什麼話都沒有問。

她拉開車門，柳長街就坐了上去。

火焰還在不停的燃燒，距離柳長街卻愈來愈遠了。

車馬急行，已衝入了無邊無際的夜色中。

黑暗的夜。

柳長街對黑暗並不恐懼，只不過有種說不出的憎恨厭惡而已……

二

新的，從襪子、內褂，到外面的長袍，全都是嶄新的。

連洗澡的木盆都是嶄新的。

車馬正在這座莊院外停下，柳長街跟著那小姑娘走進來，屋子裡就已擺著盆洗澡水在等著他。水的溫度居然不冷也不熱。

小姑娘指指這盆水，柳長街就脫光衣服跳下去。

她還是一句話都沒有說。

他也還是連一個字都沒有問。

等到柳長街洗過了，擦乾淨準備換上這套嶄新的衣服時，這小姑娘忽然又進來了，後面居然還跟著兩個人，抬著個嶄新的木盆，盆裡裝滿了水，水的溫度也恰好不冷不熱。

小姑娘又指了指這盆水，柳長街看了她兩眼，終於又跳進這盆水裡去，就好像已有三個月沒有洗澡一樣，把自己又徹底洗了一次。

他並不是那種生怕洗澡會傷了元氣的男人，事實上，他一向很喜歡洗澡。

他也不是那種多嘴的男人，別人若不說，他通常也不問。

可是等到這小姑娘第四次叫人抬著盆洗澡水進來時，他也沒法子再沉得住氣了。

他已將全身的皮膚都擦得發紅，看來幾乎已有點像是根剛削了皮的紅蘿蔔。

小姑娘居然又指了指這盆洗澡水，居然還要叫他再洗一次。

柳長街看著她，忽然笑了。

小姑娘也笑了，她根本一直都在笑。

柳長街忽然問道：「我身上有狗屎？」

小姑娘哈哈的笑著道：「沒有。」

柳長街道：「有貓屎？」

小姑娘道：「也沒有。」

柳長街道：「我身上有什麼？」

小姑娘眼珠子一轉，圓圓的臉上，已泛起了一陣紅暈。

他身上什麼也沒有。

柳長街道：「我已洗過三次澡，就算身上真的有狗屎，現在也早就洗乾淨了。」

小姑娘紅著臉點點頭，其實她已不能算太小。

柳長街道：「你為什麼還要我再洗一次？」

小姑娘道：「不知道。」

柳長街怔了怔道：「你也不知道？」

小姑娘道：「我只知道，無論誰要見我們家小姐，都得從頭到腳，徹徹底底的洗五次。」

所以柳長街就洗了五次。

他穿上了嶄新的衣服，跟著這小姑娘去見那位「小姐」時，忽然發現一個人能接連洗五次澡，也並不是件很難受的事。

現在他全身都覺得很輕鬆，走在光滑如鏡的長廊上，就好像是在雲堆裡一樣。

長廊的盡頭，有一扇掛著珠簾的門。

門是虛掩著的，並不寬，裡面的屋子卻寬大得很，雪白的牆壁，發亮的木板地，這麼大的一間屋子裡頭，只擺著一桌、一椅、一鏡。

一個修長苗條，穿著杏黃羅衫的女子，正站在那面落地穿衣銅鏡前，欣賞著自己。

她的確是個值得欣賞的人。

柳長街雖然沒有直接看見她的臉，卻已從鏡子裡看見了。

就連他也不可能不承認，這張臉的確很美，甚至已美得全無瑕疵，美得無懈可擊。

這種美幾乎已不是人類的美，幾乎已美得像是圖畫中的仙子。

這種美已美得只能讓人遠遠的欣賞，美得令人不敢接近。

所以柳長街遠遠就站住。

她當然也已在鏡子裡看見了他，卻沒有回頭，只是冷冷的問：「你就是柳長街？」

「我就是。」

「我姓孔，叫孔蘭君。」

她的聲音也很美，卻帶著種說不出的冷漠驕傲之意，好像早已算準了，無論誰聽見她這名字，都會忍不住大吃一驚。

柳長街臉上卻連一點吃驚的意思都沒有。

孔蘭君突然冷笑，道：「我雖然沒有見過你，卻早已知道你是個什麼樣的人了。」

柳長街道：「哦！」

孔蘭君道：「龍五說你是個很有趣的人，花錢的法子也很有趣。」

柳長街道：「他沒有說錯。」

孔蘭君道：「藍天猛說你的骨頭很硬，很經得住打。」

柳長街道：「他也沒有說錯。」

孔蘭君道：「只不過所有見過你的女人，對你的批評都只有三個字。」

柳長街道：「哪三個字？」

孔蘭君道：「不是人。」

柳長街道：「她們也沒有說錯。」

孔蘭君道：「一個不是人的男人，只要看我一眼，就得死！」

柳長街道：「我並不想來看你，是你自己要我來的！」

孔蘭君的臉色發白，道：「我要你來，只因爲我答應了龍五，否則你現在就已死在那裡。」

柳長街道：「你答應了龍五什麼事？」

孔蘭君道：「我答應他，帶你去見一個人，除此之外，你我之間就完全沒有任何關係，所以你在我面前最好老實些，我知道你在女人那方面的名聲，你若是將我看得和別的女人一樣，你還是死定了。」

柳長街道：「我明白。」

孔蘭君冷笑道：「你最好明白。」

柳長街道：「但我也希望你能明白兩件事。」

孔蘭君道：「你說。」

柳長街道：「第一、我也並不想跟你有任何別的關係。」

孔蘭君的臉色更蒼白。

柳長街道：「第二、我雖然沒有見過你，卻也早就知道你是個怎麼樣的人了。」

孔蘭君忍不住問：「我是個怎麼樣的人？」

柳長街道：「你自以爲你是隻孔雀，以爲天下的人都欣賞你，你自己唯一欣賞的人，也是你自己。」

孔蘭君蒼白的臉色發青，霍然轉過身，盯著他，美麗的眼睛裡，彷彿已有火焰在燃燒。

柳長街卻還是淡淡的接著道：「你找我來，是爲了龍五，我肯來，也是爲了龍五，我們之間本就沒有別的關係，只不過……」

孔蘭君道：「只不過怎麼樣？」

柳長街道：「你本不該放那把火的！」

孔蘭君道：「我不該？」

柳長街道：「那把火若是燒死了我，你怎麼能帶我去見人？」

孔蘭君冷笑道：「那把火若是燒得死你，你根本就不配去見那個人。」

柳長街也忍不住問道：「那個人究竟是誰？」

孔蘭君道：「秋橫波。」

柳長街終於吃了一驚：「秋水夫人？」

孔蘭君點點頭：「秋水相思。」

柳長街道：「你要帶我去見她？」

孔蘭君道：「我是她的朋友，她那秋水山莊，只有我能進去。」

柳長街道：「你是她的朋友，她也拿你當朋友，但你卻在替龍五做事。」

孔蘭君冷冷道：「女人和女人之間，本就沒有真正的朋友。」

柳長街道：「尤其是你這種女人，你唯一的朋友，也正是你自己。」

孔蘭君這次居然並沒有動怒，淡淡道：「我至少還比她好。」

柳長街道：「哦？」

孔蘭君道：「她甚至會把她自己都看成自己的仇敵。」

柳長街道：「但是她卻讓你到她的秋水山莊去。」

孔蘭君眼睛裡忽然又露出種憎恨惡毒之色，淡淡道：「她讓我去，只不過因爲她喜歡折磨我，喜歡看我被她折磨的樣子。」

沒有人能形容她臉上這種表情，那甚至已不是「憎恨、怨毒」這類名詞所能形容的。

這兩個神秘、美麗、冷酷的女人之間，顯然也有種別人無法想像的關係。

柳長街看著她，忽然笑了笑，說道：「好，你去吧。」

孔蘭君道：「你……」

柳長街道：「我既不想去看她，也不必去看她。」

孔蘭君道：「可是你非去不可。」

柳長街道：「爲什麼？」

孔蘭君道：「因爲我也不知道她那密窟在哪裡，我只能帶你到秋水山莊去，讓你自己去找出來。」

柳長街的心沉了下去。

他忽又發現這件事，竟比他想像中還要複雜困難得多。

孔蘭君的眼睛卻亮了起來。

只要看見別人痛苦的表情，她眼睛就會亮起來，她也喜歡看別人受苦。

柳長街終於嘆了口氣，道：「秋水夫人讓你去，只因爲她喜歡看你受她折磨的樣子，你怎麼知道她也肯讓我去？」

孔蘭君道：「因爲她很了解我，她知道我一向是個喜歡享受的人，尤其是喜歡男人服侍，所以我每次去，都有個奴才跟著的。」

柳長街道：「我不是你的奴才。」

孔蘭君道：「你是的。」

她盯著他，那雙美麗的眼睛裡，表情又變了，變得更奇怪。

柳長街也在盯著她。

兩個人就這麼樣互相凝視著，也不知過了多久，柳長街終於長長嘆了口氣。

「我是的。」

孔蘭君道：「你是我的奴才？」

柳長街道：「是的。」

孔蘭君道：「從今天起，你就得像狗一樣跟著我，我一叫，你就得來。」

柳長街道：「是。」

孔蘭君道：「我要你做什麼，你就得做什麼。」

柳長街道：「是。」

孔蘭君道：「不管你替我做什麼，你都得千萬注意，絕不能讓你那雙髒手碰著我，你右手碰到了我，我就砍斷你的右手，你一根手指碰到了我，我就削斷你一根手指。」

柳長街道：「是。」

他臉上居然還是連一點表情都沒有，既沒有憤怒，也沒有痛苦。

孔蘭君還在盯著他，又過了很久，居然也輕輕嘆了口氣，道：「看來你的確不是人。」

三

棲霞山。

山美。山的名字也美。

過了氣象莊嚴的鳳林寺，再過曲院風荷的跨虹橋，棲霞山色，就已在人眼底。

暮風中隱隱有歌聲傳來：

「避暑人歸自冷泉，

無邊雲錦晚涼天，

愛渠陣陣香風入，

行過高橋方買船。」

歌聲幽美，風荷更美，卻比不上這滿天夕陽下的錦繡山色。

後山的山腰，白雲浮動，峰迴路轉，山勢較險，本來是遊人較少的地方，此刻卻新建起一座金碧輝煌的酒樓。

樓不高，卻較精緻，油漆剛剛乾透，兩個木工正將一塊金字招牌釘在大門上，對面兩峰夾峙如劍，正是山勢最險的劍關。

孔蘭君羅衣窄袖，佇立在山峰後的一株古柏下，遙指著這座酒樓，道：「你看這酒樓怎麼樣？」

柳長街道：「房子蓋得不錯，地方卻蓋錯了。」

孔蘭君道：「哦？」

柳長街道：「酒樓蓋在這種地方，怎麼會有生意上門，我只擔心它不足三個月，就得關門大吉。」

孔蘭君道：「這倒用不著你擔心，我保證不到明天天亮，這座酒樓就已不見了。」

柳長街道：「它會飛？」

孔蘭君道：「不會。」

柳長街道：「既然不會飛，怎能會忽然不見？」

孔蘭君道：「既然有人會蓋房子，就有人會拆。」

柳長街道：「難道這座酒樓不到明天天亮，就會被人拆完？」

孔蘭君道：「嗯。」

柳長街也不禁覺得奇怪：「剛蓋好的房子，爲什麼要拆？」

孔蘭君道：「因爲這房子蓋起來就是爲了給人拆的。」

柳長街更奇怪。

有人爲了置產而蓋房子，有人爲了住家蓋房子，有人爲了做生意蓋房子，也有人爲了要金屋藏嬌而蓋房子，這都不稀奇。

可是就爲了準備給人拆而蓋房子，這種事他實在連聽都沒聽過。

孔蘭君道：「你想不通？」

柳長街承認：「實在想不通。」

孔蘭君冷笑道：「原來你也有想不通的事。」

她顯然並不想立刻把這悶葫蘆打破，所以柳長街不想再問。

他只知道孔蘭君帶他到這裡來，絕不是只為了要他生悶氣的。

她一定有目的。

所以用不著他問，她也遲早總會說出來的。

柳長街對自己的判斷也一向都很有信心。

夕陽西落，夜色已漸漸籠罩了群山。

酒樓裡已燃起了輝煌的燈火，崎嶇的山路上，忽然出現了一行人。

這些人有男有女，男的看來都是酒樓裡的跑堂、廚房裡大師傅的打扮，女的卻都是打扮得妖艷，長得也不太難看的大姑娘。

孔蘭君忽然道：「你知道不知道這些人是來幹什麼的？」

柳長街道：「來拆房子的？」

孔蘭君道：「就憑這些人，拆三天三夜，也拆不光這房子。」

柳長街也承認，拆房子雖然比蓋房子容易，卻也得有點本事。

孔蘭君忽又問道：「你看不看得出這些女人是幹什麼的？」

柳長街當然看得出：「她們幹的那一行雖然不太高尚，歷史卻很悠久。」

那的確是種很古老的職業，用的也正是女人最原始的本錢。

孔蘭君冷冷道：「我知道你喜歡看這種女人，所以你現在最好多看幾眼。」

柳長街道：「莫非到了明天早上，這些人也全都不見？」

孔蘭君淡淡道：「屋子蓋好就是爲了要拆的，人活著，就是爲了準備要死的。」

柳長街道：「你帶我到這裡來，就是爲了要我看房子被拆？看這些人死？」

孔蘭君道：「我帶你來，是爲了要你看拆房子的人。」

柳長街道：「是些什麼人？」

孔蘭君道：「是七個要死在你手裡的人。」

孔蘭君道：「嗯。」

柳長街終於明白：「他們今天晚上都會來？」

柳長街道：「這房子本是秋水夫人蓋的，蓋好了叫他們來拆？」

孔蘭君道：「嗯。」

柳長街雖然已明白，卻還是忍不住問道：「爲什麼？」

孔蘭君道：「因爲秋橫波也很了解男人，尤其了解這些男人，把這種男人關在洞裡，關得太久了，他們就算不發瘋也會憋不住的，所以每隔一段日子，她就會放他們出來，讓他們痛痛快快的發洩一次。」

柳長街忍不住在嘆息。

他們來了後，會變成什麼樣子，他不用看也可以想像得到。

他實在替這些女人覺得可憐，他自己寧可面對七條已餓瘋了的野獸，也不願和那七個人打交道。

孔蘭君用眼角瞟著他，冷冷道：「你也用不著同情她們，因爲你只要一不小心，死得很可能比她們還慘。」

柳長街沉默著，過了很久，才問道：「他們要是到這裡來了，那地方是誰在看守？」

孔蘭君道：「秋橫波自己。」

柳長街道：「秋橫波一個人，比他們七個人加起來還可怕？」

孔蘭君道：「我也不知道她的武功究竟怎麼樣，只不過我絕不想去試試看。」

柳長街道：「所以我只有在這裡看看，絕不能打草驚蛇，輕舉妄動，因爲我現在就算殺了他們，也沒有用。」

孔蘭君點點頭道：「所以我現在只要你仔細看著他們出手，一個人在盡情發洩時，就算是在拆房子，也會將自己全身功夫都使出來的。」

柳長街道：「然後呢？」

孔蘭君道：「然後我們都回去，等著。」

柳長街道：「等什麼？」

孔蘭君道：「等明天下午，到秋水山莊去。」

柳長街道：「到了秋水山莊後，我再想法子去找那秘窟？」

孔蘭君道：「而且一定要在一天半之內找到。」

柳長街道：「這些人發洩完了，要回去時，我不能在後面盯他們的梢？」

孔蘭君道：「不能。」

柳長街不說話了。

說了也沒有用的話，他從來不說。

對山燈火輝煌，這裡卻很暗，黑暗的穹蒼中，剛剛有幾點星光昇起。

淡淡的星光，淡淡的照在孔蘭君臉上。

她實在是個很美的女人。

夜色也很美。

柳長街找了塊石塊坐下來，看著她，彷彿已覺得有些癡了。

孔蘭君忽然道：「是我叫你坐下去的？」

柳長街道：「你沒有。」

孔蘭君道：「我沒有叫你坐下，你就得站著。」

柳長街就又站了起來。

孔蘭君道：「我叫你帶來的提盒呢？」

柳長街道：「在。」

孔蘭君道：「拿過來。」

四四方方的提盒，是用福州漆木做成的，非常精緻考究。

孔蘭君道：「替我打開蓋子。」

掀起蓋子，食盒裡用白綾墊著底，擺著四樣下酒菜，一盤竹節小饅頭，一壺酒。

酒是杭州最出名的「善釀」，四道菜是醮魚、糟雞、無錫的醬鴨和肉骨頭。

孔蘭君道：「替我倒酒。」

柳長街雙手捧起酒壺，倒了杯酒，忽然發現自己也餓了。

可惜酒杯只有一隻，筷子也只有一雙，他只有在旁邊看著。

孔蘭君喝了兩杯酒，每樣菜嚐了一口，就皺了皺眉，放下筷子，忽然道：「倒掉。」

柳長街道：「倒掉？把什麼東西倒掉？」

孔蘭君道：「這些東西全都倒掉。」

柳長街道：「爲什麼要倒掉？」

孔蘭君道：「因爲我已吃過了。」

柳長街道：「可是我還餓著。」

孔蘭君道：「像你這樣的人，餓個三五天，也餓不死的。」

柳長街道：「既然有東西可吃，爲什麼要挨餓？」

孔蘭君冷冷道：「因爲我吃過的東西，誰也不能碰。」

柳長街看著她，看了半天，道：「你的人也不能碰？」

孔蘭君道：「不能。」

柳長街道：「從來也沒有人碰過你？」

孔蘭君沉下臉，道：「那是我的事，你根本管不著。」

柳長街道：「但我的事你卻要管？」

孔蘭君道：「不錯。」

柳長街道：「你叫我站著，我就得站著，叫我看，我就得看？」

孔蘭君道：「不錯。」

柳長街道：「你不許我去盯梢，我就不能去，不許我碰你，我就不能碰？」

孔蘭君道：「不錯。」

柳長街看著她，又看了很久，忽然笑了。

孔蘭君冷冷道：「我不許你笑的時候，你也不准笑。」

柳長街道：「因爲我是你的奴才？」

孔蘭君道：「你現在總算明白了。」

柳長街道：「只可惜你卻有件事不明白。」

孔蘭君道：「什麼事？」

柳長街道：「我也是個人，我這人做事一向都喜歡用自己的法子，譬如說……」

孔蘭君道：「譬如說什麼？」

柳長街道：「我若想喝酒的時候，我就喝。」

他居然真的把那壺酒拿起來，對著嘴喝下去。

孔蘭君臉已氣白了，不停的冷笑，道：「看來你只怕已想死。」

柳長街笑了笑。道：「我一點也不想死，只不過想碰碰你。」

孔蘭君怒道：「你敢！」

柳長街道：「我不敢？」

他的手突然伸出，去摸孔蘭君。

孔蘭君的反應當然不慢，「孔雀仙子」本就是武林中最負盛名的幾位女子高手其中之一。

她驕傲並不是沒有理由的。

柳長街的手剛伸出，她的手也已斜斜挑起，十指尖尖，就宛如十口利劍，閃電的劃向柳長街的脈門。

她的出手當然很快，而且招式靈活，其中顯然還藏著無窮變化。

只可惜她所有的變化連一招都沒有使出來。

柳長街的手腕，就好像是突然間一下子折斷了，一雙手竟從最不可想像的方向一彎一扭，忽然間已扣住了孔蘭君的脈門。

孔蘭君從來也想不到一個人的手能這麼樣變化出招，大驚之下，還來不及去想應該怎麼樣應變，只覺得自已整個人已被提起，在空中一翻一轉，竟已被柳長街按在石頭上。

柳長街悠然的道：「你猜不猜得出我現在想幹什麼？」

孔蘭君猜不出。

她簡直連做夢都想不到。

柳長街道：「現在我只想脫下你的褲子來，打你的屁股。」

孔蘭君嚇得連嗓子都啞了：「你……你敢？」

她還以爲柳長街絕不敢的，她做夢也想不到真的有男人敢這樣對付她。

可惜她忘了她自已說過的一句話：「這個人根本不是人。」

只聽「拍，拍，拍」三聲響，柳長街竟真的在她屁股上打了三下。

他打得並不重，可是孔蘭君卻已被打得連動都不能動了。

柳長街笑道：「其實我現在還可以再做一兩樣別的事，只可惜我已沒興趣了。」

他仰天大笑了兩聲，居然就這麼樣揚長而去，連看都不再看她一眼。

孔蘭君雖然用力咬著牙，眼淚還是忍不住一連串流下，突然跳起來，大聲道：「柳長街，你這畜牲，總有一天我要殺了你，你……你簡直不是人。」

柳長街頭也不回，淡淡道：「我本來就不是。」

五　相思令人老

一

酒樓裡燈火輝煌。

剛來的那兩個伙計，正在擺杯筷，另外七個濃裝少女，一排坐在靠椅的椅子上，有的竊竊私語，有的在想心事。

拆房子的人還沒有來，柳長街卻來了。

孔蘭君叫他千萬別輕舉妄動，千萬別到這裡來。

他偏偏要來。

他做事一向有自己的法子。

看見他走進來，每個人全都怔住——這個人好像不是他們在等的人。

除了他們在等的人之外，別的人本不該來的。

柳長街卻好像完全不知道這回事，大搖大擺的揚長而入，在他們剛擺好杯筷的位子上坐下，道：「先來四個冷盆，四個熱炒，再來五斤加飯。」

「加飯」也是杭州的名酒，據有經驗的人說，比「善釀」還過癮。

伙計怔在旁邊，也不知是去倒酒的好，還是不去的好。

這根本不是普通的酒樓，但柳長街卻硬是要將這裡當作普通的酒樓，而且還在向那七個大姑娘微笑著招手，道：「快來，全部來陪我喝酒，男人喝酒的時候若沒有女人陪著，就好像菜裡沒有放鹽一樣。」

大姑娘們你看我，我看你，也全都怔住。

柳長街道：「我又不是吃人的老虎，你們怕什麼，快過來。」

只聽一陣銀鈴般的笑聲響起，一個人嬌笑著道：「我來了！」

笑聲響起的時候，還在門外很遠的地方，等到三個字說完，她的人果然已來了，就像是一陣風，忽然間飄了進來，忽然間就已坐在柳長街旁邊。

來的當然是個女人，而且還是個很美的女人，不但美，而且媚，尤其是一雙眼睛，簡直已媚到人的骨子裡去。

隨便你上看下看，左看右看，她從頭到腳都是個女人，每分每寸都是女人。

柳長街看著她，忽然笑道：「我是要女人來陪我喝酒的。」

這女人媚笑道：「你看不出我是個女人？」

柳長街道：「這麼樣我看不出。」

這女人道：「要怎麼樣你才看得出？」

柳長街道：「要脫光了我才看得出。」

這女人臉色變了變，又吃吃的笑了。

只聽門外一個人道：「看來這位朋友對女人的經驗一定很豐富，假女人是萬萬瞞不過他的。」

兩句話剛說完，屋子裡忽然又多了五個人。

一個臉色慘白，服飾華麗，鬍子刮得很乾淨，眼角卻已有皺紋的中年人，果然就是「小五通」唐青。

一個鐵塔般的和尚，當然就是鐵和尚。

「鬼流星」單一飛和「勾魂」老趙，全都又病又老，帶著三分鬼氣，七分殺氣。

令柳長街想不到的是，李大狗居然是個斯斯文文的小伙子，只不過滿臉都是傷疤，耳朵也掉了半個。

胡月兒果然沒有猜錯，連一個都沒有猜錯。

但柳長街卻忽然想起了一件事——她一共只說出了六個人，並不是七個。

現在來的人也只有六個。

還有一個人是誰？

胡月兒爲什麼沒有說？

這人爲什麼沒有來？

五個人裡，只有唐青臉上帶著微笑，剛才說話的人，顯然就是他。

柳長街也笑道：「閣下對女人的經驗，只怕也不比我差的。」

唐青道：「你認得我？」

柳長街道：「若是不認得，又怎麼知道閣下對女人的經驗也很豐富？」

唐青的臉色變了變，厲聲道：「你是來找我的？」

柳長街道：「我是來喝酒的。」

唐青道：「特地到這裡來喝酒的？」

柳長街道：「不錯。」

唐青冷笑道：「山下的酒館不下千百，你卻特地到這裡來喝酒！」

柳長街道：「我喜歡這個地方，這地方是新開的，我正好是個喜新厭舊的人。」

鐵和尚忽然道：「我正好不喜歡喜新厭舊的人。」

柳長街道：「你喜歡什麼？」

鐵和尚道：「我喜歡殺人，尤其喜歡殺你這種喜新厭舊的人。」

這和尚本就是兇眉惡眼，滿臉橫肉，此刻臉色一變，眼睛裡殺氣騰騰，看來更可怕。

柳長街卻笑了，微笑著道：「所以你一定很喜歡殺我。」

鐵和尚道：「你猜對了。」

柳長街道：「你為什麼還不過來殺？」

鐵和尚已開始走過去。

他身上也全都是鋼鐵般的橫肉，走路的姿態，就像是個猩猩。

他的腳步很沉重，很穩，每走一步，地上都要多出個腳印。

這和尚的硬功的確不錯，十三太保橫練的功夫，說不定真的已練到刀砍不入的火候。

柳長街手裡卻連把切菜刀都沒有。

唐青看著他，臉上的表情，就好像在看著個死人一樣。

那些花枝招展的大姑娘們，都已嚇得發抖。

走了四五步，鐵和尚全身骨節突然開始「格格」的響。

他顯然已將全身的功力全部發動，這出手一擊，必定勢不可當。

但是他還沒有出手，那斯斯文文的小伙子，突然向柳長街撲了過來。

他一雙眼睛裡已突然充滿了血絲，張開了嘴，露出了一排白森森的牙齒，看來竟似真的已變成了條瘋狗，像是恨不得一口咬斷柳長街的咽喉。

柳長街竟似沒有看見他。

忽然間，他的人已撲在柳長街身上，一雙手似已扼住了柳長街的脖子。

只聽「咔嚓」一聲，聲音很奇怪。

柳長街還是坐著沒有動。

李大狗也沒有動，一雙手還是扼在柳長街脖子上，可是他自己的頭卻已突然軟軟的歪了下去，眼睛凸出，臉上露出種奇怪的表情。

其後鮮血就突然從他嘴裡噴了出來。

血並沒有噴在柳長街身上。

他的人忽然間已游魚般滑走，從那個女人身旁滑了過去。

李大狗倒下時，正好倒在這假女人身上。

這假女人居然沒有閃避，也跟著他一起倒下，而她一張臉上，也帶著種說不出有多麼奇怪的表情，一雙媚眼也已凸了出來，死魚般凸了出來。

兩個人的臉對著臉，眼睛對著眼睛，倒在地上動也不動。

兩個人的身子都已冰冷僵硬。

唐青的臉也已變成死灰色，他看得出這兩個人都已死了。

但他卻沒有看見柳長街出手。

沒有人看見柳長街出手。

他殺人時，好像根本用不著動作。

鐵和尙的腳步已停頓，青筋凸出的額角上，冷汗已流下。

他喜歡殺人，也懂得怎麼樣殺人。

所以他比別人更恐懼。

柳長街在嘆息，嘆息著道：「我說過，我不想殺人，我是來喝酒的。」

唐青道：「可是你一下子就殺了兩個。」

柳長街道：「那只因爲他們要殺我，我也並不想死，死人沒法子喝酒。」

「勾魂」老趙忽然道：「好，喝酒，我來陪你喝酒。」

一壺酒擺在桌上。

勾魂老趙先替自己倒了一杯，又替柳長街倒了一杯，舉杯道：「請！」

他自己先一飲而盡。

兩杯酒是從同一個酒壺裡倒出來的。

柳長街看著面前的一杯酒，又笑了笑，道：「我專程來喝酒，並不想只喝一杯。」

勾魂老趙道：「喝了這杯，你還可以再喝。」

柳長街道：「喝了這杯，我就永遠沒法子再喝第二杯了。」

勾魂老趙冷笑道：「難道這杯酒裡有毒？」

柳長街道：「酒本來是沒有毒的，毒在你的小指甲上。」

勾魂老趙的臉色也變了。

他替柳長街倒酒時，小指甲在酒裡輕輕一挑，他的動作又輕巧、又靈敏，除了他自己外，別的人本來絕不會知道。

可是柳長街已知道。

柳長街看著他，微笑道：「你喝的酒裡本來也沒有毒的。」

勾魂老趙忍不住問：「現在呢？」

柳長街道：「現在是不是有毒，你自己心裡應該知道。」

勾魂老趙的臉已突然發黑，突然跳起來，嘶聲大吼：「你……你幾時下的手？怎麼下的毒？」

柳長街淡淡道：「我算準了你要用這隻酒杯，所以你去拿酒時，我已在杯子上下了毒，這手法其實很簡單，你也應該會的。」

勾魂老趙沒有再開口，他的咽喉似已被一條看不見的繩索絞住。

然後他的呼吸就已突然停頓，倒在地上時，整個人都已扭曲。

柳長街嘆了口氣道：「我不喜歡殺人，卻偏偏叫我殺了三個，喜歡殺人的，卻偏偏站在那裡不動。」

鐵和尚一句話都沒有說，突然轉過身，大步飛奔了出去。

胡月兒說的不錯。

最喜歡殺人的，往往也就是最怕死的人。

柳長街說的也不錯。

這和尚就因為怕死，所以才要練那種刀砍不入的笨功夫。

等到他發現別人不用刀也一樣可以要他的命時，他走得比誰都快。

鬼流星走得也不慢。

事實上，他退走的時候，那種速度的確很像流星。

唐青卻沒有走。

柳長街看著他，微笑道：「閣下是不是也想來試試？」

唐青忽然笑了，道：「我也不是來殺人的，我也是來喝酒的。」

柳長街道：「很好。」

唐青道：「我對女人的經驗也很豐富，也是個喜新厭舊的人。」

柳長街道：「好極了。」

唐青笑道：「所以我們正是氣味相投，正可以杯酒言歡，交個朋友。」

他微笑著走過來，坐下：「何況這裡不但有酒，還有女人。」

柳長街道：「酒的確已足夠我們兩個人喝的了。」

唐青笑道：「女人也已足夠我們兩個人用的。」

柳長街道：「女人不夠。」

唐青道：「還不夠？」

柳長街道：「這裡的女人雖然已夠多，卻還不夠漂亮。」

唐青大笑，道：「原來閣下的眼光竟比我還高。」

柳長街忽然道：「其實這些女人也不能算太醜，只不過，還不夠引人相思而已。」

驚。

唐青臉上的笑容突然凍結，吃驚的看著柳長街，甚至比剛才看見柳長街殺人於無形時還吃驚。

他終於明白了柳長街的意思，但卻想不到這人竟有這麼大的膽子。

柳長街忽然以筷擊杯，曼聲而歌：

「只道不相思，相思令人老。

幾番幾思量，還是相思好，還是相思好……」

唐青深深吸了口氣，勉強笑道：「閣下特地到這裡來，就爲了要尋找相思？」

柳長街嘆道：「這世上還有什麼比相思更好？」

唐青道：「沒有了。」

柳長街道：「當然沒有了。」

唐青眼珠子轉了轉，詭笑道：「只不過，在下也有條歌，想唱給閣下聽聽。」

柳長街又嘆了口氣道：「聽男人唱歌，實在很無趣，只不過嘴是長在你自己臉上的，你若一定要唱，就唱吧。」

唐青居然真的唱了起來：

「只道不相思，相思令人老。

老了就要死，死了就不好。」

柳長街用力搖著頭，道：「不好聽。」

唐青道：「唱得雖然不好聽，卻是實話。」

柳長街居然同意：「不錯，實話總是不好聽的。」

唐青道：「閣下要找的這相思，不但令人老，而且老得很快，所以死得也很快。」

柳長街道：「你怕死？」

唐青嘆道：「這世上又有誰不怕死？」

柳長街道：「我！」

他盯著唐青的眼睛，冷冷的接著道：「就因爲你怕死，我不怕，所以你就得帶我去。」

唐青故意裝作不懂：「到哪裡去？」

柳長街道：「去找相思。」

唐青勉強作出笑臉，道：「若是我也找不到呢？」

柳長街淡淡道：「那麼你就永遠也不會老了。」

唐青連假笑都已笑不出。

他當然明白柳長街的意思——只有死人才永遠不會老的。

柳長街還在盯著他，道：「據說你們都在爲她看守一個山洞，你們既然來了，她一定已到了那山洞裡接替你們，所以你一定能找得到。」

唐青想再否認，也不能否認。

柳長街道：「你想死？」

唐青搖搖頭。

柳長街喝了杯酒，悠然道：「那麼你還在想什麼呢？」

唐青道：「想你死！」

他突然凌空一個大翻身，一片飛砂，帶著狂風捲向柳長街。

這正是唐家見血封喉的毒砂。

柳長街居然沒有閃避，突然張口一噴，一片銀光從口中飛出，迎上了飛砂，卻是他剛喝下的那杯酒。

忽然間，漫天飛砂都已被捲走，灑在剛粉刷好的牆上，千百粒比芝麻還小的飛砂，竟全都嵌在牆裡。

唐青臉色又變了，這種驚人的力量，他更連想都無法想像。

柳長街微笑道：「酒名『釣酒鈎』，又叫『掃愁帚』，有時還能掃毒砂。」

唐青苦笑道：「想不到喝酒還有這麼多好處。」

柳長街道：「所以一個人絕不能不喝酒。」

唐青道：「我喝。」

柳長街道：「但死人卻不能喝酒。」

唐青道：「我知道。」

柳長街道：「那麼你現在還想什麼？」

唐青道：「想趕快帶你去找。」

柳長街大笑：「我選中你，就因爲早已看出你是個聰明人，我一向只跟聰明人打交道。」

唐青嘆道：「所以聰明人總是時常有煩惱。」

柳長街道：「有煩惱至少也比沒有煩惱的好。」

唐青不懂：「爲什麼？」

柳長街微笑道：「因爲這世上也只有死人才真的沒有煩惱。」

相思本就是種煩惱，所以才令人老。

可是你若多想一想，仔細想一想，就會知道還有人可以相思，至少總比沒有人相思好。

二

只要有山，就有山洞。

有的山洞大，有的山洞小，有的山洞美麗，有的山洞險惡，有的山洞就像鼻孔，人人都可以看得到，還有的山洞卻像是處女的肚臍，雖然大家都知道它一定存在，卻從來也沒有人看到過。

這山洞甚至比處女的肚臍還神秘。

轉過六七個山坳，爬上六七個險坡，來到了一個懸崖下。

崖下立千仞，深不見底。

對面也是一片峭壁，兩峰夾峙，相隔四五丈，從山下看來，天只有一線。

唐青終於吐出口氣，道：「到了。」

柳長街道：「在哪裡？」

唐青向對角的峭壁上一指，道：「你應該可以看得見的。」

柳長街果然已看到，對面刀削般的山坡上，亂髮般的籐蘿間，有個黑黝黝的洞窟。

白雲在洞前飄過，山籐在風中飛舞。

柳長街雖然看得見，卻過不去。

唐青忽然問道：「你有沒有讀過詩經中『關關雎鳩』那一篇？」

柳長街道：「沒有。」

唐青道：「這篇詩的意思是說，有個窈窕淑女，在河之洲，有位好色的君子，雖然看得見她，卻輾轉反側，求之不得，這山洞就像那位淑女一樣。」

柳長街道：「我就是那君子？」

唐青笑了：「你只要我帶你來，現在我已帶你來了。」

柳長街道：「想不到你居然還是個很有學問的人。」

唐青笑道：「不敢。」

柳長街往危崖下看了一眼，淡淡道：「有學問的人若是從這上面被人摔下去，不知道是不是跟沒學問的人一樣會被摔死？」

唐青笑不出了，連話都已說不出，忽然蹲下來，將峭壁上的一塊石塊扳開，石頭裡立刻彈出了一條鋼索，上面帶著個鋼椎。

「奪」的一聲，鋼椎已釘入了對面洞口的山壁，在兩峰間架起了一條索橋。

唐青躬身道：「請。」

柳長街道：「有學問的人先請。」

唐青變色道：「你要我陪你一起過去？」

柳長街道：「而且你走在前面，要跌死，有學問的人先跌死。」

唐青哭喪著臉，道：「相思夫人若知道你是我帶來的，我也是死。」

柳長街道：「那總比現在就跌死好，生命如此可貴，能多活一刻也是好的，何況，我說不定還有法子能讓你不死。」

唐青道：「真的？」

柳長街道：「我是個沒學問的人，沒學問的人說話總比較實在。」

唐青長長嘆息，失笑道：「原來書讀得太多也並不是件好事。」

三

鋼索是滑的，山風強烈，走在上面，一不小心就得掉下去。

一掉下去人就要變成肉餅。

幸好兩崖之間，距離並不遠，他們剛走過去，就聽見有人在裡面帶著笑道：「閉著眼睛進來，我正在洗澡。」

山洞的入口很深，外面看來墨黑，走到裡面，就有了燈光。

粉紅色的燈光，很溫柔、很迷人。

說話的聲音卻比燈光更溫柔、更迷人。

柳長街卻並沒有閉上眼睛——他若是真的閉上了眼睛，那才是怪事。

走了一段路，他眼前就豁然開朗，就彷彿忽然走入了仙境。甚至比仙境中的風光更綺麗。

一片綿繡中，居然還有個用白木欄杆圍住的溫泉水池。

人就在水池裡，卻只露出個頭。

烏雲般的長髮飄浮在水上，更襯出她的臉如春花，膚如凝脂。

只可惜水並不是清水。

柳長街嘆了口氣，他知道水面看不見的那部份，一定更動人。

相思夫人一雙明媚如秋水橫波的眼睛，正在看著他的眼睛，似笑非笑，又喜又嗔，說話的聲音更美如山谷黃鶯。

「我是不是要你閉著眼睛進來的？」

柳長街道：「是。」

相思夫人道：「你的眼睛好像沒有閉上。」

柳長街嘆了口氣，道：「我冒著千辛萬苦，九死一生，就是爲了要來見你一面，現在總算已來了，我怎麼肯閉上眼睛？」

相思夫人道：「可是我正在洗澡。」

柳長街笑了笑：「就因爲聽見你在洗澡，所以我更不肯閉上眼睛了。」

相思夫人也嘆了口氣，道：「看來你非但不聽話，而且也不是個老實人。」

柳長街道：「我說的都是老實話。」

相思夫人道：「你不怕我挖出你的眼睛來？」

柳長街道：「連砍腦袋都不怕，何況挖眼睛。」

相思夫人道：「你不怕死？」

柳長街笑道：「怕死？爲什麼要怕死？天地如逆旅，人生如過客，生又有何歡，死又有何懼？」

相思夫人嫣然道：「原來你也是個有學問的人。」

柳長街微笑，道：「古人說，朝聞道，夕死可矣，只要能看見夫人，我也一樣死而無憾。」

相思夫人眼波流動，道：「你現在是不是已看見了我？」

柳長街道：「朝思暮想，總算已如願。」

相思夫人道：「那麼現在是不是已可以死了？」

柳長街道：「還不行。」

相思夫人道：「你還沒有看夠？」

柳長街笑道：「非但還沒有看夠，看到的地方也還不夠多。」

相思夫人瞪著眼，彷彿不懂。

柳長街盯著她，好像恨不得能將目光穿入水裡：「現在我看見的，只不過是你的一小部份而已，還有大部份都看不見。」

相思夫人道：「你想看多少？」

柳長街道：「全部。」

相思夫人的臉上，又彷彿起了陣紅暈：「你的野心倒不小。」

柳長街道：「沒有野心的男人，根本就不能算是真正的男人。」

相思夫人咬著嘴唇，道：「我若真的讓你看，你說不定又會有別的野心了。」

柳長街笑道：「說不定我現在已經有了。」

相思夫人一雙勾魂攝魄的眼睛，瞬也不瞬的凝視著他，悠悠道：「你並不能算是個很好看的男人。」

柳長街道：「我本來就不是。」

相思夫人道：「可是你卻跟別的男人有點不同。」

柳長街微笑道：「也許還不止一點。」

相思夫人柔聲道：「我喜歡與眾不同的男人。」

柳長街道：「天下所有的女人，都喜歡與眾不同的男人。」

相思夫人忽然道：「出去。」

柳長街沒有出去。

他知道相思夫人並不是叫他出去，應該出去的人是唐青。

唐青果然立刻就出去了，閉著眼睛出去的，他根本一直都沒有張開眼睛。

柳長街笑道：「看來他倒真是個很聽話的男人。」

相思夫人道：「他不敢不聽。」

柳長街道：「所以他只有出去，我卻還能留在這裡。」

相思夫人道：「太聽話的男人，女人的確也不會喜歡，可是你……」

她用眼角瞟著柳長街，眼已媚如絲：「你也只不過像個呆子般站在那裡而已，你還敢怎麼樣？」

柳長街沒有開口。

他用行動回答了這句話。

——只說不動的男人，女人也絕不會歡喜。

他忽然走到水池旁，脫下了鞋子。

相思夫人睁大了眼睛，彷彿很吃驚：「你敢跳下來？」

柳長街已開始在脫別的。

相思夫人道：「你既然知道我是什麼人，難道不怕我殺了你？」

柳長街已不必再說話，也沒空再說話。

相思夫人道：「你看不看得出這池子裡的水有什麼特別的地方？」

柳長街根本沒有看。

他看的不是水，他的目光始終沒有離開過相思夫人的眼睛。

相思夫人道：「這水裡已溶入了種很特別的藥物，除了我之外，無論誰要一跳下來，就得死。」

柳長街已跳了下去。

「撲通」一聲，水花四濺。

「看來你真的不怕死。」

相思夫人彷彿在嘆息：「嘴裡說要爲我死的男人很多，可是真正敢爲我死的，卻只有你，你……」

她沒有說下去，也已不能再說下去。

因爲她的嘴已呼不出氣。

要征服女人，只有一種法子。

柳長街用的，正是最正確的一種。

人並不一定在歡樂的時候才會笑，就正如呻吟也並不一定是在痛苦時發出來的。現在呻吟已停止，只剩下喘息，銷魂的喘息。

激盪的水波，也已剛剛恢復平靜。

相思夫人輕輕喘息道：「別人說色膽包天，你的膽子卻比天還大。」

柳長街閉著眼，似已無力說話。

相思夫人卻又道：「其實我早就知道你並不是真的爲我來的，你一定還有目的。」

女人不但比較喜歡說話，而且在這種時候，體力總是比男人好的。

所以她又接下去道：「可是也不知爲了什麼，我居然沒有殺你。」

柳長街忽然笑了：「我知道是爲了什麼，因爲我是個與眾不同的男人。」

相思夫人嘆了口氣，沒有否認。

柳長街道：「所以水裡也沒有毒。」

相思夫人也沒有否認：「我若要殺你，有很多法子。」

柳長街嘆道：「女人若真是要一個男人死，的確有很多法子。」

相思夫人道：「所以你現在最好趕快告訴我，你究竟是爲了什麼來的？」

柳長街道：「現在你已捨得殺我？」

相思夫人淡淡道：「只有新鮮的男人，才能算是與眾不同的男人。」

柳長街道：「我已經不新鮮？」

相思夫人柔聲道：「女人也跟男人一樣，也會喜新厭舊的。」

柳長街輕輕的嘆著氣，道：「可惜你忘了一點。」

相思夫人道：「哦！」

柳長街道：「有些男人也跟女人一樣，若是真的要一個女人死，也有很多法子的。」

相思夫人媚笑道：「那也得看他要對付的是哪種女人。」

柳長街道：「隨便哪種女人都一樣。」

相思夫人笑得更媚：「連我這種女人都一樣？」

柳長街道：「對你，我也許只有一種法子，可是只要這法子有效，只要一種就夠了。」

相思夫人道：「你爲什麼不試試？」

柳長街道：「我已試過。」

相思夫人笑得有點勉強：「你覺得是不是有效？」

柳長街道：「當然有效。」

相思夫人忍不住問道：「你用的是什麼法子？」

柳長街悠然道：「這水裡本來是沒有毒的，可是現在已有毒了。」

相思夫人聲音突然僵硬，失聲道：「你……」

柳長街道：「我自己當然早已先服了解藥。」

相思夫人道：「你什麼時候下的毒？」她顯然還不信。

柳長街道：「毒本就藏在我指甲裡，我一跳下水，毒就溶進水裡。」

相思夫人道：「解藥……」

柳長街道：「解藥是我在脫衣服時吃的，我知道男人脫衣服並不好看，所以男人在脫衣服的時候，女人一定不會盯著的。」

他微笑著，又道：「無論做什麼事之前，我一向都準備得很週到，想得也很週到。」

相思夫人臉色已變了，突然游魚般滑過來，十指尖尖，劃向柳長街的咽喉。

這時她才知道柳長街並沒有說謊——她忽然發覺自己的人已軟了，手也軟了，全身的力氣，竟已忽然變得無影無蹤。

柳長街輕輕飄飄的就抓住了她的手，悠然道：「男人也會喜新厭舊的，現在你已不新鮮，所以還是老實點的好。」

相思夫人變色道：「你……你真的忍心殺我？」

柳長街嘆了口氣，道：「我實在不忍心。」

這句話還沒有說完，他已點了相思夫人三處穴道，點在她豐滿堅挺的胸膛上。

四

剩下來的事就比較簡單了。

密門就在山壁上掛著的一幅大波斯地氈後，千斤閘沒有千斤重，也並不十分難開。

柳長街本就有一雙巧手。

到了外面，唐青雖已逃得無影無蹤，索橋卻還留在那裡。

這件事實在做得太順利。

若是別人，一定會認爲自己的運氣特別好。但柳長街卻絕不這麼樣想。

「一個人只要用的方法正確，無論遇著多大的難題，都會順利解決的。」

他做事的確有一套與眾不同的法子。

本來蓋起來準備拆的酒樓，現在還是完完整整的，本來準備來拆房子的人，現在卻已經死了三個，跑了三個。

天下本就有很多事是這樣子的，明明是萬無一失的計劃，卻往往會行不通，明明是不能做到的事，卻偏偏成功了。

得失之間，本就沒有絕對的規則，所以一個人也最好不必把它看得太認真。

酒樓裡還亮著燈火，裡面的人還在等。

現在天還沒有亮，不等到天亮，他們是絕對不敢走的。

柳長街提著個裡面包著那檀木匣的包袱，施施然走了進去。

「這個人居然還沒有死，居然又來了。」

女孩子們的眼睛都睜得大大的，看著他，大家都已看出他是個很有辦法的人。

酒還在桌上。

柳長街舒舒服服的坐下來，現在確實已到了可以舒舒服服的喝兩杯的時候。

他正想自己倒酒，一個眼睛長得最大，看起來最聰明的女孩子，已扭動著腰肢走過來，看著他嫣然一笑，道：「相思好不好？」

柳長街道：「好，好極了。」

這女孩子媚笑著，用力吸著氣，使得胸膛更凸出，「我叫如意，我也很好。」

柳長街笑了：「你的確還不錯，只可惜你如了我的意，我卻未必能如你的意。」

如意又拋了個媚眼：「爲什麼？」

柳長街道：「因爲我這包袱裡裝的既不是黃金，也不是珠寶。」

如意居然沒有露出失望之色，還是媚笑著道：「我要的不是金銀珠寶，是你的人。」

「只可惜他這個人也已經被人包下來了。」

這句話是從門外傳進來的，如意轉過頭，就看見個蘭花般幽雅，孔雀般驕傲的絕色麗人，從門外的黑暗中走了進來。

孔蘭君居然也來了。

在她面前，如意忽然覺得自己像是隻雞，只好輕輕嘆了口氣，喃喃道：「想不到男人也有幹我們這行的，居然也會被人包下來。」

柳長街也嘆了口氣，道：「我幹的這一行，也許還不如你。」

如意又嫣然一笑，道：「可是我喜歡你，等你有空的時候，我也願意包你幾天。」

她吃吃的嬌笑著，擰了擰柳長街的臉，就拉著她的姐妹們一起走了：「看來這地方已沒生意可做，不如還是回去睡覺吧。」

柳長街目送著她們出去，好像還有點依依不捨的樣子。

孔蘭君已坐下來，盯著他，冷冷道：「你還捨不得她們走？」

柳長街又嘆了口氣，道：「我是多情人。」

孔蘭君咬了咬牙，恨恨道：「你根本不是個人。」

柳長街道：「幸好有很多女人都偏偏要喜歡不是人的男人。」

孔蘭君道：「那些女人也不是人。」

柳長街道：「你呢？」

孔蘭君輕輕嘆了口氣，柔聲道：「我好像也快要變得不是人了！」

在這一瞬間，她整個人竟似真的變了，從一隻驕傲的孔雀，變成了隻柔順的鴿子。

對付她，柳長街顯然也用對了法子。

有些女人就像是硬殼果，是要用釘錘才敲得開的。

現在她就像是個已被敲開的硬殼果，已露出了她脆弱柔軟的心。

柳長街看著她，心裡忽然有了種征服後的勝利感，這種感覺也沒有任何一種愉快能比得上。

於是他立刻也變得溫柔了起來。

對一個已被征服了的女人，已用不著再用釘錘了，他伸出手，拉住了她的手，柔聲道：「其實我也知道你一直都對我很好。」

孔蘭君垂下頭：「你……你真的知道？」

柳長街道：「我也知道你的計劃很不錯。」

孔蘭君道：「可是……可是你並沒有按照我的計劃做。」

柳長街道：「我是個急性子的人，一向喜歡用比較直接的法子。」

孔蘭君抬起頭，凝視著他，美麗的眼睛裡，充滿了關切。

「但我卻還是覺得你用的法子太冒險。」

柳長街笑了笑，道：「不管怎麼樣，我現在總算已做成了。」

孔蘭君眼睛裡發出了光：「真的。」

柳長街道：「嗯。」

「東西你已到手？」

柳長街指了指桌上的包袱。

孔蘭君看著他，顯得又是喜歡，又是佩服，情不自禁用兩隻手捧住了他的手，將他的手貼住了自己的臉：「我現在才知道，你不但是個真正的男人，而且是個了不起的男人。」

柳長街更愉快，無論什麼樣的男人，聽見這種話都會同樣愉快的。

他忍不住笑道：「其實我也並沒有什麼了不起，只不過……」

這句話他並沒有說完，也許已永遠說不完。

就在這時，孔蘭君突然用兩隻手夾住他的手，指尖扣住了他的脈門，一擰，一摔，用的居然是蒙古摔跤的上乘手法。

柳長街的人竟被她掄了起來，一翻身，像條死魚般被按在椅子上，背朝著天。

孔蘭君的手已沿著他脊椎上的穴道一路點了下去，冷笑道：「你當然並沒有什麼了不起，你只不過是條自大的瘋狗而已。」

柳長街無話可說。

「你以為用那種法子對付我，我就會服氣？」孔蘭君還在冷笑：「告訴你，你錯了，無論誰打了我一下，我都得還他十下。」

她也不知道從哪裡找來了塊木板，往柳長街屁股上一板板打了下去，不折不扣，著著實實的打了三十板，打得真重。

柳長街只有挨著。

好不容易總算挨到孔蘭君打完了。

「這次不過是給你個教訓，叫你從此以後再也不要看輕女人。」她提起桌上的包袱，「東西我帶走，我只希望你的運氣還不太壞，不要讓秋橫波、唐青他們回來找到你。」

自己辛辛苦苦做好的菜，竟忽然到了別人嘴裡。

聽著她的聲音漸漸遠去，柳長街心裡也不知是什麼滋味。

他並不是不能開口說話，可是現在你叫他還有什麼話可說？

女人，唉……

柳長街嘆了口氣，忽然發現女人確實是不能得罪的。

可惜他得罪的女人已實在太多了。

現在相思夫人若是真的找來了，那情況他簡直連想都不敢想。

還有單一飛、鐵和尚、唐青……

他們每一個都一定有很多種折磨人的法子。

柳長街卻只有趴在椅子上，等著，現在他已絕不像是條瘋狗，卻有點像是死狗。

也不知道過了多久，就好像過了幾百萬年一樣。

天似已剛剛亮了。

幸好這裡的伙計和那些女孩子走得早，否則他就算能站起來，也得一頭撞死。

六　人中之龍

一

又過了很久，他全身都已發麻，手足也已冰冷，就在這時，他忽然聽到了一陣腳步聲。很輕的腳步聲，走得很慢，他每一步都像是踏在他的麻筋上。

來的是誰？

是相思夫人？還是唐青？

無論來的是誰，他都絕不會有好日子過。

天已亮了。

晨光從門外照進來，將這個人的影子，拖得長長的，彷彿是個女人。

然後他終於看到了這個人的腳。

一雙穿著綠花軟鞋，纖巧而秀氣的腳。

柳長街嘆了口氣，總算已知道來的這個人是誰了。

「你幾時變得喜歡這麼樣坐在椅子上的。」她的聲音本來很動聽，現在卻帶著種比青梅還酸的譏誚之意：「是不是因爲你的屁股已被打腫？」

柳長街只有苦笑。

「我記得你以前總喜歡打腫臉充胖子的，現在臉沒有腫，屁股怎麼反而腫了起來？」

柳長街忽然笑道：「我的屁股就算再腫一倍，也沒有你大。」

「好小子。」她也笑了：「到了這時候還敢嘴硬，不怕我打腫你的嘴？」

「我知道你捨不得的。」柳長街微笑著：「莫忘記我是你的老公。」

來的果然是胡月兒。

她已蹲下來，托住了柳長街的下巴，眼睛對著他的眼睛。

「可憐的老公，是誰把你打成這樣子的，快告訴我。」

柳長街道：「你準備去替我出氣？」

「我準備去謝謝她。」胡月兒突然用力地在他鼻子上一擰：「謝謝她替我教訓了你這個不聽話的王八蛋。」

柳長街苦笑道：「老婆要罵老公，什麼話都可以罵，王八這兩個字，卻是萬萬罵不得的。」

胡月兒咬著嘴唇，恨恨道：「我若真的氣起來，說不定真去弄頂綠帽子給你戴戴。」

她愈說愈有氣，又用力擰著柳長街的耳朵，說道：「我問你，你去的時候，有沒有穿上件特別厚的衣服？」

「沒有。」

「有沒有去問他們要了把特別快的刀？」

「沒有。」

「有沒有先制住唐青？」

做。」

「沒有。」

「有沒有照他們的計劃下手？」

「也沒有。」

胡月兒恨得牙癢癢的：「別人什麼事都替你想得好好的，你爲什麼總是不聽話？」

柳長街道：「因爲我從小就不是個乖孩子，別人愈叫我不能做一件事，我反而愈想去做。」

胡月兒冷笑道：「你是不是總以爲你自己很了不起，總覺得別人比不上你？」

柳長街笑道：「不管怎麼樣，你要我做的事，現在我總算已做成了。」

胡月兒叫了起來：「現在你還敢說這種話？」

柳長街道：「爲什麼不敢？」

胡月兒道：「你爲什麼不找個鏡子來，照照你自己的屁股？」

柳長街淡淡道：「被人打屁股是一回事，能不能達成任務又是另外一回事了。」

胡月兒道：「不錯，你的確已煮熟了個鴨子，只可惜現在已飛了。」

柳長街道：「還沒有飛走。」

胡月兒道：「還沒有？」

柳長街道：「飛走的只不過是點鴨毛而已，鴨子連皮帶骨都還在我身上。」

胡月兒怔了怔：「那女人帶走的，只不過是個空匣子？」

柳長街微笑道：「裡面只有一雙我剛脫下來的臭襪子。」

胡月兒怔住，又不禁吃吃的笑了起來，忽然親了親柳長街的臉，柔聲道：「我就知道你是個了不起的男人，就知道我絕不會找錯老公的。」

柳長街嘆了口氣，喃喃道：「看來一個男人的確不能不爭氣，否則連綠帽子都要戴上頭。」

二

陽光從小窗外照進來，照在柳長街胸膛上，胡月兒的臉也貼在柳長街胸膛上。

赤裸的胸膛，雖然並不十分堅實，卻帶著種奇異的韌力。

就像是他這個人一樣。

他這個人也像是帶著種奇異的韌力，令人很難估計到他真正的力量。

胡月兒輕撫著他的胸膛，夢囈般低語：「還要不要？」

柳長街連搖頭都沒有搖頭，簡直已不能動了。

胡月兒咬著嘴唇：「我跟你才分手幾天，你就去找過別的女人。」

「我沒有。」柳長街本來也懶得說話的，但這種事卻不能不否認。

胡月兒不信：「若是沒有，別人爲什麼要打你的屁股？」

柳長街嘆息著：「若是有了，她怎麼會捨得打我屁股？」

胡月兒還是不信：「連相思夫人你都沒有動？」

「沒有。」

胡月兒冷笑道：「鬼才相信你的話。」

「爲什麼不信？」

胡月兒恨恨道：「你若是真的沒有找過女人，現在爲什麼會變得像隻鬥敗了的公雞一樣，連一點用都沒有？」

柳長街苦笑道：「你以爲我是個什麼人？真是個鐵人？」

他又嘆了口氣：「我也會累的，有時候我也要睡睡覺。」

胡月兒總算有點相信了：「你爲什麼不睡？」

柳長街嘆道：「你在旁邊，我怎麼睡得著？」

胡月兒坐起來，瞪起了眼睛：「你是不是在趕我走？」

「我沒有這意思，可是你卻真該回去了。」

柳長街柔聲道：「發現了孔蘭君帶回去的那匣子是空的，龍五一定會來找我。」

胡月兒道：「他會找到這地方來？」

柳長街道：「什麼地方他都找得到。」

胡月兒遲疑著，也覺得這小客棧並不能算是很安全的地方。

「好，我回去就回去吧，」她終於同意：「可是你……」

柳長街道：「你只要乖乖的在家裡等著，我很快就會把好消息帶回去。」

胡月兒道：「你有把握能對付龍五？」

「我沒有。」柳長街笑了笑：「對付相思夫人，我本來也連一點把握都沒有。」

胡月兒終於走了。

臨走的時候，還擰著他的耳朵，再三的警告：「只要我聽說你敢動別的女人，小心把你的屁股打成八片。」

一個女人若是愛上了男人，就恨不得把自己變成條繩子，綑住這男人的腳。

現在柳長街總算鬆了口氣，他的確不是鐵人，的確需要睡一覺。

他居然能睡著。

等他醒來的時候，小窗外已暗了下來，已到了黃昏前後。

風從窗外吹進來，帶著酒香。

是真正女兒紅的香氣，這種小客棧，本不該有這種酒的。

柳長街眼珠子轉了轉，忽然道：「外面喝酒的朋友，不管你是誰，都請進來吧，莫忘記把酒也一起帶進來。」

外面果然很快就有人在敲門。

「門是開著的，一推就開。」

於是門就被推開，一個人左手提著銅壺，右手捧著兩個碗走進來，正是那個去找杜七他們的人。

「在下吳不可。」他陪著笑道：「專程前來拜訪，知道閣下高臥未起，所以只有在外面煮酒相候。」

柳長街只看了他一眼，淡淡道：「是龍五叫你來找我的？」

吳不可微笑點頭：「公子也正在恭候柳先生的大駕。」

柳長街冷冷道：「只可惜現在我連站都站不起來，更沒有法子去見他。」

吳不可陪笑道：「公子也知道有人得罪了柳先生，所以特地叫在下帶了樣東西來，爲閣下出氣。」

柳長街道：「什麼東西，在哪裡？」

吳不可回過頭，向門外招了招手，就有個孔雀般美麗的女人，手裡拿著塊木板，慢慢的走進來。

孔蘭君。

現在她已沒有孔雀般的驕傲了，看來也像是隻鬥敗了的雞，母雞。

她低垂著頭，一走進來，就把那塊木板交給柳長街，輕輕道：「我就是用這塊板子打你的，打了三十板，現在你……你不妨全都還給我。」

柳長街看著她，忽然長長嘆了口氣，喃喃道：「龍五公子果然不愧是人中之龍，難怪有這麼多人都願意爲他賣命。」

三

雅室中的燈光柔美，紅泥小火爐上的銅壺裡，也在散發著一陣陣酒香。

在爐邊煮酒的，正是那青衣白襪，神秘而可怕的中年人。

龍五公子還是躺在那張鋪著豹皮的短榻上，閉著眼養神。

天氣還很暖，爐火使得這雅室中更燠熱，可是他們兩個人，卻完全沒有覺得有絲毫熱意。

只有他們兩個人，他們正在等柳長街。

桌上已擺好了幾樣精緻的下酒菜，居然還爲柳長街安排好一張椅子。

能和龍五公子對坐飲酒的，天下又有幾人？

門外有敲門聲，進來的是孟飛——這雅室當然就在孟飛的山莊裡。

「人已來了。」

「請他進來，」龍五還是閉著眼睛：「一個人進來。」

柳長街剛走進來，孟飛就立刻掩起了門。

青衣白襪的中年人，專心煮著酒，連看都沒有看他一眼。

但龍五卻居然已坐了起來，蒼白的臉上，居然露出了難得的微笑。

「你沒有白費功夫。」他微笑著道：「在武功和女人身上，你都沒有白費功夫。」

他的話顯然還沒有說完，所以柳長街就等著他說下去。

龍五果然已接著道：「連我都對付不了的女人，想不到你居然能對付。」

柳長街還是沒有開口。

他摸不清龍五的意思，在女人這方面，男人通常都不肯認輸的。

龍五道：「要騙過秋橫波和孔蘭君都不是容易事，你卻做到了。」

柳長街終於笑了笑，道：「但我卻是爲你做的。」

龍五看著他，忽然大笑：「看來你不但聰明，而且很謹慎。」

柳長街嘆了口氣，道：「我不能不謹慎。」

龍五道：「現在狡兔已得手，你怕我把你烹在鍋裡？」

柳長街道：「鳥盡弓藏，兔死狗烹，這句話我還明白。」

龍五道：「但你卻不是那種只會獵兔的走狗，你是個很會做事的人，我經常都用得著你這種人。」

柳長街鬆了口氣，道：「多謝。」

龍五道：「坐。」

柳長街道：「我最好還是站著。」

龍五又笑了：「看來孔蘭君的出手倒真不輕。」

柳長街苦笑。

龍五道：「你想不想要她打你的那雙手？」

柳長街道：「想。」

龍五淡淡道：「那容易，我立刻可以將那雙手裝在盤子裡，送給你。」

柳長街道：「但我卻寧願讓那雙手連在她身上。」

龍五笑道：「那更容易，你出去時，就可以把她帶走。」

柳長街卻搖頭道：「我喜歡吃雞蛋，卻不願隨身帶著隻母雞。」

龍五第二次大笑：「那麼我就把雞窩告訴你，要吃雞蛋，你隨時都可以去。」

柳長街苦笑道：「只可惜那雞蛋裡不但有骨頭，還有板子。」

龍五第三次大笑。

他今天的心情顯然很好，笑的次數比任何一天都多。

等他笑完了，柳長街才緩緩道：「你好像忘了問我一件事。」

龍五道：「我不必問，我知道你一定已得手。」

柳長街道：「那匣子沒有錯？」

龍五也在凝視著他，道：「沒有錯。」

柳長街道：「你看清楚了？」

龍五道：「看得很清楚。」

兩人的眼色，看來都好像有點奇怪，柳長街問的話也像是多餘的。

龍五本來一向不喜歡多話的人，但這次卻並沒有露出厭惡的不耐之色。

柳長街笑道：「匣子既然沒有錯，裡面的東西也不會錯了。」

他終於從身上拿出個紫緞包袱，包袱上打著個很巧妙的結：「這就是我從那匣子裡拿出來的，我原封未動。」

龍五道：「我看得出，這是她親手打的相思結。」

相思已成結，當然是很難打開的。

龍五卻只用兩根手指夾住結尾，也不知怎麼樣輕輕一抖，就開了。

他微笑著道：「要打開相思結，只有用我這種法子。」

柳長街道：「我還有一種法子。」

龍五道：「你用什麼？」

柳長街道：「用劍！」

無論糾纏得多麼緊的相思結，只要用劍一削，也一定會開的。

龍五第四次大笑：「你用的法子，好像總是最直接、最徹底的一種。」

柳長街道：「我只會這一種。」

龍五笑道：「有效的法子，只會一種也已足夠。」

包袱裡包著一小堆絲棉，撥開絲棉，才看見一隻翠綠的碧玉瓶。

龍五眼睛裡發著光，蒼白的臉上，也露出種奇異的紅暈。

這瓶藥得來實在太不容易。

爲了這瓶藥，他付出的代價已太多。

直到現在，他伸出手去拿時，他的手還是不由自主在輕輕顫抖。

誰知柳長街卻閃電般出手，將瓶子搶了過來，用力往地上一摔，「砰」的，砸得粉碎，鮮紅的藥汁，碧血般流在地上。

站在門口的孟飛，臉已嚇黃了。

龍五也不禁聳然動容，厲聲道：「你這是什麼意思？」

柳長街淡淡道：「也沒有什麼別的意思，只不過，要找你這麼樣一個好老闆，並不是件容易事，所以我還不想要你死。」

龍五怒道：「你在說什麼？我不懂。」

柳長街道：「你應該懂。」

龍五道：「我看得出這藥並不假，也嗅得出。」

藥汁是鮮紅而透明的，藥瓶一碎，立刻就有種異香散出。

柳長街道：「就算不假，藥裡也一定摻了毒。」

龍五道：「你憑什麼敢斷定？」

柳長街道：「憑兩點。」

龍五道：「你說。」

柳長街道：「這件事實在做得太順利，太容易。」

龍五道：「這理由不夠。」

柳長街道：「我看見的那相思夫人，根本是個冒牌的。」

龍五道：「你根本從未見過她，怎麼知道她是真是假？」

柳長街道：「她的皮膚太粗，一個每天都在身上塗抹蜜油的女人，絕不會有那麼粗的皮膚。」

龍五道：「就憑這兩點？」

柳長街淡淡道：「合理的推斷，一點就已足夠，何況兩點？」

龍五忽然閉上了嘴，似已無話可駁。

因爲就在這時，那鮮紅透明的藥汁，突然變成了一種令人作嘔的死黑色。

有的毒藥一見了風，藥力就會發作。

現在無論誰都已看得出，這瓶藥裡，的確已滲了毒，劇毒。

龍五的臉似乎也已變成死灰色，凝視著柳長街，過了很久，才緩緩道：「我平生從未說過謝字。」

柳長街道：「我相信。」

龍五道：「但現在我卻不能不謝你。」

柳長街道：「我也不能不接受。」

龍五道：「但我還是不明白……」

柳長街打斷了他的話，道：「你應該明白的，秋橫波知道我要去爲你做這件事，就將計就計，故意讓我得手，拿這瓶有毒的藥回來毒死你。」

龍五變色道：「她……她爲什麼一定要將我置之於死地？」

柳長街嘆了口氣，道：「女人心裡的想法，又有誰能猜得透。」

龍五閉上了眼睛，又顯得很疲倦，悲傷本就能令人疲倦。

卻不知他是爲了失望而悲傷？還是爲了相思？

柳長街忽然又道：「你又忘了問我一件事。」

龍五苦笑道：「我的心很亂，你說。」

柳長街道：「我替你去做這件事，是不是只有這屋子裡的四個人知道？」

龍五道：「不錯。」

柳長街道：「那麼相思夫人又怎會知道的？」

龍五霍然張開眼，目光又變得利如刀鋒，刀鋒般盯在孟飛臉上。

孟飛的臉又已嚇黃。

柳長街道：「我被你毒打成傷，別人都認爲我已恨你入骨，但孟飛卻知道內情。」

龍五突然道：「不是孟飛。」

柳長街道：「爲什麼？」

龍五道：「有龍五，才有孟飛，他能有今天，全因爲我，我死了對他絕沒有好處。」

柳長街沉思著，終於點了點頭：「我相信，他應該知道這世上絕不會再有第二個龍五。」

孟飛突然跪了下去，跪下去時已淚流滿面。

這是感激的淚，感激龍五對他的信任。

柳長街已慢慢的接著道：「若不是孟飛，是誰？」

龍五沒有回答，他也不再問。

兩個人的目光，卻都已盯在那青衣白襪的中年人臉上。

四

爐火已弱，酒已溫。

青衣白襪的中年人，正在將銅壺中的酒，慢慢的倒入酒壺裡。

他的手還是很穩，連一滴酒都沒有濺出來。

他臉上還是全無表情。

就連柳長街這一生中，也從來沒有見過如此冷靜鎮定的人。

他也不能不佩服這個人。

龍五看著這個人時，神色彷彿變得很悲傷，是在為這個人惋惜而悲傷。

柳長街也不禁長長嘆息，道：「我本不願懷疑你的，只可惜我已別無選擇。」

青衣白襪的中年人將酒壺擺在桌上，連看都沒有看他一眼。

柳長街道：「但知道這秘密的，除了龍五、孟飛和我之外，就只有你。」

青衣白襪的中年人彷彿根本沒有聽見他在說什麼，試了試酒的溫度，就將壺中的酒，倒入酒杯。

酒還是沒有濺出一滴。

柳長街道：「那車伕也知道我在替龍五做事，只因為他本是你的親信，這秘密也許就是經過他傳到相思夫人處的，因為你隨時都得跟隨在龍五身旁，根本沒有機會。」

酒已斟滿兩杯。

青衣白襪的中年人放下酒壺，臉上還是完全沒有表情。

柳長街道：「那天你忽然在那農舍外出現，只因為你本就想殺他滅口，所以一直在盯著他，他見財起意，正好給了你殺他的藉口。」

青衣白襪的中年人連一個字都沒有說，彷彿根本不屑辯白。

柳長街道：「所以我想來想去，洩露這秘密的，除了你外，絕沒有別人。」

他又長長嘆息了一聲，接著道：「但我卻實在想不到，像你這樣一個人，怎麼會出賣朋友。」

龍五忽然道：「他沒有朋友。」

柳長街道：「你也不是他的朋友？」

龍五道：「不是。」

柳長街道：「是他的恩人？」

龍五道：「也不是。」

柳長街想不通：「既然都不是，他為什麼會像奴才般跟著你？」

龍五道：「你知道他是誰？」

柳長街道：「我不能確定。」

龍五道：「不妨說說看。」

柳長街道：「昔年有個了不起的少年英雄，九歲殺人，十七歲已名動武林，二十剛出頭，就已身爲七大劍派中崆峒一派的掌門，刀法之高，當世無雙，人稱天下第一刀。」

龍五道：「你沒有看錯，他就是秦護花。」

柳長街長長吐出口氣，道：「但現在看來他似已變了。」

龍五道：「你想不通昔年鋒芒最盛的英雄，如今怎麼會變成像奴才般跟著我？」

柳長街承認：「我想不通，只怕也沒有人能想得通。」

龍五道：「世上也的確只有一種人，能令他變成這樣的人。」

柳長街道：「哪種人？」

龍五道：「仇人，他的仇人。」

柳長街愕然：「你是他的仇人？」

龍五點點頭。

柳長街更想不通。

龍五道：「他生平只敗過三次，但全都是敗在我的手下，他立誓要殺我，卻也知道今生絕對無法勝得了我。」

柳長街道：「因爲你還在盛年，他的武功卻已過了巔峰。」

龍五道：「也因爲我勝他那三次，用的是三種完全不同的手法，所以他完全摸不透我的武功。」

柳長街道：「除非他能日日夜夜的跟著你，研究你這個人，想法子找出你的弱點來，否則他永遠沒有勝你的機會。」

龍五道：「不錯。」

柳長街道：「你居然答應了他，讓他跟著你！」

龍五笑了笑，道：「這件事本身就是種沒有任何事能比得上的刺激，刺激也正是種沒有任何事能比得上的樂趣。」

除了生命的威脅外，這世上能讓龍五覺得刺激的事確實已不多。

龍五又道：「可是我也有條件的。」

柳長街道：「你的條件，就是要他做你的奴才？」

龍五又點點頭，微笑道：「能讓秦護花做奴才，豈非也是件別人無法思議的事？」

柳長街道：「所以你認為這也是種樂趣。」

龍五道：「何況，在他沒有把握出手之前，他一定會盡力保護我的安全，因為他絕不願讓我死在別人手裡。」

柳長街嘆了口氣，道：「但無論如何，你都不該讓他知道這秘密的。」

龍五道：「什麼秘密我都沒有瞞他，因為我信任他，他本不是那種喜歡揭人隱私的小人。」

能完全信任朋友的人已不多，能完全信任仇敵更是件不可思議的事。

柳長街道：「龍五果然不愧是龍五，只可惜這次卻看錯人了。」

龍五也嘆了口氣，苦笑道：「每個人都難免會錯的，也許我一直都將他估得太高，卻低估了你。」

柳長街淡淡的笑了笑，道：「看來他好像也低估了我。」

龍五道：「除了我之外，他本就從未將世上任何人看在眼裡。」

秦護花霍然抬起頭，盯著他，臉上雖然仍全無表情，眼睛裡卻已露出種懾人的鋒芒，一字字道：「你相信這個人的話？」

龍五道：「我不能不信。」

秦護花道：「好，很好。」

龍五道：「你是不是又準備出手？」

秦護花緩緩道：「我已仔細觀察了你四年，你的一舉一動，我都全未錯過。」

龍五道：「我知道。」

秦護花道：「你的確是個很難看透的人，因為你根本很少給人機會，你根本很少動。」

龍五淡淡道：「不動則已，一動驚人，靜如山嶽，動如流星。」

秦護花靜靜的站在那裡，也像山嶽般沉穩持重，緩緩道：「我少年時鋒芒太露，武功的確已過巔峰，現在若還不能勝你，以後的機會更少。」

龍五道：「所以你本就已準備出手？」

秦護花道：「不錯。」

龍五道：「好，很好。」

秦護花道：「這是我與你的第四戰，也必將是最後一戰，能與龍五交手四次，無論勝負，我都已死而無憾！」

龍五又嘆了口氣，道：「我本無意殺你，可是這一次……」

秦護花緩緩道：「這次我若再敗，也無意再活下去。」

龍五道：「好，去拿你的刀。」

秦護花道：「我的刀法變化，你已瞭如指掌，我用刀必定不能勝你。」

龍五道：「你用什麼？」

秦護花淡淡道：「天下萬物，在我手裡，哪一件不能成爲殺人的武器？」

龍五大笑，道：「能與你交手四次，也是我平生一快！」

他的笑聲突然停頓。

然後屋子裡就突然變得死寂無聲，甚至連呼吸聲都聽不見。

風吹著窗外的黃菊和銀杏，菊花無聲，銀杏卻彷彿在嘆息。

在這天高氣爽的仲秋，天地間卻彷彿突然充滿了嚴冬的肅殺。

秦護花凝視著龍五，瞳孔收縮，額上青筋凸起，顯然已凝集了全身力氣，準備作孤注一擲。

無論誰都看得出，只要他出手，就必定是石破天驚的一著。

誰知他卻只用兩根手指，拈了根筷子，輕描淡寫的向龍五刺了過去。

他已準備了搏虎之力，使出的招式，竟似連薄紙都穿不透。

但龍五的神情卻顯得很凝重，這輕飄飄的一根筷子，在他眼中看來，竟似重逾泰山。

他也拈起根筷子，斜斜點出。

兩個人中間還隔著張桌面，龍五甚至連站都沒有站起來。

兩個人手裡的筷子飄忽來去，變化雖快，卻像是孩子們的兒戲。

但柳長街卻看得出這絕不是兒戲。

這兩根筷子的變化之妙，已無法形容，竟似已能滄海納入一粟，將有形煉爲無形，每一個變化中，都包涵著無數種變化，每一次刺出，都含蘊著可以開金裂石的力量。

這一戰在別人眼中看來，雖然完全沒有凶險，但柳長街卻已看得驚心動魄，心越神飛。

秦護花果然不愧是天下第一刀！

龍五更不愧是武林中百年難見的奇人，驚才絕艷，當世無雙！

忽然間，兩根飄忽流動的筷子，已搭在一起。

兩個人臉上的神色更凝重，不出盞茶功夫，額上竟似都已現出汗珠。

柳長街忽然發現龍五坐著的軟榻，在往下陷落，秦護花的兩隻腳，也已陷入了石地。

兩個人顯然都已用出了全身力量，沒有人能想像這種力量有多麼可怕。

但他們手裡的筷子卻沒有斷。

象牙做的筷子，本來一折就斷，現在好像忽然變成了柔軟的。

秦護花手裡的筷子，竟忽然變得麵條般彎曲，臉上的汗，雨點般落下，突然撒手，整個人向後跌出，「砰」的一聲，衝上了牆壁。

磚石砌成的牆壁，竟被他撞破個大洞。

然後他就倒下，鮮血立刻從他嘴角湧出，連呼吸都似已停頓。

龍五也已倒在軟榻上，閉上了眼睛，臉色慘白，顯得說不出的疲倦虛弱。

就在這一剎那間，柳長街已出手。

他的手虛空一抓，突然沉下，閃電般擒住了龍五的手腕。

龍五的臉色變了變，卻還是沒有張開眼睛。

孟飛聳然失色，想從牆上的破洞裡衝出去，但外面突然出現了一個人，劈面一拳，將他打倒。

這一拳不但快，而且猛，能一拳擊倒孟飛的人也不多。

「雄獅」藍天猛。

這個一拳擊倒孟飛的人，竟赫然是藍天猛。

龍五慘白的臉上，也完全沒有血色。

柳長街一把擒住他腕上脈門，已如閃電般點了他十三處穴道。

龍五還是閉著眼睛，忽然輕輕嘆道：「原來我不但低估了你，也錯看了你。」

柳長街淡淡道：「每個人都難免會錯的，你也是人。」

龍五道：「我是不是也錯怪了秦護花？」

柳長街道：「這也許就是你最大的錯。」

龍五道：「你知道他是誰，也知道他絕不會讓我落入別人手裡，所以你要動我，就一定得先借我的手除去他。」

柳長街道：「我對他的確有點顧忌，但最顧忌的還是你。」

龍五道：「所以你也想借他的手，先耗盡我的真力。」

柳長街道：「鷸蚌相爭，漁翁得利，我用的本就是一石二鳥之計。」

龍五道：「藥裡的毒，也是你下的？」

柳長街道：「那倒不是。」

龍五道：「你現在既然要暗算我，剛才為什麼又救了我？」

柳長街道：「因為我不想被別人利用，更不想做秋橫波的工具，我要用我的一雙空手，活捉你這條神龍。」

龍五道：「你是不是秋橫波手下的人？」

柳長街道：「不是。」

龍五道：「我們有仇？」

柳長街道：「沒有。」

龍五道：「你為的是什麼？」

柳長街道：「我受了胡力胡老太爺之託，要活捉你歸案去。」

龍五道：「我犯了什麼案？」

柳長街道：「你自己應該知道。」

龍五嘆了口氣，不但還是閉著眼睛，連嘴也閉上。

柳長街道：「南七北六十三省的班頭捕快，要對你下手已不止一天，怎奈大家都知道要對付你實在太不容易，就連我也完全沒有把握，所以我一定要讓你完全信任我，所以我剛剛才出手救你。」

龍五冷冷道：「你說的已夠多。」

柳長街道：「你不想再聽？」

龍五冷笑。

柳長街道：「你好像連看都懶得再看我。」

藍天猛忽然道：「他不願看的是我，不是你。」

龍五道：「不錯，像你這種見利忘義的小人，我多看一眼，也怕污了我的眼睛。」

藍天猛嘆了口氣道：「你錯了，我對你下手，並不是見利忘義，而是大義滅親。」

龍五忍不住問：「你也是胡力的人？」

藍天猛點點頭，轉向柳長街：「你是不是也沒有想到？」

柳長街的確想不到。

藍天猛道：「但我卻早已知道你的來歷。」

柳長街道：「一開始你就知道？」

藍天猛道：「你還沒有來之前，胡力已叫我照顧你。」

柳長街苦笑道：「你照顧得的確很好。」

藍天猛嘆道：「上次我對你的出手，實在太重了些，但那也是情不得已，因爲我也絕不能被他懷疑，我相信你一定會明白我的苦衷。」

柳長街道：「我當然明白。」

藍天猛展顏笑道：「我就知道你一定不會怪我的。」

柳長街道：「我不怪你。」

他微笑著伸出手：「我們本就是一家人，又都是爲了公事，你就算打得再重些，也沒關係，我們還是朋友。」

藍天猛大笑，道：「好，我交了你這個朋友。」

他也大笑著伸出手，握住了柳長街的手。

然後他的笑聲就突然停頓，一張臉也突然扭曲，他已聽見了自己骨頭碎裂的聲音。

就在這一瞬間，柳長街已擰斷了他的腕子，揮拳痛擊在他鼻樑上。

這不僅因爲他實在完全沒有警戒，也因爲柳長街的手法實在太巧妙，出手實在太快。

這雄獅般的老人，被他的鐵拳一擊，就已仰面倒了下去。

柳長街卻還沒有停手，拳頭又雨點般落在他胸膛和兩脅上。臉上卻還帶著微笑，道：「你打我，我不怪你，我打你，你當然也不會怪我的，就算我打得比你還重些，我知道你也一定不會放在心上。」

藍天猛已無法開口。

他一定要用力咬著牙，才不致叫出來，他打柳長街的時候，柳長街也沒有求饒喊痛。

龍五的眼睛雖然還是閉著的，嘴角卻已不禁露出微笑。

他不但是藍天猛的朋友，也是藍天猛的恩人，藍天猛卻出賣了他。

見利忘義，恩將仇報的人，一定要受到懲罰。

現在藍天猛已受到懲罰。

柳長街打在藍天猛身上的拳頭，就好像是龍五自己的拳頭一樣。

屋子裡只剩下喘氣聲。

柳長街停住手時，藍天猛已不再是雄獅，已被打得像是條野狗。

「人家欠我的，我都已收了回來。」柳長街輕撫著自己的拳頭，眼睛裡閃動著一種奇特的光芒：「我欠人家的，現在也已該還了。」

龍五忽然問：「你欠誰的？」

柳長街淡淡道：「沒有人能一個人活在這世間上，人只要活著，就一定接受過別人的恩惠。」

龍五道：「哦？」

柳長街道：「你也一樣，你要吃飯，就需要別人替你種稻種米，你生下來，也是別人的手把你接下來的，若沒有別人的恩惠，你根本活不到現在，根本連一天都活不下去。」

龍五道：「所以每個人都欠了一筆債。」

柳長街點點頭。

龍五道：「這筆債你能還？」

柳長街道：「這筆債當然很難還得清，只不過，在你活著的這一生中，若是能做幾件對世人有好處的事，也就算還過這筆債了。」

龍五冷笑。

柳長街忽然問道：「你知不知道胡力想見你已有很久？」

龍五冷笑道：「我想見他，也已不止一天。」

柳長街忽然長嘆道：「你們兩個的確都是很難見到的人，能有見面的一天，實在不容易。」

他在嘆息。

因爲他心裡的確有很多感慨。

龍五又閉上了眼睛，也在嘆息：「我早已算準我們遲早總有見面的一天，但卻想不到會是這種情況而已。」

柳長街道：「世上本就有很多人們想不到的事。」

他拉起了龍五：「你也想不到，因爲你並不是真的神龍，你也只不過是個人而已。」

七 空手擒龍

一

胡力當然也是個人。

但他卻是個很不平凡的人，他這一生中，的確做過很多非常不平凡的事。

他初入江湖時，已有很多人叫他「狐狸」。

可是除了有狐狸般的機智狡猾外，他還有駱駝般的忍耐，耕牛般的刻苦，鷹隼般的矯健，鴿子般的敏捷，刀劍般的鋒利。

只可惜現在他已老了。

他的目力已減退，肌肉已鬆弛，反應已遲鈍，而且還患了種很嚴重的風濕病，已有多年纏綿病榻，連站都站不起來。

幸好他的智慧非但沒有減退，反而比以前更成熟，做事也比以前更謹慎小心。

所以他直到現在，還是同樣受人尊敬。

古老的廳堂，寬闊而高敞，卻還是充滿了一種說不出的陰森之意。

桌椅也是古舊的，油漆的顏色已漸漸消褪，有風吹進來的時候，大樑的積塵就會隨風而落，落在客人們的身上。

現在還有風。

柳長街替龍五拂了拂身上的灰塵，喃喃道：「這地方實在已應該打掃打掃了。」

龍五看看他，忍不住道：「你自己的身上也有灰塵。」

柳長街笑了笑，道：「我不在乎，有些人命中注定了就是要在泥塵中打滾的。」

龍五道：「你就是這種人？」

柳長街點點頭，道：「但你卻不是，胡老爺也不是。」

龍五冷冷道：「你一定要拿我跟他比？」

柳長街道：「因爲你們本是同一種人，天生就是高高在上的。」

龍五閉上了嘴。

大廳裡又恢復了寂靜，風吹著窗紙，就好像落葉聲一樣。

秋已將殘，下雪的時候已快到了。

「老爺子在不在？」

「在。」應門的也是個老人：「你們在廳裡等，我去通報。」

這老人滿頭白髮，滿臉傷疤，當年想必也是和胡力出生入死過的伙伴。

所以他說話很不客氣，柳長街也原諒了他，就在這大廳裡等著，已等了很久。

胡月兒呢？

她想必已經知道柳長街來了，爲什麼還不出來？

柳長街沒有問，也沒有人可問。

這地方他只來過兩次，兩次加起來只看見過三個人——胡力、胡月兒，和那應門的老人。

但你若認爲，這地方可以來去自如，你就錯了，而且錯得要命！

「要命」的意思，就是真要你的命！

胡老爺子出道數十年，黑道上的好漢，栽在他手裡的也不知有多少。

想要他命的仇家，更不知有多少。其中有很多都到這裡來試過。

來的人，從來也沒有一個能活著出去。

月色又漸漸西沉，大廳裡更陰暗。

胡老爺子還沒有露面。

龍五不禁冷笑，道：「看來他的架子倒不小。」

柳長街淡淡道：「架子大的人，並不是只有你一個。」

他又笑了笑：「何況，我若是你，我一定不會急著想見他。」

龍五道：「他也不急著見我？」

柳長街道：「他用不著急。」

龍五道：「因爲我已是他網中的魚？」

柳長街道：「但在他眼裡，你卻還是條毒龍。」

龍五道：「哦？」

柳長街道：「他是個很謹慎的人，若沒有問清楚，是絕不會來見你這條毒龍的。」

龍五道：「問什麼？」

柳長街道：「先問問這條毒龍是不是已變成了魚，然後還得問問這條魚是不是有刺。」

龍五道：「問誰？」

柳長街道：「誰最了解你，誰最清楚這件事？」

龍五道：「藍天猛？」

柳長街微笑。

龍五道：「他也來了？」

柳長街道：「我想他也是剛來的。」

龍五又閉上了嘴。

就在這時，已有個蒼老的聲音，帶著笑道：「抱歉的很，讓你久等了。」

二

長而寬闊的大廳裡，還有道掛著簾子的拱門，將大廳分成五重。

柳長街他們在第一重廳外，這聲音卻是從最後一道門裡發出來的。

一個枯瘦而憔悴的老人，擁著狐裘，坐在一張可以推動的大椅子裡。

在後面推著他進來的，正是那應門的老家丁和藍天猛。

也就在這時，忽然有「格」的一響，四道拱門上，同時落下了四道鐵柵，將胡老爺子和柳長街他們完全隔斷。

鐵柵粗如兒臂，就算有千軍萬馬，一時間也很難衝過去。

柳長街並不意外，他第一次來的時候，已見識過了，覺得意外的是龍五。

直到現在，他才相信胡力的小心謹慎，實在沒有人能比得上。

柳長街已站起來，微笑躬身。

「老爺子，你好。」

胡力的銳眼已笑得瞇成了一條線：「我很好，你也很好，我們大家都好。」

柳長街笑道：「只有一個人不大好。」

胡力道：「天網恢恢，疏而不漏，我就知道他遲早會有這麼樣一天。」

他微笑著又道：「我也沒有看錯你，我知道你絕不會讓我失望的。」

柳長街看著藍天猛笑了笑：「事情的經過，你已全部告訴了老爺子？」

藍天猛伸手摸了摸臉上的傷疤，苦笑道：「你的出手若再重些，我只怕就連話都不能說了。」

胡力大笑：「現在你們兩個總算已拉平，誰也不許把這件事再記在心裡。」

他忽然揮了揮手，轉頭道：「把這些東西也全都撤開去。」

「這些東西」就是那四道鐵柵。

滿面刀疤的老人還在遲疑著，胡力已皺起眉，道：「你最好記住，現在柳大爺已是我的兄弟，兄弟之間，是絕不能有任何東西擋住的。」

龍五突然冷笑，道：「好一雙兄弟，一條走狗，一隻狐狸。」

胡力居然面不改容，還是微笑著道：「你最好也記住，只要我們這樣的兄弟還活著，你們這些人就一個個全都要死無葬身之地！」

鐵柵已撤開。

胡力忽然又道：「把東西送給柳大爺去，把那條毒龍拖過來，讓我好好看看他。」

老人家立刻捧著個錦緞包袱走過來，包袱裡竟只不過是套藍布衣服。

正是胡月兒和柳長街定情之夜，穿的那套衣服，衣服上還帶著她的香氣。

胡力道：「這是她臨去之前，特地要我留下來給你的。」

柳長街的心在往下沉：「她……她到什麼地方去了？」

胡力蒼老憔悴的臉上，露出了滿面悲傷：「一個每人都要去的地方。」

「一去就永不復返的地方？」

胡力黯然道：「月有陰晴圓缺，人有悲歡離合，你還年輕，你一定要把這種事看開些。」

柳長街的人已僵硬。

胡月兒難道真的已死了？

她時時刻刻都在叮嚀他，要他好好的活下去，她自己爲什麼要死？

爲什麼死得這麼突然，死得這麼早！

柳長街不敢相信，更不願相信。

可是他不能不信。

胡力嘆息著，顯得更蒼老、更憔悴：「她從小就有種治不好的惡疾，她自己也知道自己隨時隨地都會去的。她一直瞞著你，始終不肯嫁給你，就是爲了怕你傷心。」

柳長街沒有動，沒有開口。

他已不是那種熱情衝動的少年，已不會大哭大笑，他只是癡癡的站著，就像是變成了石頭人。

藍天猛居然也在嘆息。

「我從不勸人喝酒，可是現在……」他居然捧著壺酒走過來：「現在你確實需要喝兩杯。」

酒是熱的。

他顯然早已爲柳長街準備了。

一個心已碎了的人，除了酒之外，世上還有什麼別的安慰？

喝了這壺酒又如何？

酒入愁腸，豈非也同樣要化作相思淚？

可是，不喝又如何呢？

能痛痛快快的醉一場，總是好的。

柳長街終於接過了這壺酒，勉強笑了笑，道：「你也陪我一杯。」

藍天猛道：「我不喝。」

他笑得彷彿也有些勉強：「我嘴裡的血還沒有乾，一滴酒也不能喝。」

柳長街又笑了笑，道：「不喝也得喝。」

藍天猛怔住。

「不喝也得喝。」這是什麼話，誰知柳長街還有更不像話的事做了出來。

他居然提起酒壺，想往藍天猛嘴裡灌。

藍天猛臉色變了。

那滿面刀疤的老人臉色也變了。

只有胡力，卻還是面無表情，突然揮手，發出了三點寒星，向龍五打了過去。

龍五已被點住了穴道，剛被那老人當死魚般拖了過來。

可是這三點寒星擊來時，他的人突然凌空飛起！

就像是神龍般淩空飛起。

冷如枯籐，定如磐石的胡力，臉色也變了。

「叮」的一響，火星四射，他發出的暗器，已釘入地上的青石板裡。

接著，又是「叮」的一響，藍天猛揮拳擊出，沒有打著柳長街的臉，卻擊碎了酒壺。

壺中的酒也像是火星般濺出，濺在他臉上，濺在他眼睛裡。

他就好像中了種世上最可怕的暗器，突然嘶聲狂呼，用兩隻手蒙住眼睛，狂呼著衝了出去。

難道這壺裡的酒，竟是毒酒？

胡力交代的任務，柳長街明明已圓滿達成，胡力為什麼反而要叫人毒死他？

明明已被柳長街空手所擒，連動都不能動的龍五，為什麼忽然又神龍般飛起？

三

沒有風。

窗外黯灰色的雲，是完全凝止的，看來就彷彿是一幅淡淡的水墨畫。

淒厲的狂叫，也已停止。

藍天猛剛衝出去，就倒在石階上，這魁偉雄壯的老人，竟在一瞬間就突然乾癟。

柳長街看著他倒下去，才轉回頭，龍五的身形也剛落下。

胡力卻還是動也不動的坐著，神情居然又恢復了鎮定，正喃喃低語。

「七步，他只跑出七步。」

柳長街忍不住輕輕嘆了口氣，道：「好厲害的毒酒。」

胡力道：「那是我親手配成的毒酒。」

柳長街道：「爲我配的？」

胡力點點頭，道：「所以你本該後悔的。」

柳長街道：「後悔？」

胡力道：「那酒的滋味很不錯。」

柳長街道：「哦！」

他眼睛裡竟似真的帶著種惋惜之意：「藍天猛本不配喝那種酒。」

胡力道：「他一向不是個好人，本不配這麼樣死的。」

柳長街道：「死就是死……」

胡力打斷了他的話，道：「死也有很多種。」

柳長街道：「他的死是哪一種？」

胡力道：「是最愉快的一種。」

柳長街道：「是不是因爲他死得很快？」

胡力又點點頭，道：「死得愈快，就愈沒有痛苦，只有好人才配這樣死。」

他抬起頭，凝視著柳長街，嘴角忽然露出種奇特的笑意，慢慢的接著道：「我一向認爲你是個好人，所以才特地爲你配那種毒酒。」

柳長街笑了：「這麼樣說來，我好像還應該謝謝你。」

胡力道：「你本來的確應該謝謝我。」

柳長街道：「但你卻忘了一件事。」

胡力道：「什麼事？」

柳長街道：「你忘了先問問我，是不是想死？」

胡力淡淡道：「我要殺人的時候，從不問他想不想死，只問他該不該死。」

柳長街嘆了口氣，道：「有理。」

胡力道：「所以你現在本該已死了的。」

柳長街道：「我沒有死，也因爲我不是個好人？」

胡力也笑了，道：「你的確不是。」

柳長街道：「我若是好人，就絕不會想到你要殺我。」

胡力道：「我正想問你，你是怎麼會想到的？」

柳長街道：「從一開始我就已想到了。」

胡力道：「哦？」

柳長街道：「從一開始，我就已經懷疑，真正的大盜並不是龍五，而是你。」

胡力道：「哦？」

柳長街道：「因爲所有的案子，都是在你已退隱之後才發生的，龍五並不怕你，他若想做案，用不著等你退隱之後才下手。」

胡力道：「這理由好像還不夠。」

柳長街道：「那些案子，每一件都做得極乾淨俐落，連一點線索都沒有留下來，只有真正的內行，手腳才會那麼乾淨。」

胡力道：「龍五不是真正的內行？」

柳長街道：「他不是。」

胡力道：「你怎麼能斷定？」

柳長街道：「因爲我是個內行，我看得出。」

胡力道：「你有把握？」

柳長街道：「我沒有，所以我還要去找證據。」

胡力道：「所以你才去找龍五。」

柳長街點點頭，道：「我那麼樣做，當然也是爲了要讓你信任我，對我的警戒疏忽，否則我根本就無法近你的身。」

他笑了笑，又道：「我若不將龍五擒來見你，你又怎麼會叫人撤下那些鐵柵。」

胡力嘆了口氣，道：「我以前實在看錯了你，你實在不能算是個好人。」

柳長街道：「我卻一直都沒有看錯你。」

胡力又在笑，可是眼睛裡卻完全沒有笑意。

「我是個什麼樣的人？」他微笑著道：「你真的能看得出？」

柳長街道：「以你的謹慎機智，本來絕沒有人能抓住你，只可惜你的野心太大了些。」

胡力在聽著。

柳長街道：「你開始做案的時候，也許是想很快收手的，只可惜你一開始後就連自己都沒法子停下來了，因爲你永遠也不會有滿足。」

胡力看著他，瞳孔似已結成了兩粒冰珠。

柳長街道：「所以你做的案子非但愈來愈大，而且愈來愈多，你自己也知道這種現象很危險，而且你雖然已退隱，但是這些事遲早還是要找到你頭上來的。」

他似乎也有些感慨：「一個人只要吃了一天公門飯，就永遠都休想走出這扇門去。」

胡力道：「所以我一定要找個人來替我揹黑鍋，才能將這些案子撤銷。」

柳長街道：「因爲你也知道只有在這些案子完全撤銷後，你才能永遠逍遙法外。」

胡力微笑道：「看來你果然是個內行。」

柳長街道：「但我卻一直想不通，你爲什麼偏偏要找上龍五？」

胡力道：「你想不通？」

柳長街道：「無論要找誰來揹這口黑鍋，都一定比找龍五容易。」

胡力看了看龍五，龍五已坐下，選了張最舒服的椅子坐下。

他看來還是那麼安靜從容，就好像跟這件事完全沒有關係。

胡力又在嘆息：「我的確不該找他的，他這人看來的確不容易對付。」

柳長街道：「可是你不能不找他。」

胡力道：「爲什麼？」

柳長街道：「因爲這件事並不是你一個人就能作主的。」

胡力道：「哦？」

柳長街道：「你還有個伙伴，早已想將龍五置之於死地。」

胡力道：「這是你幾時想通的？」

柳長街道：「到了相思夫人那裡之後，我才想通這一點。」

胡力道：「難道我的伙伴就是秋橫波？」

柳長街點點頭，道：「她本不該知道我會去找她，可是她卻早就有了準備，早就在等著我。」

胡力道：「你懷疑是我告訴她的？」

柳長街道：「知道這件事的，除了我自己之外，只有龍五，秦護花和胡月兒。」

胡力道：「你自己當然不會去告訴她。」

柳長街道：「龍五和秦護花也絕不會。」

胡力承認。

柳長街道：「所以我算來算去，秋橫波知道這秘密，只有一種解釋——只因爲她本就跟你們串通好了的。」

他又笑了笑，道：「何況，我雖然不是個精於計算的人，但六個加一個才是七個，這筆賬我倒還算得出。」

胡力皺了皺眉，這句話他不懂。

柳長街道：「我已經知道，秋橫波的秘窟外，一直有七個人防守，可是胡月兒只告訴了我六個人的名字，那天我在棲霞山的酒店裡，見到的人也只有六個。」

胡力道：「你只見到唐青，單一飛，勾魂老趙，鐵和尙，李大狗和那陰陽人？」

柳長街點點頭，道：「所以我一直在奇怪，還有一個人到哪裡去了？」

胡力道：「現在你也已想通？」

柳長街道：「我想來想去，也只有一種解釋。」

胡力道：「什麼解釋？」

柳長街道：「她一直沒有說出第七個人來，只因爲那個人是我認得的。」

胡力道：「那個人是誰？」

柳長街道：「那個人若不是王南，就一定是胡月兒自己。」

王南就是在那茅舍中，冒充胡月兒丈夫的人，也就是那個貪財怕死的村夫。

柳長街道：「我當然知道王南並不是個真的鄉下人，也知道他並不是個真的捕頭。」

胡力道：「你知道他的底細？」

柳長街道：「就因爲我不知道，所以我才懷疑。」

胡力又嘆了口氣，道：「你想得的確很周到，簡直比我還周到。」

柳長街道：「你也有想不通的事？」

胡力道：「有很多。」

柳長街道：「你說。」

胡力道：「你並沒有真的制住龍五？」

柳長街道：「你自己也說過，他並不是個容易對付的人。」

的。」

胡力道：「他也並沒有真的殺了秦護花。」

柳長街道：「秦護花是他的好朋友，也是唯一對他忠實的朋友，誰也不會殺這種朋友的。」

胡力道：「這只不過是你們故意演的一齣戲，演給藍天猛看的？」

柳長街道：「我早已算出，龍五身邊，一定有你的人臥底。」

胡力道：「所以你故意讓藍天猛先回來，把這件事告訴我。」

柳長街微笑道：「我揍他那一頓，並不是完全爲了出氣，也是爲了要你相信我。」

胡力苦笑，道：「我實在想不到你跟龍五是串通好演那齣戲的。」

柳長街道：「現在你還想不通？」

胡力道：「你見到秋橫波之後，是不是一直沒有跟他見過面？」

柳長街道：「沒有。」

胡力道：「那麼這計劃你們是幾時商量好的？」

柳長街忽然笑了笑，道：「你知不知道我爲什麼要氣走孔蘭君？」

胡力搖搖頭。

柳長街道：「只因爲我故意要她將空匣子帶走。」

胡力道：「那空匣子裡有什麼秘密？」

柳長街道：「也沒有什麼別的秘密，只不過有個戲本子而已。」

胡力道：「就是這齣戲的戲本子？」

柳長街道：「我算準孔蘭君一定會將那空匣子帶回去給龍五的，也算準他一定會照著我的本子，來陪我演這齣戲。」

他微笑著又道：「你的確沒有看錯他，我也沒有，只不過他這人很可能比我們想像中還要聰明得多，這齣戲他演得比我還好。」

龍五忽然道：「你還忘了個好角色。」

柳長街笑道：「秦護花當然演得也很不錯。」

龍五道：「可是他一直都在擔心。」

柳長街道：「擔心我的計劃行不通？」

龍五點點頭。

柳長街道：「但這齣戲你們還是演活了。」

龍五道：「那只因爲擔心的只不過是他一個人。」

柳長街道：「你不擔心？」

龍五笑了笑，道：「我的朋友雖不多，看錯人的時候也不多。」

柳長街道：「你看胡力是個什麼樣的人？」

龍五道：「他最大的毛病並不是貪心。」

柳長街道：「是什麼？」

龍五道：「是黑心。」

柳長街道：「你看得果然比我準。」

他嘆息著，轉向胡力：「你若不是立刻想將我們殺了滅口，也許現在我還不能確定你就是我要找的人呢！」

胡力道：「現在你已確定？」

柳長街道：「毫無疑問。」

胡力道：「你好像也忘了一件事。」

柳長街道：「什麼事？」

胡力道：「那大盜飛簷走壁，出入王府如入無人之境，我卻已是個半身不遂的殘廢。」

柳長街又笑了。

胡力道：「你不信？」

柳長街道：「你若是我，你信不信？」

胡力看了看他，又看了看龍五，忽然也笑了笑：「我若是你們，我也不信。」

這次他笑的時候，眼睛裡居然也有了笑意，一種狐狸般狡猾，蛇蠍般惡毒的笑意。

他忽然轉過頭，去問他的老家人：「你信不信？」

「我信。」

「我這兩條腿是不是已完全癱軟痳木？」

「是的。」

「你的刀呢？」

「刀在。」

老家人臉上全無表情，慢慢的伸出手，手一翻，手裡已多了兩柄刀。刀不長，卻很鋒利。

胡力微笑著又問：「你的刀快不快？」

「快得很。」

「這麼快的刀，若是刺在你腿上，你疼不疼？」

「疼得很。」

「若是刺在我腿上呢？」

「你不疼。」

「為什麼？」

「因為你的腿本就已廢了。」

「是不是真的？」

老家人道：「我試試。」

他臉上還是全無表情，突然出手，刀光一閃，兩柄刀已釘入胡力的腿。一尺三寸長的刀鋒，已直沒至柄。

鮮血沿著刀鍔流出，胡力臉上卻還是帶著微笑，微笑著道：「果然是真的，我果然不疼。」

老家人垂下頭，臉上每一根皺紋都已扭曲，咬著牙，一字字道：「本就是真的，我本就相信。」

胡力微笑著抬起頭，看看柳長街和龍五：「你們呢？現在你們信不信？」

沒有人回答，沒有人能回答。

窗外已有了風，風送來一陣陣桂花的香氣。

龍五忽然輕輕嘆了口氣，喃喃道：「今天晚上很可能會下雨。」

他慢慢的站了起來，拂了拂衣上的灰塵，頭也不回的走了出去。柳長街看著他走出去，忽然也嘆了口氣，喃喃道：「今天晚上一定會下雨。」

他也走了出去，走到門口，卻又忍不住回頭，道：「我也不想淋雨，本來也該走了的。」

胡力微笑道：「我也不想要你淋雨，你雖不是個好人，卻也不太壞。」

柳長街道：「但我卻還有件事想問你。」

胡力道：「你問。」

柳長街道：「你有名聲、有地位，也有很多人崇拜你，你過的日子，已經比大多數的人都舒服。」

胡力道：「那是我辛苦多年才換來的。」

柳長街道：「我知道。」

他嘆了口氣：「就因為我知道，所以我才不懂。」

胡力道：「不懂什麼？」

柳長街道：「你辛苦奮鬥多年，才有今日，現在你已擁有了一切，也已是個老人，為什麼還要做這種事？」

胡力沉默著，過了很久，才緩緩道：「本來我也不懂，為什麼一個人的年紀愈大，反而愈貪財？難道他還想把錢帶進棺材？」

柳長街道：「現在你已懂了？」

胡力慢慢的點了點頭，道：「現在我才明白，老人貪財，只因為老人已看透了一切，已知道這世上絕沒有任何東西比錢財更實在。」

柳長街道：「我還是不懂。」

胡力笑了笑，道：「等你活到我這種年紀時，你就會懂的。」

柳長街遲疑著，終於走出去，走到門外，卻又不禁回頭：「月兒呢？」

「你想見她？」

柳長街點點頭，道：「無論她是死是活，我都想再見她一面。」

胡力閉上眼睛，淡淡道：「只可惜無論她是死是活，你都已見不著。」

又有風吹進窗子，吹入了一陣霏霏細雨。

胡力睜開眼睛，看看自己腿上的刀，整個人突然因痛苦而扭曲。

雨是冷的，很冷。

「秋已深了。往後的日子，一定會愈來愈冷的。」胡力喃喃低語，忽然拔起了腿上的刀

……

八　天網恢恢

一

雨是冷的，雨絲很細。

又細又長的雨絲，飄在院子裡的梧桐上，纏住了梧桐的葉子，也纏住了人心裡的愁緒。

龍五已穿過長廊，卻沒有走出去，他也不喜歡淋雨的。

柳長街已到了他身後。

他知道，卻沒有開口，柳長街也沒有。

兩個人就這樣靜靜的站在長廊盡頭，看著院子裡的冷雨梧桐，也不知過了多久——

「胡力的確是個狠心人。」龍五忽然長長嘆息：「不但對別人狠心，對自己也一樣。」

柳長街淡淡道：「這也許是因爲他自知已無路可走。」

龍五道：「就因爲他已無路可走，所以你才放過他？」

柳長街道：「我也是個狠心人。」

龍五道：「你不是。」

柳長街在笑，並不是很愉快的那種笑。

龍五回過頭，看著他，道：「你至少還是讓他保全自己的名聲。」

柳長街道：「那只因他的名聲並不是偷來的，他以前辛苦奮鬥過。」

龍五道：「我看得出。」

柳長街道：「何況，我和他私人間並沒有仇恨，我並不想毀了他這個人。」

龍五道：「可是你也並沒有逼他去歸案，你甚至沒有要他把贓物交出來。」

柳長街道：「我沒有，我也不必。」

龍五道：「不必？」

柳長街道：「他是個聰明人，用不著我逼他，他自己也該給我個答覆的。」

龍五道：「所以你還在這裡等，等他自己來解決這件事。」

柳長街承認。

龍五道：「所以這案子到現在還沒有結束。」

柳長街道：「還沒有。」

龍五沉吟著，忽然又問道：「他若肯把贓物交出來，若是肯自己解決所有的問題，這案子是不是就已算結束？」

柳長街道：「也不能。」

龍五道：「爲什麼？」

柳長街道：「你應該知道是爲什麼。」

龍五轉過頭，遙望著遠方的陰雲，過了很久，才緩緩道：「你不能放過秋橫波？」

柳長街道：「不能。」

他臉上的表情忽然變得很嚴肅，慢慢的接著道：「公理和法律，絕不能被任何人破壞，無論是誰犯了罪，都一定要受懲罰。」

龍五又霍然回頭，盯著他，道：「你究竟是什麼人？爲什麼一定要追究這件事？」

柳長街沉默著，也過了很久，才緩緩道：「我爲的至少不是我自己。」

「你爲的是誰？」龍五再問一遍：「你究竟是什麼人？」

柳長街閉上了嘴。

龍五道：「你當然並不是你自己說的那種人，你並不想出賣自己，也絕不肯出賣自己。」

柳長街沒有否認。

龍五道：「可是我跟胡力都調查過你的來歷，我們居然都沒有查出你是在說謊。」

柳長街道：「所以你想不通？」

龍五道：「實在想不通。」

柳長街忽然笑了笑，道：「我若是遇著想不通的事，只有一個法子對付。」

龍五道：「什麼法子？」

柳長街道：「想不通就不去想，至少暫時不去想它。」

龍五道：「以後呢？」

柳長街道：「無論什麼秘密，都遲早有水落石出的一天，只要你有耐心，遲早總會知道的。」

龍五也閉上了嘴。

他也許不能不想，可是他至少可以不問。

雨若簾織，暮色漸深。

長廊上傳來一陣沉重的腳步聲。

一個人手裡提著盞紙燈籠，從陰暗的長廊另一端慢慢的走過來。

燈光照著他滿頭白髮，也照著他的臉，正是胡力那忠實的老家人。

他臉上還是全無表情。

他早已學會將悲痛隱藏在心裡。

「兩位還沒有走？」

「還沒有。」

老家人慢慢的點了點頭，道：「兩位當然不會走的，可是老爺子卻已走了！」

「他走了？」

老家人凝視著廊外的雨腳，道：「天有不測風雲，人有旦夕禍福，我實在也想不到他老人家會忽然一病不起。」

「他是病死的？」

老家人點點頭，道：「他的風濕早已入骨，早已是個廢人，能拖到今天，已經很不容易。」

他臉上還是全無表情，可是眼睛裡卻已露出種很奇怪的表情，也不知是在爲胡力悲傷，還是在向柳長街乞憐懇求，求他不要說出那老人的秘密。

柳長街看看他，終於也點了點頭，嘆道：「不錯，他一定是病死，我早已看出他病得很重。」

老家人目中又露出種說不出的感激之色，忽然長嘆，道：「謝謝你，你實在是個好人，老爺子並沒有看錯你。」

他嘆息著，慢慢的從柳長街面前走過，走出長廊。

柳長街忍不住問：「你要到哪裡去？」

「去替老爺子報喪。」

「到哪裡去報喪？」

「到秋夫人那裡去。」老家人的聲音裡，忽然又充滿了怨恨：「若不是她，老爺子也許不會病得那麼重，現在老爺子既然已走了，我當然一定要讓她知道。」

柳長街眼睛裡發出了光，又問道：「難道她還會到這裡來弔祭？」

「她一定會來的，」老家人一字字道：「她不能不來。」

廊外的雨更密了。

老家人慢慢的走出去，手裡提著的燈籠，很快就被雨打濕、打滅。

但他卻彷彿完全沒有感覺到，還是將這沒有光的燈籠提在手裡，一步步走入黑暗中。

夜色忽然已降臨，籠罩了大地。

直到他枯瘦佝僂的身形完全消失在黑暗裡，龍五才嘆息了一聲，道：「這次你果然又沒有算錯，胡力果然沒有讓你失望。」

柳長街也在嘆息。

龍五道：「但我卻還是不懂，秋橫波爲什麼非來不可？」

柳長街道：「我也想不通。」

龍五道：「所以你就不想。」

柳長街忽然笑了笑，道：「因爲我相信，無論什麼事，遲早總會水落石出的。」

他轉身凝視著龍五，忽然又道：「有句話我勸你最好永遠不要忘記。」

龍五道：「哪句話？」

柳長街道：「天網恢恢，疏而不漏。」

他眼睛在黑暗中發著光：「無論誰犯了罪，都休想能逃出法網。」

二

黃昏。

每一天都有黃昏，但卻沒有一天的黃昏是完全相同的。

這正如每個人都會死，死也有很多種。有的人死得光榮壯烈，有的人死得平凡卑賤。

胡力至少死得並不卑賤。

來靈堂弔祭他的人很多，有很多是他的門生故舊，也有很多是慕名而來的，其中就只少了一個人。

相思夫人並沒有來。

柳長街也並不著急，他甚至連問都沒有問。

龍五走的時候，他也沒有攔阻，他知道龍五一定會走的，正如他知道秋橫波一定會來。

——見了徒增煩惱，就不如不見。

秋橫波既然要來，龍五又怎能不走？

他送龍五走，直送到路盡頭，只淡淡的說了句：「我一定會再去找你。」

「什麼時候？」龍五忍不住問：「你什麼時候來找我？」

柳長街笑了笑，道：「當然是你在喝酒的時候。」

龍五也笑了，微笑著道：「我常常都在天香樓喝酒。」

靈堂就設在這古老而寬闊的大廳裡。

現在連柳長街都已不知到哪裡去了，靈堂裡只剩下那白髮蒼蒼的老家人，和兩個紙紮的童男童女，守著胡力的靈柩。

現在夜已很深。

陰森森的燈光，照著他疲倦蒼老的臉，看來也像是個紙人一樣。

四面掛滿了白布輓聯，後面堆滿了紙紮的壽生樓庫，車馬船橋，金山銀山。

這些都是準備留在「接三」和「伴夜」那兩天焚化的。

車橋糊得維妙維肖，牽著騾馬，跟著趕車的，甚至還有跟班、韁繩、馬鞭，青衣小帽，耳目口鼻，全部栩栩如生，只可惜胡力已看不見。

晚風蕭索，燈光閃爍，一條人影隨風飄了進來。

一個披著麻，戴著孝的夜行人，孝服下穿著的還是一身黑色的夜行衣著。

老家人只抬頭看了他一眼，他跪下，老家人陪著跪下，他磕頭，老家人也陪著磕頭。

像胡力這樣的武林大豪故世後，本就常常會有不知名的江湖人物夤夜來弔喪的。

這並不能算是奇怪的事，並不值得大驚小怪，也不值得問。

可是這夜行人卻反而在問：「胡老爺子真的已去世了？」

老家人點點頭。

「他老人家前幾天還是好好的，怎麼會忽然就去世了？」

老家人黯然道：「天有不測風雲，人有旦夕禍福，這種事本就沒有人能預料得到的。」

「他老人家是怎麼會去世的？」這夜行人顯然對胡力的死很關心。

「是病歿的。」老家人道：「他老人家本就已病得很重。」

夜行人終於長長嘆息了一聲，道：「我已很久沒有見過他老人家了，不知能不能再見他最後一面。」

「只可惜你來遲了一步。」

「我能不能憑弔他老人家的遺容？」這夜行人居然還不死心。

「不能，」老家人回答得很乾脆：「別的人都能，你卻不能。」

夜行人顯得很驚訝：「爲什麼我不能？」

老家人沉下了臉，道：「因爲他不認得你。」

夜行人更驚訝：「你怎麼知道他不認得我？」

老家人冷冷道：「因爲我也不認得你。」

夜行人道：「只要他認得的，你就認得？」

老家人點點頭。

夜行人也沉下了臉，道：「我若一定要看呢？」

老家人淡淡道：「我知道你並不一定要看他的，要看他的人，並不是你。」

夜行人皺眉道：「你知道是誰？」

老家人又點點頭，忽然冷笑道：「我只奇怪一件事。」

夜行人道：「什麼事？」

老家人道：「秋夫人既然不相信他老人家已真的死了，既然還想看看他的遺容，爲什麼自己不來，卻要你這個下五門的賊子來騷擾他老人家死後的英靈！」

夜行人的臉色變了，一翻手，手上赫然已套著雙專發毒藥暗器的鹿皮手套。

老家人卻已連看都不再看他一眼。

夜行人陰惻惻笑道：「就算我是個下五門的小賊，也一樣可以要你的命。」

他似乎已真的準備出手，但就在這時，突聽一個人冷冷道：「閉上你的嘴，滾出去，快滾！」

聲音很美，美得就像是從天上發出來的。

靈堂裡竟然看不見第三個人，誰也看不到這說話的人在哪裡。

老家人卻還是一點也不吃驚，臉上也還是完全沒有表情，卻淡淡道：「你果然來了，我就知道你一定會來的。」

三

夜行人一步步往後退，已退出了靈堂。

靈堂裡又只剩下那白髮蒼蒼的老家人，伴著陰森淒涼的孤燈。

可是就在這時候，就在這靈堂裡，卻偏偏還有另外一個人說話的聲音。

「胡義。」她在呼喚這老家人的名字：「你既然知道是我叫他來的，爲什麼不讓他看看老爺子的遺容呢？」

胡義的回答還是同樣乾脆：「因爲他不配。」

「我呢？我配不配？」

「老爺子早已算準你不會相信他已死了的。」

「哦？」

「所以他早就吩咐過我，一定要等你來了之後，才能將棺材上釘。」

「難道他也想再見我一面？」她在笑。

她的笑聲美麗而陰森。

笑聲中，那紙紮的車轎，忽然碎成了無數片，就像是忽然被一種看不見的火焰燃燒了起來。

無數片碎紙在靈堂中飛舞，又像是無數隻彩色繽紛的蝴蝶。

飛舞著的蝴蝶中，一個人冉冉飄起，就彷彿一朵雪白的花朵忽然開放。

她穿的是件雪白的長袍，臉上也蒙著條雪白的輕紗，她的人看來又彷彿是一片雪白的煙霞，忽然間已飄到胡義面前。

胡義的臉上卻還是完全沒有表情——相思夫人一定會來。

他早已知道，早就在等著她。

「現在我能不能看看老爺子的遺容？」

「你當然能，」胡義淡淡道：「而且他老人家說不定也真的想再見你一面。」

棺材果然還沒有上釘。

胡力靜靜的躺在棺材裡，看來竟好像比他活著時還安詳寧靜。

因爲他知道這世上已沒有人能再勉強他做任何事。

相思夫人終於輕輕嘆了口氣，道：「看來他果然已先走了。」

胡義冷冷道：「你好像也並沒有要他等你。」

相思夫人道：「因爲我知道死人是什麼也帶不走的。」

胡義道：「他的確什麼也沒有帶走。」

相思夫人道：「既然沒有帶走，就應該留下來給我。」

胡義道：「應該給你的，當然要給你。」

相思夫人道：「在哪裡？」

胡義道：「就在這裡。」

相思夫人道：「我怎麼看不見？」

胡義道：「因爲你答應帶來給他的，還沒有帶來呢。」

相思夫人道：「就算我帶來，他也看不見了。」

胡義道：「我看得見。」

相思夫人道：「只可惜我並沒有答應你，胡月兒也不是你的女兒！」

胡義閉上了嘴。

相思夫人道：「東西呢？」

胡義道：「就在這裡。」

相思夫人道：「我還是看不見。」

胡義道：「因爲我也沒有看見胡月兒。」

相思夫人冷笑道：「你只怕永遠也看不到她了。」

胡義也冷笑了一聲，道：「那麼你就也永遠看不到那些東西。」

相思夫人道：「我至少還可以看到一樣事。」

胡義道：「哦？」

相思夫人冷冷道：「我至少還可以看到你的人頭落下來。」

胡義道：「只可惜我的人頭連一文也不值。」

相思夫人道：「不值錢的東西，有時我也一樣要的。」

胡義道：「那麼你隨時都可以來拿去。」

相思夫人忽然笑了笑，道：「你明知我還不會要你死的。」

胡義道：「哦？」

相思夫人道：「只要你還剩下一口氣，我就有法子要你說實話。」

她的手忽然蘭花般拂了出去。

胡義沒有動。

可是另外卻有隻手忽然伸了出來，閃電般迎上了她的手。

靈堂裡並沒有第三個人，這隻手是從哪裡來的？難道是從棺材裡伸出來的？

棺材裡並沒有伸出手來。

這不是死人的手，是紙人的手。

紙人已粉碎，碎成了無數片，蝴蝶般飛舞。

「我也早就在這裡等著你。」飛舞著的蝴蝶中，已露出了一張帶笑的臉。

柳長街在笑。

可是他的笑容中，卻彷彿帶著種說不出的悲傷之意。

因爲他的掌風，已揚起了相思夫人幪面的輕紗，他終於也看見了相思夫人的臉。

他永遠也沒有想到這個神秘而陰沉的女人，居然就是胡月兒。

四

龍五擁著貂裘，斜臥在短榻上，凝視著窗外的枯枝，喃喃道：「今年爲什麼直到現在還沒有下雪？」

沒有人回答他的話，他也沒有期望別人回答。

秦護花一向很少開口。

——一個人開始變得會自言自語的時候，就表示他已漸漸老了。

龍五忽然想起了這句話，卻忘了這句話是誰說的。

「難道我真的已漸漸老了？」

他輕撫著眼角的皺紋，心裡湧起種說不出的寂寞。

秦護花正在替他溫酒。

他一向很少喝酒，可是最近卻每天都要喝兩杯。

——你什麼時候會來找我？

——當然是在你喝酒的時候。

門外響起了一陣很輕的腳步聲，一個青衣小帽的伙計，捧著個用湯碗蓋住的碟子走進來。

龍五沒有回頭，卻忽然笑了笑：「這次碟子裡裝著的是不是三隻手？」

柳長街果然來了。

他也在微笑，微笑著掀起蓋在碟子上的碗：「這裡只有一隻手，左手。」

碟子裡裝著的是一隻熊掌，是龍五早已關照過廚房用小火煨了一整天的。

酒也正溫得恰到好處。

「我早就知道你一定會來的。」龍五大笑：「你來得正是時候。」

秦護花已斟滿了空杯，只有兩杯。

柳長街忍不住問：「你不喝？」

秦護花搖搖頭。

他只看了柳長街一眼，就轉過頭，臉上還是連一點表情都沒有。

柳長街卻還在看著他，心裡忽然又想起了那白髮蒼蒼，臉如枯木的胡義。

正如他每次看到胡義時，也會不由自主想到秦護花一樣。

這是不是因為他們本就是同樣的一種人？無論誰也休想從他們臉上的表情，看出他們心裡究竟在想著什麼。

現在柳長街心裡又在想著什麼？

他在笑，但笑容卻很黯淡，就像是窗外陰沉沉的天氣一樣。

「這正是喝酒的好天氣。」

龍五微笑著回過頭：「所以我特地替你準備了兩罈好酒。」

柳長街舉杯一飲而盡：「果然是好酒。」

他坐下來時，笑容已愉快了些，一杯真正的好酒，總是能令人的心情開朗些的。

龍五凝視著他，試探著問道：「你剛來？」

柳長街道：「嗯。」

龍五道：「我本來以為你前幾天就會來的。」

柳長街道：「我……我來遲了。」

龍五笑了笑，道：「來遲了總比不來的好。」

柳長街沉默著，沉默了很久。

「你錯了，」他忽然道：「有時候不來也許反而好。」

他說的顯然不是他自己。

龍五道：「你是在說誰？」

柳長街又喝了一杯：「你應該知道我是在說誰的。」

「她真的去了？」

「嗯！」

「你看見了她？」

「嗯！」

「你認得她？」

「嗯！」

「難道她就是你說過的那個胡月兒？」

柳長街已在喝第五杯：「她當然並不是真的胡月兒。」

龍五道：「真的胡月兒你反而沒有見過？」

柳長街點點頭，喝完了第六杯。

龍五道：「她早已綁走了胡月兒，先利用胡月兒要脅胡力，再假冒胡月兒來見你？」

柳長街第七杯酒一飲而盡，忽然問道：「你想不想知道她的結局？」

龍五道：「我不想。」

他也在笑，笑容卻比窗外的天氣更黯淡：「我早已知道她是個什麼樣的人了。」

柳長街道：「但你卻不知道她是什麼樣的結局。」

「我不必知道，」龍五緩緩道：「是什麼樣的人，就會有什麼樣的結局。」

他又勉強笑了笑：「天網恢恢，疏而不漏，這句話我也沒有忘記。」

柳長街想笑，卻沒有笑，一壺酒已全都被他喝了下去。

龍五也喝了一杯，忽然又道：「但我卻始終看不出那老頭子是個什麼樣的人。」

「你是說胡義？」

龍五點點頭，道：「我本來甚至在懷疑他才是真正的胡力。」

柳長街道：「哦！」

龍五說道：「我甚至在懷疑，他們兩個人都是胡力。」

柳長街道：「我不懂。」

龍五道：「你有沒有聽說過，以前江湖中有個人叫歐陽兄弟？」

柳長街道：「我聽說過。」

龍五道：「歐陽兄弟並不是兄弟兩個人，他這個人的名字就叫做歐陽兄弟。」

柳長街道：「我知道。」

龍五道：「歐陽兄弟既然只不過是一個人，胡力當然就有可能是兩個人。」

柳長街終於明白他的意思。

龍五道：「你有沒有想到過這種可能？」

「我沒有。」柳長街道：「人與人之間的關係，本就不是第三者能想得通的。」

他忍不住又看了秦護花一眼——秦護花與龍五之間的關係，豈非也很奇妙？

他嘆了口氣，道：「不管怎麼樣，這秘密我們都已永遠沒法子知道！」

「爲什麼？」

「因爲胡義也沒有活著走出那靈堂。」

——胡義「也」沒有。

這「也」字中是不是還包含有別的意思？是不是還有別的人「也」死在那靈堂裡？能活著離開那靈堂的，是不是只有柳長街一個人？

龍五沒有問。

他不想問，也不忍問。

「不管怎麼樣，這件案子現在總算已結束了。」他端起剛加滿的一壺酒，斟滿了柳長街的酒杯。

柳長街立刻又舉杯一飲而盡：「但卻連我自己也想不到這件案子會這麼樣結束。」

「你本來是怎麼樣想的？」龍五道：「你本來是不是一直都在懷疑我？」

柳長街並沒有否認：「你本來就是一個很可疑的人。」

「爲什麼？」

「因爲我直到現在，還看不透你。甚至，我懷疑你就是青龍會的總瓢把子，胡力和胡義都只不過是爲青龍會斂財的二流角色而已。」

「你自己呢？又有誰能看得透呢？」龍五笑了笑：「我也一直都在奇怪，爲什麼連胡力他們都沒有查出你的來歷。」

柳長街也笑了笑，道：「那只因爲我根本就沒什麼了不起的來歷。」

龍五盯著他，一字字道：「現在你能不能告訴我，你究竟是什麼人？」

柳長街淡淡道：「你跟胡力都到那小城去調查過我。」

龍五道：「我們都沒有查出什麼來。」

柳長街道：「你們當然查不出。」

他微笑著道：「因爲我本就是在那小城中生長的，我過的日子一直就很平凡。」

龍五道：「現在呢？」

柳長街道：「現在我也只不過是那小城中的一個捕快而已。」

龍五怔住。

「像你這種人，只不過是個小城中的捕快？」

柳長街點點頭，道：「你們都查不出我的來歷，只因爲你們都想不到我會是個捕快。」

龍五忍不住長長嘆了口氣，苦笑道：「我的確想不到。」

柳長街道：「你們遇上我，也只不過因為上面湊巧要調我來辦這件案子而已，否則你們只怕也一樣永遠都不會知道世上有我這麼樣一個人的。」

龍五道：「你說的是真話？」

柳長街道：「你不信？」

龍五道：「我相信，但我卻還是有一點想不通。」

柳長街道：「哪一點？」

龍五道：「像你這麼樣一個人，怎麼會去做捕快的？」

柳長街道：「我做的一向都是我想做的事。」

龍五道：「你本來就想做捕快？」

柳長街點點頭。

龍五苦笑道：「有的人想做英雄豪傑，有的人想要高官厚祿，有的人求名，有的人求利，這些人我全都見過。」

柳長街道：「但你卻從來也沒有見過有人想做捕快？」

龍五承認：「像你這樣的人的確不多。」

柳長街道：「但世上的英雄豪傑卻已太多了，也應該有幾個像我這樣的人，出來做做別人不想做，也不肯做的事了。」

他微笑著，笑容忽然變得很愉快：「不管怎麼樣，捕快也是人做的，一個人活在世上，做的事若真是他想做的，他豈非就已應該很滿足？」

龍五道：「看來，像青龍會這樣的組織，也只有像你這樣的人去對付了。」

柳長街笑道：「捕快豈非本就是應去對付這些事的？」

龍五嘆道：「或許，『長生劍』白玉京、『霸王槍』王大小姐的夫婿丁喜與他的搭擋小馬、『碧玉刀』段玉、孔雀山莊莊主秋鳳梧、『多情環』蕭少英、『離別鈎』楊錚，都只能小挫青龍會的勢焰，卻不能直搗青龍會的核心，正是因爲他們都沒有你的耐心和韌性。」

柳長街悠然道：「耐心和韌性，豈非自古就是捕快應有的本事？」

龍五推杯欲起，忽又莞爾道：「當初你在天香樓捧上杜七的『七殺手』見我，其實只是一個幌子，真正的『七殺手』也就是你？」

柳長街道：「真真假假，假假真真，你又何嘗不是早已安排了許多個身外化身？」

龍五拊掌大笑，道：「青龍會果真遇到了對手，卻不知七殺手對上青龍老大，鹿死誰手？」

柳長街揮了揮衣袖，也大笑道：「說不定，七殺手就是青龍老大哩！」笑聲未止，已起身揚長而去。

所以，我說的第七種武器，也不是七殺手，而是耐心——沉著堅韌的耐心。有了沉著而堅韌的耐心，常會在逆境中爭取到最後的勝利。

拳頭

四

【導讀推薦】

跌宕起伏，扣人心弦

——《七種武器：拳頭》導讀

資深文化評論家 李明生

在《拳頭》這部武俠小說中，作者爲我們講述了一個驚險緊張的武林故事——一群武俠客爲救人性命，與「群狼」展開殊死搏鬥的過程。

藍蘭的弟弟藍寄雲身染重病，生命垂危，爲了挽救弟弟年輕的生命，藍蘭必須抄近路穿越狼山，否則藍寄雲生命難保。

狼山，一個「群狼」出沒的地方，這裡的「狼人」性情暴戾，嗜殺成性，江湖上的人提到它，沒有不爲之顫慄的——「他們比世上所有的毒蛇猛獸都可怕得多！」

小馬，一位正直善良的武林好漢，憑藉著一雙拳頭打遍天下，聲播江湖。自古英雄出少年，小馬還在年少的時候，就與好友丁喜大破鏢局聯營，五犬開花，這使他很早就在江湖上贏得了名聲。也正是出於這個原因，藍蘭在武林群俠中選中了他，要讓他保護他們姐弟安全通過狼山。

小馬與藍蘭素昧平生，出於武林中人天生喜歡打抱不平的性格，小馬決定不辱使命，剷除群狼，保護藍蘭姐弟順利通過狼山。

小馬和他的朋友張聾子、老皮、常無意以及香香、珍珠姐妹護送著藍蘭姐弟奔向狼山。在狼山上他們與狼共舞，歷經坎坷，遭遇磨難，九死一生。在狼山，這一行人與日狼、夜狼、小人狼、君子狼、迷狼以及狼山四大頭目先後交手，直攪得狼山之上狼煙四起，群狼不得安寧。最後，他們終於殺到了狼山之王的面前。

可就在這關鍵時刻，誰曾料到，他們歷經千辛萬苦護送的病人藍寄雲，竟是狼山之王朱五太爺的親生兒子——朱雲。由此，作品又引發出另一段感人至深的故事。小說最後試圖向我們表明，人世間的親情和友情才是風塵俠士們的最終追求。作品通過武林俠客的江湖行，演繹出一個人世真情的主題。

古龍的小說一向以情節的離奇詭異見長，《拳頭》這部小說也不例外。一般說來，武俠小說的引人之處就在於它那曲折多變的故事情節。《拳頭》這部小說從表面上看情節並不複雜，僅僅是一個簡單的救人故事，但卻被作者寫得緊張精彩，引人入勝。作者常常在平靜的敘事中製造出一些不平靜的事件來，使小說的情節跌宕起伏，扣人心弦。比如，狼山之王朱五太爺武功高強，威振八方，其威懾力足以讓群狼服膺，可讓人意想不到的是，正當小馬他們過關斬將，一路殺來，要與他一決雌雄的時候，他們卻忽然發現朱五太爺居然是一具屍體……

再比如，小說講述的是一個要過狼山救人的故事，能否順利地通過狼山一直是故事敍述的重點，也是讀者關心的主要問題；但故事一直發展到最後，讀者才知道此行的真正動機並非要過狼山，而是直奔狼山而來，其目的就是爲了要見朱五太爺。這種結果，不僅讓讀者吃驚不小，就連小馬他們也未曾料到。

爲了使情節新奇詭異，吸引讀者，小說還常常設置一些懸念、伏筆，以此來增加故事的可讀性。換句話說，追求情節的離奇性並不是要脫離故事的邏輯性，懸念和伏筆的巧妙設置，不僅可以使情節迴環曲折，跌宕起伏，而且能夠增加故事的真實性和可信度。在小說中，「轎中的秘密」是一個比較重要的埋伏線索，它的設置使故事增加了許多疑點：神秘的轎中人究竟是誰？爲什麼他病體纏身卻又身輕如燕？爲什麼他對藍蘭和珍珠姐妹能夠具有極大的威嚴？

這不僅是讀者迫切想要知道的，就是小馬、常無意、溫良玉等人也想弄個究竟。可以說，小說埋設的潛在線索使小說不僅可讀而且耐讀。

除此之外，小說還爲我們塑造了許多個性鮮明、性格迴異的人物形象，這些人物形象也給讀者留下了深刻的印象。武俠小說的魅力除來自故事本身的吸引力外，還得益於它擁有許多性格鮮明的人物形象。古龍的小說在追求情節的奇異性的同時，並沒有忘記以人物來帶動故事，以人物來構成矛盾衝突，促成情節的發展和轉化。常無意就是書中一個比較有特點的人物。老刀常無意，人稱「常剝皮」，此人刀法兇狠，武藝超絕，性格中透著冷峻與刁悍。他話語不多，但處事冷靜，能夠沈著地面對眼前發生的意外事件。作者在著力刻畫他性格中「冷」的一面的同時，也非常注意刻畫他的俠義情懷，如爲朋友小馬兩肋插刀，關鍵時刻奮不顧身保護珍珠姐妹等，是書中塑造得最爲成功的人物形象。

一般說來，作者對於人物性格的刻畫不是採取精雕細刻的方法，也很少大段大段細膩入微的心理剖析，同時較少正面的描摹，這致使許多讀者認爲古龍的小說人物性格刻畫得不夠深刻；但我們應當看到，在更多的情況下，作者是運用對話和行爲來刻畫人物，取簡筆而不用工筆，常常是寥寥數筆，就使書中的人物形神畢現，維妙維肖，這需要讀者用心去體會。如小說在「疑雲」一章中對溫良玉的描寫。溫良玉，狼山上的「君子狼」，就像他的名字一樣，表面上儒服高冠，手搖摺扇，一副溫文爾雅的樣子，頗像一位君子。但作爲夜狼人的首領，他不但虛僞，而且兇殘，並帶有江湖潑皮無賴的性格特徵。書中通過幾句簡單的對話和動作描寫，就使這個複雜的人物個性得以呈現。

最後，應該提及的是作品中所表現出的「古龍式」的語文風格。古龍小說語言的最大特點是句式簡潔，語句精練、俐落。在古龍的小說裡，我們一般很難看到具體詳細的環境描寫，也沒有細膩詳盡的人物介紹，而多是跳躍性很大的精短句式。這種語言特點也許不太適合那種從容舒緩的敍事方式，但它對於快速轉換敍述對象，推動情節迅速展開無疑具有一定的優勢。古龍小說中的許多特點都與這種語言風格有很大的關係，比如多採取人物對話的方式來推動故事的發展；比如情節的展開和轉換迅速；比如語言時常充滿暗示和機趣等等。

總的說來，《拳頭》是一部故事引人，情節曲折，人物形象生動活潑的武俠小說，是古龍武俠短篇中的上乘之作。

一 青春的魅力

九月十一。
重陽後二日。
晴。
今天並不能算是個很特別的日子，但卻是小馬最走運的一天。
至少是最近三個月來最走運的一天。
因爲今天他只打了三場架，只挨了一刀。
而且居然直到現在還沒有喝酒。
現在夜已深，他居然還能用自已的兩條腿穩穩當當的走在路上，這已經是奇蹟。
大多數人喝了這麼多酒，挨了這樣一刀之後，唯一能做的事，就是躺在地上等死了。
這一刀的份量也不能算太重，可是一刀砍下來，要想把一根碗口粗細的石柱子砍成兩截，並不是什麼太困難的事。
這一刀的速度也不能算太快，可是要想將一隻滿屋子飛來飛去的蒼蠅砍成兩半，也容易得很。

若是在三個月以後，這樣的刀就算有三五把，同時往小馬身上砍下來，他至少可以奪下其中一兩把，踢飛其中一兩把，再將剩下來的一下子拗成兩段。

今天他挨了這一刀，並不是因爲他躲不開，也不是因爲他醉了。

他挨這一刀，只因爲他想挨這一刀，想嚐嚐彭老虎的五虎斷門刀砍在身上時，究竟是什麼滋味。

這種滋味當然不好受，直到現在，他的傷口還在流血。

一把四十三斤重的純鋼刀，無論砍在誰身上，這個人都不會覺得太愉快的。

可是他很愉快。

因爲彭老虎現在早已躺在地上，連動都不能動，因爲刀砍在他身上的時候，他總算暫時忘記了心裡的痛苦。

他一直在拚命折磨自己，虐待自己，就因爲他拚命想忘記這種痛苦。

他不怕死，不怕窮，天塌下來壓在他頭上，他也不在乎。

可是這種痛苦，卻實在讓他受不了。

月色皎潔，照著寂靜的長街，燈已滅了，人已睡了。除了他之外，街上幾乎連個鬼影子都沒有，卻忽然有輛大車急馳而來。

健馬、華車，嶄新的車廂比鏡子還亮。六條黑衣大漢騎著車轅，趕車的手裡一條烏梢長鞭，在夜風中打得劈啪的響。

他居然好像完全沒有看見，沒有聽見。

誰知馬車卻驟然在他身旁停下，六條黑衣大漢立刻一擁而上，一個個橫眉怒目，行動矯健，瞪著他問：「你就是那個專愛找人打架的小馬？」

小馬點點頭，道：「所以你們若是想找人打架，就找對了。」

大漢們冷笑，顯然並沒有把這條醉貓看在眼裡：「只可惜我們並不是來找你打架的。」

小馬道：「不是？」

大漢道：「我們只不過來請你跟我們去走一趟。」

小馬嘆了口氣，好像覺得很失望。

大漢們好像也覺得很失望。有人從身上拿出塊黑布，道：「你也該看得出我們不是怕打架的人，只可惜我們的老闆想見見你，一定要我們把你活生生的整個帶回去。若是少了條胳膀，斷了腿，他會不高興的。」

小馬道：「你們的老闆是誰？」

大漢道：「等你看見他，自然就知道了。」

小馬道：「這塊黑布是幹什麼的？」

大漢道：「黑布用來蒙眼睛最好，保證什麼都看不見。」

小馬道：「蒙誰的眼睛？」

大漢道：「你的。」

小馬道：「因爲你們不想讓我看見路？」

大漢道：「這次你總算變得聰明了一點。」

小馬道：「我若不去呢？」

大漢冷笑，其中的一個人，忽然翻身一拳，打在路旁一根繫馬的石樁子上，「咯吱」一聲，一根比拳頭還粗的石柱，立刻被打成兩段。

小馬失聲道：「好厲害，真厲害。」

大漢輕撫著自己的拳頭，傲然道：「你看得出厲害，最好就乖乖的跟我們走。」

小馬道：「你的手不疼？」

他好像顯得很關心，大漢更得意。另一條大漢也不甘示弱，忽然伏身，一個掃堂腿，埋在地下足足有兩尺的石凳子，立刻就被連根拔了起來。

小馬更吃驚，道：「你的腿也不疼？」

大漢道：「可是你若不跟我們走，你就要疼了，全身上下都疼得要命。」

小馬道：「很好。」

大漢道：「很好是什麼意思？」

小馬道：「很好的意思就是，現在我又可以找人打架了。」

這句話剛說完，他的手，一拳打碎了一個人的鼻子，一巴掌打聾了一個人的耳朵，反手一個肘拳打斷了五根肋骨，一腳將一個人踢得球一般滾出去，另一個人褲襠挨了一下，已痛得彎下腰，眼淚、鼻涕、冷汗、口水、大小便，同時往外流。

只剩下一條大漢還站在他對面，全身上下也濕透了。

小馬看著他，道：「現在你們還想不想再逼我跟你們走？」

大漢立刻搖頭，拚命搖頭。

小馬道：「很好。」

大漢不敢開腔。

小馬道：「這次你爲什麼不問我『很好』是什麼意思了？」

大漢道：「我……小人……」

小馬道：「你不敢問？」

大漢立刻點頭，拚命點頭。

小馬忽然板起臉，瞪眼道：「不敢也不行，不問就要挨揍。」

大漢只有硬著頭皮，結結巴巴的問道：「很……很好是什麼意思？」

小馬笑了，道：「很好的意思就是，現在我已準備跟你們走。」

他居然真的拉起車門，準備上車，忽又回頭，道：「拿來。」

大漢又吃了一驚，道：「拿……拿什麼？」

小馬道：「拿黑布，就是你手上的這塊黑布，拿來蒙上眼睛。」

大漢立刻用黑布蒙自己的眼睛。

小馬道：「不是蒙你眼睛，是蒙我的。」

大漢吃驚的看著他，也不知這人究竟是個瘋子，還是已醉得神智不清。

小馬已奪過他手裡的黑布，真的蒙上了自己的眼睛，然後舒舒服服的往車上一坐，嘆道：

「用黑布來蒙眼睛，真是再好也沒有的了。」

小馬並不瘋，也沒有醉。

只不過別人若想勉強他去做一件事，就算把他身上刺出十七、八個透明窟窿來，他也不肯。

他這一輩子做的事，都是他自己願意做的，喜歡做的。

他坐上這輛馬車，只因爲他覺得這件事不但很神秘，而且很有趣。

所以現在就算別人不讓他去也不行了。

馬車往前走時，他居然已呼呼大睡，睡得像條死豬。

「地方到了再叫醒我，若有人半路把我吵醒，我就打破他的頭。」

沒有人敢吵醒他，所以他醒的時候，馬車已停在一個很大的園子裡。

小馬不是沒見過世面的人，但是他這一生中，也從來沒有到過這麼華貴美麗的地方，他幾乎認爲自己還在做夢。

可是大漢們已拉開車門，恭恭敬敬的請他下車。

小馬道：「還要不要我再把這塊黑布蒙上？」

大漢們你看我，我看你，誰也不敢開口。

小馬居然自己又將黑布蒙上了眼睛，因爲他覺得這樣更神秘、更有趣。

他本來就是個喜歡刺激、喜歡冒險的人，而且充滿了幻想。

傳說中豈非有很多美麗浪漫的公主、嬪妃，喜歡在深夜中將一些年輕力壯的美男子偷偷的弄到她們的香巢中，去盡一夕之狂歡？

也許他並不能算是個美男子，可是他至少年輕力壯，而且絕不醜。

有人已伸過條木杖，讓他拉著，他就跟他們走。高高低低、曲曲折折地走了很多路。走入了一間充滿香氣的屋子裡。

他也分不出那究竟是什麼香氣，只覺得這裡的香氣是他生平從未嗅到過的。

他只希望拉開眼睛上這塊黑布時，能看見一個他平生未見的美人。

就在他想得最開心時，已有兩道風聲，一前一後向他刺了過來。速度之快，也是他平生未遇過的。

小馬自小就喜歡打架，尤其這三個月來，他打的架幾乎已比別人一輩子打的架加起來還多三百倍。

他喝酒並沒有什麼選擇。茅台也好，竹葉青也好，大麴也好，就算三文錢一兩的燒刀子，他也照喝不誤。他打架也一樣。只要心裡不舒服，只要有人要找他打架，什麼人他都不在乎。

就算對方是天王老子，他也先打了再說，就算他打不過別人，他也要去拚命。

所以他打架經驗之豐富，遇見過的高手之多，江湖中已很少有人能比得上。

所以他一聽見這風聲，已知道暗算他的這兩個人，都是江湖中的一流高手，所用的招式不但迅速準確，而且狠毒。

雖然他痛苦，痛苦得要命，痛苦得恨不得每天打自己三百個耳光。

但是他還不想死，他還想活著再見那個令他痛苦、令他永遠無法忘懷的人。

那個又美麗、又冷酷、又多情、又心狠的女人。

——男人爲什麼總是要爲了女人而痛苦？

急銳的兵刃破空聲，已到了他後腰和心口。致命的招式，致命的武器。

小馬突然狂吼，就像憤怒的雄獅般狂吼，吼聲發出時，他已躍起。

他並沒有避開後面那件武器，冰冷的劍鋒，已刺入他右股。

這不是要害，他不在乎。

因爲他已避開了前面的一擊，一拳打在對方的面上。他看不見自己打中的是什麼地方，他根本來不及拉下眼睛上的黑布。

可是他耳朵並沒有被塞住，他已聽見了對方骨頭碎裂的聲音。

這種聲音雖然並不令人愉快，可是他很愉快。

他痛恨這種在暗地偷襲的小人。

他的右股還帶著對方的劍，劍鋒幾乎刺在他的骨頭上，痛得要命。

可是他不在乎。

他已轉身，反手一拳打在後面的這個人的臉上，打得更重。

出手的兩個人當然也都是身經百戰的武林高手，卻也被嚇呆了。不是被打暈了，是被嚇呆了。

像這種拚命的打法，他們非但沒看過，連聽都沒有聽過，就算聽見也不相信。

所以等到小馬第二次狂吼，兩個人早已逃了出去，逃得比兩條中了箭的狐狸還快。

小馬聽見他們竄出去的衣褲帶風聲，可是他並沒有去追。

他在笑，大笑。他身上又受了一處傷，胯下挨了一劍，但是人卻笑得開心極了。

他眼睛上的黑布還沒有拿下來，也不知屋子裡是不是還有人躲著暗算他，這種事他真的不在乎，一點都不在乎。他想笑的時候就笑。

——一個人若想笑的時候都不能笑，活著才真是沒意思得很。

這當然是間很華麗的屋子，他眼睛上蓋著黑布的時候，連想像都不能想像這屋子有多華麗。

現在他總算已將這塊要命的黑布拿了下來。

他沒有看見人。

最美的人和最醜的人都沒有看見。這屋子根本連半個人都沒有。

窗子是開著的，晚風中充滿了芬芳的花香。

暗算他的兩個人，已從窗子上出去，窗外夜色深沈，也聽不見人聲。

他坐了下來。

他既不想出去追那兩個人，也不想逃走，卻選了張最舒服的椅子坐了下來。

——那些黑衣大漢的老闆究竟是誰？爲什麼要用這種法子找他來？爲什麼要暗算他？這一次出手不中，是不是還有第二次？

——第二次他們會用什麼法子？

這些事他也沒有想。

他有個朋友常說他太喜歡動拳頭，太不喜歡動腦筋。

不管那位大老闆還有什麼舉動，遲早總要施展出來的。

既然他遲早總會知道，現在爲什麼要多花腦筋去想？舒舒服服的坐下來休息休息，豈非更愉快得多？

唯一遺憾的是，椅子雖舒服，他的屁股卻不太舒服。事實上，他一坐下就痛得要命。

剛才那一劍，刺得真不輕。

他正想找找看屋子裡有沒有酒，就聽見門外有了說話的聲音。

屋子裡有兩扇門，一扇在前，一扇在後，聲音是從後面一扇門裡傳出來的。是女人的聲音，很年輕的女人，聲音很好聽。

「屋角那個小櫃裡有酒，各式各樣的酒都有，可是你最好不要喝。」

「為什麼？」小馬當然忍不住要問。

「因為每瓶酒裡都有毒，各式各樣的毒都可能有一點。」

小馬什麼話都不再說，站起來，打開櫃子，隨便拿起瓶酒，拔開塞子就往肚子裡倒。倒得很快，幾乎連氣都沒有喘，一瓶酒就完了。非但沒有嚐出酒裡是不是有毒，連酒的滋味都沒有嚐出來。

門後有人嘆氣。

「這麼好的酒，被你這麼樣喝，真是王八吃大麥，糟蹋了糧食。」

「不是王八吃大麥，是烏龜吃大麥。」小馬在糾正她的用字。

她卻笑了，笑聲如銀鈴：「原來你不是王八，是烏龜。」

小馬也笑了，他實在分不清王八和烏龜究竟有什麼分別。

他忽然覺得這女人很有趣。

遇見有趣的女人不喝點酒，就像自己和自己下棋一樣無趣了。

於是他又拿出瓶酒，這次總算喝得慢些。

門後的女人又道：「這門上有個洞，我正在裡面洗澡，你若喝醉了，可千萬不能來偷看。」

小馬立刻放下了酒瓶，很快就找到了門上面的那個洞。

聽到女孩在屋裡洗澡，門上又正好有個洞，大多數男人都不會找不到的。

就算找不到，也要想法子打出一個洞來；就算要用腦袋去撞，也要撞出個洞來。

他用一隻眼睛湊上去看，只看了一眼，一顆心就幾乎跳出胸腔。

屋裡並沒有一個女人在洗澡，屋裡至少有七、八個女人在洗澡。

七、八個很年輕的女人，年輕的胴體結實、飽滿而堅挺。

青春，本就是女孩子們最大的誘惑力，何況她們本來就很美，尤其是那一雙雙修長結實的腿。她們浸浴在一個很大的水池裡。池水清澈，無論你想看什麼地方，都可以看得很清楚。

只有一個女人是例外。

這女人也許並不比別的女孩子更美，可是小馬卻偏偏最想看看她，哪怕只能看見一條腿也好。

只可惜他偏偏看不見，什麼地方都看不見。

這女人洗澡的時候，居然還穿著件很長很厚的黑緞長袍，只露出一段晶瑩雪白的脖子。

小馬的眼睛就盯在她脖子上。

愈看不見，愈覺得神秘，愈神秘就愈想看。天下的男人有幾個不是這樣子的？

穿衣服洗澡的女人又在嘆氣：「既然你一定要來偷看，我也沒法子。但是你可千萬不能闖進來，這扇門沒有栓上，只要用力一推就開了。」

小馬沒有用力去推門，他整個人都往門上撞了過去。

門果然開了。

「噗通」一聲，小馬也跳進了水池。

其實他倒也並不是故意想跳下去，可是既然已跳了下去，他也不想再出來了。

跟七、八個赤裸著的女孩子泡在水池裡，這種事畢竟不是每個人都能遇到的。

女孩子們雖然驚呼嬌笑，卻沒有十分生氣害怕的樣子。

對她們來說，這種事反而好像不是第一次。

其中當然有人難免要抗議：「你這人又髒又臭，到這裡來幹什麼？」

「就是因爲我又髒又臭，所以才想來洗澡。」

小馬的口才並不壞：「你們能在這裡洗澡，我當然也能在這裡洗澡。」

「既然要洗澡，爲什麼不脫衣服？」

「她能穿著衣服洗澡，我爲什麼不能？」

他居然答得理直氣壯。

穿衣服洗澡的女人搖著頭，嘆著氣道：「看來你的確也該洗個澡了，可是你至少也該把鞋子脫下來。」

小馬道：「脫鞋子幹什麼？連鞋子一起洗乾淨，豈非更方便？」

穿衣服洗澡的女人看著他，苦笑道：「別人要你做的事，你偏偏不做。不要你做的事，你反而偏偏要做，你這人是不是有點毛病？」

小馬笑道：「沒有，連一點毛病都沒有，我這人的毛病至少有三千七百八十三點。」

穿衣服洗澡的女人眨了眨眼，道：「不管你有多少點毛病，我們的洗澡水，你可千萬不能喝下去。」

小馬道：「好，我絕不喝。」

穿衣服洗澡的女人道：「狗屎你也不能吃。」

小馬道：「好，我絕不吃。」

穿衣服洗澡的女人笑了，吃吃的笑道：「原來你這人還不太笨，還不能算是條笨驢。」

小馬道：「我本來就不是笨驢，我是條色狼，不折不扣的大色狼。」

他果然就作出色狼的樣子，穿衣服洗澡的女人立刻就顯得很害怕的樣子，躲到一個女孩子的背後，道：「你看她怎麼樣？」

小馬道：「很好。」

這女孩的確很好，很好這兩個字中包括了很多種意思——迷人的甜美、青春的胴體、筆直的腿。穿衣服洗澡的女人鬆了口氣，道：「她叫香香，你若要她，我可以叫她陪你。」

小馬道：「我不要。」

穿衣服洗澡的女人道：「她今年才十六歲，她真的很香。」

小馬道：「我知道。」

穿衣服洗澡的女人道：「你還是不要？」

小馬道：「不要。」

穿衣服洗澡的女人笑道：「原來你並不是個真的色狼。」

小馬道：「我是的。」

穿衣服洗澡的女人又開始有點緊張了，道：「你是不是想要別人？」

小馬道：「是。」

穿衣服洗澡的女人道：「你想要誰？這裡的女孩子你可以隨便選一個。」
小馬道：「我一個都不要。」
穿衣服洗澡的女人道：「你想要兩個、三個也行。」
小馬道：「她們我全都不要。」
穿衣服洗澡的女人完全緊張了，道：「你…你想要誰？」
小馬道：「我要你。」
這句話說完，他已跳起來，撲過去。
穿衣服的女人也跳起來，把香香往他懷抱一推，自己卻跳出了水池。
一個冰冷柔滑的胴體竟然倒入自己懷裡，很少有男人能不動心的。
小馬卻不動心。
他一下子推開了香香，也跳出了水池。
穿衣服洗澡的女人繞著水池跑，喘著氣道：「她們都是小姑娘，我卻是個老太婆了，你爲什麼偏偏要我？」
小馬道：「因爲我偏偏喜歡老太婆，尤其是像你這樣的老太婆。」
她當然並不是老太婆。
也許她的年紀要比別的女孩子大一點，卻顯得更成熟、更誘人。
更誘人的一點，也許就因爲她穿著衣服。
她在前面跑，小馬就在後面追。她跑得很快，他追得卻不急。
因爲他知道她跑不了的。

二 溫柔

她果然跑不了。

後面另外還有一扇門，她剛進去，就一把被小馬抓住。

後面剛好有張床，好大好大的一張床，她一倒下去，就剛好倒在床上。

小馬就剛好壓住了她。

她喘息著，呼吸好像隨時都可能停頓，用力抓住小馬的手，道：「你等一等，先等一等。」

小馬故意露出牙齒獰笑，道：「還等什麼？」

他的手在動，她用力在推。

「就算你真的想要，我們至少先該說說話，聊聊天。」

「現在我不想聊天。」

「難道你也不想知道我爲什麼找你來？」

「現在不想。」

她雖然用力推，可惜他的手卻令人很難抗拒。

她忽然不再推了。

她全身都已軟了，連一點力氣都沒有。

她洗澡的時候就好像出門做客一樣，穿著很整齊的衣服，現在卻好像在洗澡一樣。

小馬用鼻子擦著她的鼻子，眼睛瞪著她的眼睛，道：「你投降不投降？」

她喘息著，用力咬著嘴唇，道：「不投降。」

小馬道：「你投降我就饒了你。」

她拚命搖頭，道：「我偏不投降，看你能把我怎麼樣？」

一個男人在這種情況下，能夠把一個女人怎麼樣？你猜呢？

有很多事既不能猜，也不能想。否則不但心會跳，臉會紅，身子也會發燙的。

可是有很多事情根本用不著猜，也用不著想，大家也一樣會知道……

小馬是個男人，年輕力壯的男人。

她是個女人，鮮花般盛開的女人。

小馬並不笨，既不是太監，也不是聖人。

就算是個笨蛋，也看得出她在勾引他，所以……

所以現在小馬也不動了，全身也好像連一點力氣都沒有了。

她的呼吸已停頓了很久，現在才開始能喘息，立刻就喘息著說：「原來你真的不是個好人。」

「我本來就不是，尤其是在遇見你這種人的時候。」

「你知道我是什麼人？」

「不知道。」

「完全不知道？」

「我只知你非但也不是個好人，而且比我更壞，壞一百倍。」

她笑了，吃吃的笑著：「但我卻知道你。」

「完全知道？」

「你叫小馬，別人都叫你憤怒的小馬，因爲你的脾氣比誰都大。」

「對。」

「你有個好朋友叫丁喜，聰明的丁喜。」

「對。」

「本來你們兩個人總是形影不離的，可是現在他已有了老婆。人家恩愛夫妻，你當然不好意思再夾在人家中間了。」

小馬沒有回答，眼睛裡卻已露出痛苦之色。

她接著又道：「本來你有個女人，你認爲她一定會嫁給你的。她本來也準備嫁給你的，只可惜你的脾氣太大，竟把她氣跑了。你找了三個月，卻連她的影子都找不到。」

小馬閉著嘴。

他只能閉著嘴，因爲他怕。

他怕自己會大哭、大叫，他怕自己會跳起來，一頭撞到牆上去。

「我姓藍。」

她忽然說出了自己的名字：「我叫藍蘭。」

小馬道：「我並沒有問你貴姓大名。」

他的心情不好，說出來的話當然也不太好聽。

藍蘭卻一點也不生氣，又道：「我的父母都死了，卻留給我很大一筆錢。」

小馬道：「我既不想打聽你的家世，也不想娶個有錢的老婆。」

藍蘭道：「可是現在我已經說了出來，你已經聽見了。」

小馬道：「我不是聾子。」

藍蘭道：「所以現在你已知道我是個什麼樣的人，我也知道你是個什麼樣的人。」

小馬道：「哼。」

藍蘭道：「所以現在你已經可以走了。」

小馬站起來，披上衣服就走。

藍蘭沒有挽留他，連一點挽留他的意思都沒有。

可是小馬走到門口，又忍不住回過頭，問道：「你就是這裡的老闆？」

藍蘭道：「嗯。」

小馬道：「叫人把我找到這裡來的就是你？」

藍蘭道：「嗯。」

小馬道：「我揍了你們五個人，喝了你兩瓶酒，又跟你……」

藍蘭沒有讓他說下去，道：「你做的事我都知道，又何必再說。」

小馬道：「你費了那麼多功夫，神秘兮兮的把我找到這裡來，爲的就是要我來揍人？」

藍蘭道：「不是。」

小馬道：「你本來是想找我幹什麼的？」
藍蘭道：「本來當然還有一點別的事。」
小馬道：「現在呢？」
藍蘭道：「現在我已不想找你做了。」
小馬道：「爲什麼？」
藍蘭道：「因爲現在我已經有點喜歡你，所以不忍再要你去送死。」
小馬道：「送死？到哪裡去送死？」
藍蘭道：「狼山。」

據說狼山有很多狼。
據說天下大大小小，公公母母，各式各樣的狼，都是從狼山出來的。等到牠們將死的時候，也都要回到狼山去死。
這當然只不過是傳說。
世上本就有很多接近神話的傳說，有的美麗，有的神秘，有的可怕。
誰也不知道這些傳說究竟有幾分真實性。
大家只知道一件事……
現在狼山幾乎連一隻狼都沒有了。
狼山上的狼，都已被狼山上的人殺光了。
所以狼山上的人當然比狼更可怕得多。事實上，現在狼山上的人，遠比世上所有的毒蛇猛獸都可怕得多。

他們不但殺狼，也殺人。

他們殺的人也遠比他們殺的狼多得多。

江湖中替他們取了個很可怕的名字，叫「狼人」。他們自己好像也很喜歡這名字。

因爲他們喜歡別人怕他們。

聽見「狼山」這兩個字，小馬又不走了。回到床頭，看著藍蘭。

藍蘭道：「你知道狼山這地方？」

小馬道：「但我卻不知道我爲什麼要到狼山去送死？」

藍蘭道：「因爲你要保護我們去。」

小馬道：「你們？」

藍蘭道：「我們就是我跟我弟弟。」

小馬道：「你們要到狼山去？」

藍蘭道：「非去不可。」

小馬道：「什麼時候去？」

藍蘭道：「一早就去。」

小馬坐下來，又盯著她看了半天，道：「據說錢太多的人，都有點毛病。」

藍蘭道：「我的錢不少，可是沒有毛病。」

小馬道：「沒有毛病的人，爲什麼一定要到那鬼地方去？」

藍蘭道：「因爲那是條近路。」

小馬道：「近路？」

藍蘭道：「越過狼山到西城，至少可以少走六、七天路。」

小馬道：「你們急著要到西城？」

藍蘭道：「我弟弟有病，病得很重。如果不能在三天之內趕到西城，他就死定了。」

小馬道：「如果從狼山走，可能一輩子也到不了西城。」

藍蘭道：「我知道。」

小馬道：「可是你還是要賭一賭？」

藍蘭道：「我想不出別的法子。」

小馬道：「西城有人能治你弟弟的病？」

藍蘭道：「只有一個人。」

小馬站起來，又坐下。他顯然也想不出別的法子。

藍蘭道：「我們本來可以去請些有名的鏢客。可是這件事太急，我們只請到了一個人。」

小馬道：「誰？」

藍蘭嘆了口氣：「只可惜那個人現在已不能算是一個完整的人了。」

小馬道：「爲什麼？」

藍蘭道：「因爲他已被你打得七零八碎，想站起來都很難。」

小馬道：「雷老虎？」

藍蘭苦笑道：「我們本來以爲他的五虎斷門刀很有兩下子，誰知道他一遇見你，老虎就變成了病貓。」

小馬道：「所以你們就想到來找我？」

藍蘭道：「可惜我也知道你這人是天生的牛脾氣，若是好好的請你做一件事，你絕不會答應的，何況，你最近的心情又不好。」

小馬又站起來，瞪著她，冷冷道：「我只希望你記住一點。」

藍蘭在聽。

小馬道：「我的心情好不好，是我的事，跟你一點關係都沒有。」

藍蘭道：「我記住了。」

小馬道：「很好。」

藍蘭道：「這次你說很好是什麼意思？」

小馬道：「就是現在你已經找到了一個保鏢的意思。」

藍蘭跳起來，看著他，又驚又喜，道：「你真的肯答應？」

小馬道：「我為什麼不肯答應？」

藍蘭道：「你不怕那些狼人？」

小馬道：「有點怕。」

藍蘭道：「可是你不怕死？」

小馬道：「誰不怕死？只有白癡才不怕死。」

藍蘭道：「那你為什麼還肯去？」

小馬道：「因為我這人有毛病。」

藍蘭嫣然道：「我知道，你的毛病有三千七百八十三點。」

小馬道：「是三千七百八十四點。」

藍蘭道：「現在又加了一點？」

小馬道：「又加了最要命的一點。」

藍蘭道：「哪一點？」

小馬忽然一把抱起了她，道：「就是這一點。」

凌晨。

淡淡晨光從窗外照進來。她的皮膚柔軟光滑如絲緞。

她看著他。

他很沉默。

安靜而沉默。

像他這種人，只有在真正痛苦時，才會如此安靜沉默。

她忍不住問：「你是不是又想起了她？想起了那個被你氣走了的女孩子？」

「……」

「你答應這件事，是不是因爲我可以讓你暫時忘記她？」

小馬忽然翻身，壓住了她，扼住了她的咽喉。

她幾乎連呼吸都已停頓，掙扎著道：「我就算說錯了話，你也不必這麼生氣的。」

小馬盯著她，目中的痛苦之色更深，手卻放鬆了，大聲道：「你若說錯了，我最多只不過把你當放屁，我爲什麼要生氣？」

他生氣，只因爲她的確說中了他的心事。

這種刻骨銘心，無可奈何的痛苦，本就永難忘記的。所以只要能忘記片刻，也是好的。

他狂歌悲哭，爛醉如泥，也只不過爲了要尋求這片刻的麻木和逃避。

雖然他明知無法逃避，雖然他明知清醒時只有更痛苦，他也別無選擇的餘地。

她再看著他時，眼波已更柔和。充滿了一種母性的憐惜和同情。

她已漸漸了解他。

他倔強、驕傲，全身都充滿了叛逆性，但他卻只不過還是個孩子。

她忍不住又想去擁抱他，可是天已亮了，陽光已照上了窗戶。

「我們一早就要走。」

她坐起來。

「這裡有二、三十個家丁，都練過幾年武功，你可以選幾個帶去。」

小馬道：「現在我已選中了一個。」

藍蘭道：「誰？」

小馬道：「香香。」

藍蘭道：「爲什麼要帶她去？」

小馬道：「因爲她很香，真的很香。」

藍蘭道：「香人有什麼用？」

小馬道：「香人至少總比臭人好。」

三 千金一諾

陽光燦爛。

二十七條大漢站在陽光下，赤膊、禿頂，古銅色的皮膚上好像擦了油一樣。

「我叫崔桐。」

第一條大漢道：「我練的是大洪拳。」

大洪拳雖然是江湖中最普通的拳法，可是他拉起架式，練了一趟，倒是虎虎生威。

藍蘭道：「怎麼樣？」

小馬道：「很好。」

藍蘭道：「這次你……」

小馬打斷了她的話，道：「這次我說很好的意思，就是說他可以在家裡好好休養。」

第二個人叫王平，居然是少林弟子，居然會伏虎羅漢拳。

小馬道：「很好。」

他不等別人再問，自己又解釋道：「這次我的意思，就是希望他打我一拳。」

王平並不是虛僞的人，而且早就有點看小馬不順眼。

小馬就算要他打十拳八拳，他也不會客氣的。

他說打就打。一拳擊出，用的正是少林羅漢拳的重手。「砰」的一聲，打在小馬的胸膛上。

拳頭擊下，一個人大叫起來。

叫的人不是小馬。

叫的是王平。

挨揍的人沒有叫，揍人的反而大叫，只因爲他這一拳就好像打在石頭上。

無論誰一拳打在石頭上，自己的拳頭都會有點受不了的。

這世上拳頭比石頭硬的人畢竟不多。

小馬看看藍蘭，道：「怎麼樣？」

藍蘭苦笑道：「看來他也可以陪崔桐一起在家裡休養休養了。」

小馬道：「他們廿七位都可以在家裡休養休養。」

藍蘭道：「你一個人都不帶？」

小馬道：「我不想去送死。」

藍蘭道：「你想帶誰去？」

小馬道：「帶今天沒有來的那兩個人。」

藍蘭道：「今天沒有來的？」

小馬道：「今天雖然沒有來，昨天晚上卻來了，一人還給了我一劍。」

藍蘭道：「你也一人給了他們一拳，難道還嫌不夠？還要找他們出氣？」

小馬道：「我本來的確不喜歡這種只敢在背地暗算的人。可是對付狼人，他們這種人正合適。」

藍蘭嘆了口氣，道：「爲什麼你選來選去，選中的都是女孩子？」

小馬有點意外：「他們是女孩子？」

藍蘭道：「不但是女孩子，而且都香得很。」

小馬大笑，道：「很好，好極了。這次我的意思，就是真的好極了。」

藍蘭道：「只有一點不好。」

小馬道：「哪一點？」

藍蘭道：「現在她們的臉都已被你打腫。人雖然還很香，看起來卻已有點像豬八戒。」

她們並不像豬八戒。

一個十六歲的漂亮女孩子，不管臉被打得多腫，都絕不會像豬八戒的。

令人想不到的是，出手那麼毒辣，劍法那麼鋒利的人，竟是十六、七歲的小姑娘。

她們是姐妹。

姐姐叫曾珍，妹妹叫曾珠。兩個人的眼睛都像珍珠般明亮。

看見她們，小馬也覺得後悔，後悔那一拳實在打得太重了。

曾珍看見他的時候，眼睛裡也有點氣憤懷恨的樣子。

妹妹卻不在乎。臉雖然被打腫了，卻還是一直不停的笑，笑得還是很甜。

等她們離去了後，小馬才問：「這姐妹兩人，你是怎麼找來的？」

藍蘭笑道：「連你，我都能找得來，何況她們。」

小馬道：「她們是哪一派的弟子？」

藍蘭道：「她們有沒有問過你是哪一派門下的弟子？」

小馬道：「沒有。」

藍蘭道：「那麼你又何必問她們？」

小馬看她，忽然發覺這個女人愈來愈神秘，遠比他見過的任何女人都神秘得多。

藍蘭又問道：「除了她們姐妹和香香外，你還想帶什麼人去？」

小馬道：「第一，我要找個耳朵很靈的人。」

藍蘭道：「到哪裡去找？」

小馬道：「我知道城裡有個人，別人就算在二、三十丈外說悄悄話，他都能聽得到。」

藍蘭道：「這人是誰？」

小馬道：「這人叫張聾子，就是在城門口補鞋的張聾子。」

藍蘭忽然覺得自己的耳朵有了毛病，道：「你說這人叫什麼？」

小馬道：「叫張聾子。」

藍蘭道：「他當然不是真的聾子。」

小馬道：「他是的。」

藍蘭幾乎叫了起來：「你說耳朵最靈的人是個真的聾子？」

小馬道：「不錯。」

藍蘭道：「一個真的聾子，能夠聽見別人在二十丈外說的悄悄話？」

小馬道：「我保證他每個字都能聽得見。」

藍蘭嘆了口氣，道：「看來你這人不但有毛病，而且還有點瘋。」

小馬笑了笑，笑得很神秘，道：「你若不信，爲什麼不找他來試試？」

張聾子又叫張皮匠。

皮匠通常都是補鞋的。

有人要找皮匠來補鞋，有鞋子要補的時候，皮匠通常都來得很快。

張聾子也來得很快。

他進門時，門後躲著六個人，每個人都拿著面大銅鑼。等他一腳跨進來，六個人手裡的木槌就一起敲了下去。

六面銅鑼一起敲響，那聲音幾乎已可以把一個不是聾子的人的耳朵震聾。

可是張聾子連眼睛都沒有眨。

他是個真的聾子。

完完全全、徹底的聾子。

大廳很寬，很長。

藍蘭坐在最遠的一個角落裡，距離門口至少也有二十丈。

張聾子一走進門，就站住。

藍蘭看著他道：「你會補鞋？」

張聾子立刻點點頭。

藍蘭道：「你姓什麼？是什麼地方人？家裡還有些什麼人？」

張聾子道：「我姓張，河南人。老婆死了，女兒嫁了，現在家裡只剩下我一個人。」

藍蘭怔住。

她說話的聲音很輕，她距離這個人至少在二十丈開外。

可是她說話的聲音，這個聾子居然能聽得見，每個字都聽得見。

小馬在門後問道：「怎麼樣？」

藍蘭嘆了口氣，道：「很好，好極了。」

小馬大笑著走出來，道：「聾兄，你好！」

一看見小馬，張聾子的臉色就變了。就好像看見個活鬼一樣，掉頭就走。

他走不了。

六條拿著銅鑼的大漢，已將門堵住。

張聾子只有看著小馬嘆氣，苦笑道：「我不好，我不好。」

小馬道：「怎麼會不好？」

張聾子道：「遇見了你這個倒楣鬼，我怎麼會好得起來？」

小馬大笑，走過去摟住他的肩。看起來他們不但是老朋友，還是好朋友。

一個像小馬這樣的浪子，怎麼會跟一個補鞋的皮匠是老朋友？

這皮匠的來歷，無疑很可疑。

藍蘭並不想追問他的來歷。她唯一想做的事，就是盡快過山，平安過山。狼山。

她忍不住問：「你為什麼不問問他，肯不肯陪我們一起走？」

小馬道：「他一定肯。」

藍蘭道：「你怎麼知道？」

小馬道：「他既然已遇見了我，還有什麼別的路好走？」

張聾子的臉色愈來愈難看，試探著問道：「你們總不會是想要我陪你們過狼山吧？」

小馬道：「不是下面還要加兩個字。」

張聾子道：「兩個什麼字？」

小馬道：「不是才怪。」

張聾子的臉色已經變成了一張白紙，忽然閉上眼，往地上一坐。

那意思就是表示，他非但不走，連聽都不聽了。不管他們再說什麼，他都絕不聽了。

藍蘭看看小馬。小馬笑笑，拉起張聾子的手，在他手心畫了畫，就好像畫了道符。

這道符真靈。

張聾子一下子就跳了起來，瞪著小馬，道：「這一趟你真的非走不可？」

小馬點點頭。

張聾子臉上陣青陣白，終於嘆了口氣，道：「好，我去，可是我有個條件。」

小馬道：「你說。」

張聾子道：「你去把老皮也找來，要下水，大家一起下水。」

小馬眼睛裡立刻發出了光，道：「老皮也在城裡？」

張聾子道：「他剛來，正在我家廚房裡喝酒。」

小馬眼睛更亮，就好像忽然從垃圾堆裡找到了個寶貝，活生生的大寶貝。

藍蘭又忍不住問：「老皮是什麼人？」

小馬道：「老皮也是個皮匠。」

藍蘭道：「他有什麼本事？」

小馬道：「一點本事都沒有。」

藍蘭道：「那有幾點？」

小馬道：「半點也沒有。」

藍蘭道：「他完全沒有本事？」

小馬點點頭。

藍蘭道：「沒有本事的人，請他來幹什麼？」

小馬道：「真正完全連一點本事都沒有的人，你見過幾個？」

藍蘭想了想，道：「好像連一個都沒見過。」

小馬道：「所以他這種人才真正難得。」

藍蘭不懂。

小馬道：「完全沒有本事，就是他最大的本事。這種人你找遍天下，也找不出幾個。」

藍蘭好像有點懂了，又好像還不太懂。

在男人面前，她永遠不會真正懂得一件事，就連一加一是二，她好像都不太懂。

可是如果你認爲她真的不懂，你就錯了，錯得很厲害。

小馬沒有犯這種錯，所以他不再解釋。

他問張聾子：「你廚房裡還有多少酒？」

張聾子道：「三、四斤。」

小馬嘆了口氣，道：「那麼他現在一定早就走了。喝了三斤酒之後，他絕不會再耽在任何人的廚房裡。」

張聾子同意。

藍蘭卻問道：「喝了三斤酒之後，他會去幹什麼？」

小馬苦笑道：「天知道他會去幹什麼？喝了三斤酒之後，他做的事只怕連神仙都猜不到。」

他看著張聾子，希望張聾子能證實他的話。

張聾子卻根本沒注意他在說什麼，眼睛看著門外，臉上帶著種奇怪的表情。

男人們通常只有在看一個真正使他動心的美女時，才會露出這樣的表情。

他看見的是香香。

香香正穿過院子，匆匆走過來。美麗的臉已因興奮而發紅。還沒有走進門，就大聲道：「我剛才聽見了個好消息。」

藍蘭等著她說下去。張聾子也在等。看見香香，他好像忽然年輕了二十歲。

只可惜香香連眼角都沒有往他瞟一眼，接著道：「今天城裡又來了個了不起的人。我們如果能請到他，什麼問題都沒有了。」

藍蘭道：「這個了不起的人是誰？」

香香道：「鄧定侯。」

藍蘭道：「神拳小諸葛鄧定侯？」

香香眼睛裡閃著光，道：「剛才老孫回來，說他正在天福樓喝酒，還請了好多人陪他一起喝。」

張聾子終於轉過頭去看了看小馬，小馬也正在看著他。

兩個人好像都想笑，又笑不出。

張聾子道：「是你去還是我去？」

小馬道：「我去。」

香香搶著道：「去找鄧定侯？」

小馬道：「去找皮猴子，一個臉皮比城牆還厚的胖猴子。」

香香不懂，藍蘭卻有點懂了：「難道這個鄧定侯就是老皮冒充的？」

小馬道：「不是才怪。」

香香道：「鄧定侯是名震天下的大俠，誰敢冒充他？」

小馬道：「老皮敢。喝了三斤酒之後，天下絕沒有他不敢做的事。」

藍蘭道：「可是你剛才還說他連一點本事都沒有，這種事他怎麼做得出？」

小馬道：「就因爲他一點本事都沒有，所以他什麼事都做得出。這就是他最大的本事。」

老皮並不胖，更不像猴子。

他衣冠楚楚，一表人才，看起來簡直比鄧定侯自己更像鄧定侯。

可是他看見小馬的時候，卻好像老鼠看見了貓。小馬叫他往東，他絕不敢往西。

小馬說：「我們上狼山去。」

他立刻就同意：「好，我們上狼山去。」

小馬道：「你不怕？」

老皮拍著胸脯道：「爲朋友兩肋插刀都不怕，何況走一趟狼山！」

小馬笑了，道：「現在你總算明白了吧！」

藍蘭也在笑。

她的確明白了，這個人的確是個不折不扣的胖猴子。

只有一點她還不明白：「你們剛才爲什麼要說他是個皮匠？」

小馬道：「他本來就是的。」

藍蘭道：「可是他看來完全不像。」

張聾子道：「那只因爲他這個皮匠，和我這個皮匠有點不同。」

藍蘭道：「有什麼不同？」

張聾子道：「我這個皮匠是補皮的。」

藍蘭道：「他呢？」

張聾子道：「他是賴皮的。」

老皮居然一點都不生氣，笑嘻嘻道：「我們這兩個臭皮匠加在一起，仍然還比不上一個諸葛亮。但要比個曹操，總是足足有餘的了。」

於是小馬就帶著這兩個臭皮匠、三個小姑娘，保護著一個弱不禁風的女人、一個奄奄一息的病人，開始出發。

別人如果知道他要去的地方，竟是比龍潭虎穴還兇險的狼山，無論誰都一定會替他捏一把汗。

可是小馬自己卻一點都不在乎。

病人坐在轎子裡。轎子密不透風，他連這人長得什麼樣子都沒有看見，就為這個人去賣命了。

別人一定會認為他是個笨蛋，可是他自己卻完全不在乎。

只要他高興，他什麼都肯去做，什麼都不在乎。

四 常剝皮

九月十二。

正午。

晴。

天高氣爽，萬里無雲。

兩頂小轎、三匹青驢，從西門出城。

就好像一家人，快快樂樂的要去郊外玩玩一樣。

老皮大馬金刀的走在最前面，就像是大哥。三個小妹妹臉上蒙著黑紗，騎著青驢，爸爸媽媽坐在轎子裡。小馬和張聾子就像是他們的跟班。

一個小跟班，一個老跟班，穿得比轎夫還破爛。

藍蘭問小馬為什麼不肯換套新衣裳。

小馬回答得很乾脆：「我不高興換。」

他不高興做的事，你就算砍下他的腦袋，他也絕不肯做的。

這一行人走在路上當然難免引人注意。他們也在注意別人。

每個人他們都注意。就連藍蘭都不時把簾子掀開一隙縫，留意著過路的人。

路上的人卻沒有什麼值得特別留意的，因爲這裡還未到狼山。

這裡是龍門。

龍門是個小鎮，也是到狼山去的必經之地。

頭腦清楚，神智健全的人，絕不會想到狼山去。就連做惡夢的時候，都不會夢到去狼山。

所以經過這小鎮的人，不是瘋子，也有點毛病；不是窮神，也是惡煞。

這小鎮當然荒涼而破落。留在鎮上的人，不是不想走，而是走不了。

走不了的人不是因爲太窮，就是因爲太老。

一個已老掉了牙的老婆婆，開了家破得連鍋底都快破穿洞的小飯鋪。牆上寫著各式各樣的菜名和酒名，糖醋排骨、溜丸子，陳年紹興、竹葉青，什麼都有。

其實你要什麼都沒有。除了已經快窮瘋了的人之外，誰也不會到這裡來吃飯。

奇怪的是，今天這裡居然來了七、八位客人。

看來非但不窮，而且都很有氣派。

七、八個人都好像是約好了的一樣，一到正午，就從四面八方趕來了。趕路都很急，可是彼此間卻又偏偏全不認得。

七、八個人坐在一間東倒西歪的破屋子裡，幾張東倒西歪的破凳子上。你瞪著我，我瞪著你，身上都佩著刀劍，眼睛裡都帶著敵意。

七、八個人都要了一碗肉絲麵，半斤黃酒。因爲除了這兩樣外，這地方根本沒有別的。

麵早就擺在桌上，酒也早就來了。可是誰也沒有舉杯，更沒有動筷子。

因爲麵湯比洗鍋水還髒，酒比醋還酸，老婆婆又早已人影不見，而錢早就收了。

老婆婆並不笨。無論誰活到她這種年紀，都絕不會太笨。

她早就看出來這些人絕不是特地到這裡來喝酒吃麵的。

這些人爲什麼要到這裡來？

她猜不出，也不想管。她雖然又窮又老，可是她還想多活幾年。

午時已過去，七、八個人臉上都露出了焦急之色，卻還是動也不動的坐著。

忽然間，馬蹄聲響，響得很急。七、八個人都伸長了脖子往外看。

一匹快馬急馳而來。馬上人肩寬、腰細、手大、腿長，穿著身寶藍色的緊身衣。腰上凸起一條，衣服下面藏著的也不知是什麼軟兵器。

看見了這個人，只看了一眼，大家就全都掉了頭。

他們顯然在等人，等的卻不是這個人。

這個人一拍馬頭，馬就停下。

馬一停下，這個人已到了老婆婆的破飯舖裡。誰也沒有看見他是怎麼下馬的。

他的腿不但長，而且長得特別。

他不但腿長，臉也長。長臉上卻長著雙三角眼，三角眼裡精光閃閃，從這些人臉上一個個看過去，忽然道：「我知道你們是誰，也知道你們是幹什麼來的！」

沒有人答腔，也沒有人再回頭看他一眼，好像生怕再看他一眼，眼珠子就會掉下來。

長腿冷笑，道：「你們當然也知道我是誰，是幹什麼來的。」

他忽然抬腿一踢！

他的腿雖然長，可是再長的腿也不會有五尺長。

這屋子雖然矮，可是再矮的屋子至少也有兩、三丈高。

誰知道他隨隨便便抬起腿一踢，屋頂就被他踢出了個大洞。

大家的臉色都變了，卻還是不動。

屋頂上掉下來的灰土瓦礫，掉在他們頭頂上、麵碗裡，他們也毫無反應。

長腿已坐下來，坐在一個滿臉鬍子的彪形大漢對面，冷冷道：「這半年來，你在河東狠狠做了幾票大買賣，收入想必不錯。」

大漢還是沒有反應，一雙青筋虯結的手已在桌下握住了刀柄。

長腿道：「從今天開始，你有麻煩，我照顧你，你做的買賣，我們三七分賬。」

大漢終於望了他一眼，道：「你只要三成？」

長腿道：「你收三成，我佔七成。」

大漢笑了。

就在他開始笑的時候，刀已出鞘，刀光一閃，急砍長腿的左頸。

這一刀招沉力猛，出手狠毒，這柄刀也不知砍下過多少人的腦袋。

長腿沒有動，至少半身絕沒有動，大漢的人卻突然飛了起來，從三個人頭頂上飛過去，「砰」的撞在牆上，連屋子都幾乎被撞倒。

他的刀雖快，長腿的腿更快，隨隨便便在桌子下一踢，就將一百把斤的大漢踢得飛出去好幾丈。

長腿冷冷道：「這就是我的追風奪命無影腳，還有誰想嚐嚐它的滋味？」

沒有人答腔，甚至連喘氣的聲音都沒有。

長腿道：「那麼從今天起，你們做的買賣，都歸我來分賬……」

突聽身後一個人冷冷道：「三成歸他們自己，七成歸我。」

長腿臉色變了，身子一縮，一雙長腿已急風般連環踢出。

只聽「咔嚓、咔嚓」兩聲響，他的人已飛出門外，重重跌在街心。

後面門上的棉布簾子彷彿被風吹起，還在不停波動。誰也沒看清楚有什麼人走進去。

可是剛才還在大門說話的聲音，現在卻已到了扇小門後面的小屋裡，道：「趙大鬍子多留兩成回去治傷，其餘的也改成三七分賬，先交賬的先走。」

坐在後門口的一個年輕人立刻搶先進去，道：「這半年來我做了十三票買賣，總共有三千五百兩，可是吃喝嫖賭，已經花了一半。」

那聲音帶笑道：「你這小子倒還真會花錢。」

年輕人道：「剩下的我已全都帶來，可以全都交給你老人家。」

那聲音道：「不夠的呢？」

年輕人道：「你說怎麼辦，我就怎麼辦。」

那聲音道：「好，有種，看在你還算老實，我只要你這點東西抵數。」

年輕人走出來的時候，臉上鮮血淋漓，左面上一塊皮，已被削了下來。

轎子忽然在前面停下，老皮忽然從前面大步奔過來，他平常走路都是四平八穩，很有氣派，很少有人看見他跑得這麼急。

小馬道：「你見了鬼？」

老皮道：「鬼雖然沒見到，人倒看見不少。」

小馬道：「什麼人？」

老皮道：「章長腿。」

小馬皺起了眉：「他在哪裡？」

老皮道：「就躺在前面的路上。」

張聾子道：「躺在路上幹什麼？」

老皮道：「你知不知道那個老太婆開的破酒店？」

張聾子知道，小馬也知道，這條路他們都走過不止一次。

老皮道：「我走到那裡的時候，他正從老婆婆的店裡飛出來，一下子跌在路上，躺了下去。」

小馬道：「然後呢？」

老皮道：「然後他就不再動了！」

小馬道：「爲什麼不動？」

老皮道：「因爲他現在已沒有腿。」

小馬又皺起了眉。

章長腿的追風奪命無影腳，他是知道的。能夠讓章長腿變成沒有腿的人，江湖中並不多。

小馬道：「現在還有些什麼人在老婆婆的那破酒店裡？」

老皮道：「還有七、八個！」

小馬道：「有沒有我們認得的？」

老皮道：「有一個！」

小馬道：「誰？」

老皮吞了下口水，臉上的表情就好像剛吞下五斤黃酒。

小馬的眼睛卻亮了，道：「是不是常老刀？」

老皮點點頭，臉上的表情好像又吞下個發了霉的臭雞蛋。

小馬卻高興得跳了起來，比剛從垃圾堆裡找個活寶貝還高興。

老皮搶著道：「你要找他來，我就走。」

小馬道：「你能往哪裡走？」

老皮道：「要我留下，你就得答應我一個條件。」

小馬道：「你說。」

老皮道：「叫他離得我遠遠的，愈遠愈好。只要他走近我一丈之內，我就算逃不了，至少總可以一頭撞死。」

小馬笑了。

轎子的簾子已掀起一條線，一雙美麗的眼睛正在看著他們：「常老刀是什麼人？」

小馬道：「常老刀也是個皮匠。」

藍蘭的眼睛眨了眨，道：「是個什麼樣的皮匠？」

小馬道：「是個剝皮的皮匠。」

店裡七個人已只剩下兩個。

兩個本來很有威風的江湖好漢，現在卻好像待宰的羔羊般坐在那裡，愁眉苦臉，唉聲嘆氣。

棉布簾子裡的人已經在問：「你們兩位爲什麼還不進來？」

兩個人你看著我，我看著你，好像都想讓對方先進去，好像明知道一進去就得挨宰。

簾子裡的聲音更冷，道：「你們是不是要我親自出去請？」

一個年紀比較輕的，終於鼓起勇氣站起來。

年紀大的卻拉住了他，壓低聲音，道：「這次你交不了賬？」

年輕的點點頭。

年紀大的道：「還差多少？」

年輕的道：「差得多。」

年紀大的嘆了口氣，道：「我也不夠，也差得多。」

他忽然咬了咬牙，從身上拿出疊銀票，道：「加上我的，你一定夠了，這些你都拿去。」

年輕的又驚又喜，道：「你呢？」

年紀大的苦笑道：「快也是一刀，慢也是一刀，反正我已是個老頭子了，我……沒關係。」

年輕的看著他，顯得又感動、又感激，忽然也從身上拿出疊銀票，道：「加上我的，你一定也夠了，你拿去。」

年紀大的道：「可是你……」

年輕的勉強笑了笑，道：「我知道你還有老婆、孩子。反正我還是光棍一條，我沒有關係！」

兩個人眼睛裡都已有熱淚盈眶，都沒有發現大門外已多了一個人。

小馬正在門口看著他們，好像也快被感動得掉下眼淚來。還沒有開口，簾子裡的人已經在破口大罵：「王八蛋、王八羔子、兔崽子、媽那個巴子、操那娘、日死你先人板板、操你媽、丟你老母、幹你娘。」

這一罵，已經包括了九省大罵，甚至還包括了遠在海隅的台灣罵。

一個冷酷、冷漠、冷靜的人，忽然會這麼樣開罵，已經令人很吃驚。

最令人吃驚的是他最後一句話。

「你們兩個龜孫子快給我滾吧，滾得愈遠愈好，滾得愈快愈好。」

年紀大的和年紀輕的兩個人全都怔住，不是害怕得怔住，是高興得怔住。

他要他們滾，簡直比一個人平空送他們兩棟房子還值得高興。

簡直比天上忽然掉下兩個大餅來還讓他們高興。

這種高興的程度，簡直已經讓他們不敢相信。

小馬相信。

小馬了解這個人。

小馬道：「他讓你們走，你們還不走？」

兩個人直到現在才看見小馬，年紀大的吃吃問：「他真的讓我們走？」

小馬道：「你們能夠義氣，他爲什麼不能夠義氣？」

兩個人還不太相信。

小馬道：「你們不用怕他罵人，只有在他自己覺得自己很夠義氣的時候，他才會罵人。」

兩個人你看著我，我看著你，再同時看著小馬，就一起走了。

不是走，是逃。逃得比兩匹被人抽了三百六十鞭子的快馬還快十倍。

小馬笑了。

門簾裡沒有聲音。

小馬笑道：「想不到你這條專剝人皮的瘦豬，還有被感動的時候。」

門簾裡的人終於忍不住開腔：「瘦豬是你，不是我。」

小馬大笑。

門簾裡的人又道：「你比我還瘦，比我還像。」

小馬大笑道：「我至少還有一點比你強。」

門簾裡的人明知故問：「哪一點？」

小馬道：「遇見了我，你就得跟我走。」

他又解釋道：「跟我走雖然倒楣，不跟我走你就更倒楣。」

誰也不希望自己太倒楣。

所以兩個臭皮匠，就變成了三個臭皮匠。一個補皮，一個賴皮，一個剝皮。

九月十二，午後。

睛。

秋天的陽光最艷麗。

艷麗的陽光從西面的窗子外照進來，使得老婆婆的破酒舖看來更破舊，也使得會剝人皮的常老刀看來更可怕。

常老刀通常就叫常剝皮。

他的確常常會剝人皮。

看見了他，老皮就立刻走得遠遠的，遠得不僅在一丈外。

他的確很怕常剝皮要剝他的皮，常剝皮也好像很想剝他的皮。

無論誰看見常剝皮，都難免會有一種要被剝皮的恐懼。

他實在是個很可怕的人。

他矮、瘦、乾枯，全身的肉加起來也許還沒有四兩重。

可是他遠比一個三百八十八斤的巨人更可怕。

他就像是把刀子。

四兩重的刀子，也遠比三百八十八斤的廢鐵更可怕。

何況這把刀子的刀鋒又薄又利，而且已出了鞘——無論誰看見他這個人，都一定會有這種感覺。

尤其是他的眼睛。

他的眼睛看著一個人的時候，這個人通常都會覺得好像有一把刀子，刺在自己身上——刺在自己身上最痛的地方。

現在藍蘭就有這種感覺，因爲常剝皮的眼睛正在盯著她。

藍蘭是個很漂亮的女人。

很漂亮的女人不一定很有吸引力。

藍蘭不但漂亮，而且很有吸引力。足以將任何一個看過她一眼，而遠在三百里外的男人，吸引到她面前一寸近的地方來。

可是她已經發現這個男人的眼光不同。

別的男人的眼光，只不過想剝她的衣服；這個男人的眼光，卻只不過是想剝她的皮。

想剝衣服的眼光，女人可以忍受，隨便哪種女人都可以忍受——只要並不是真的剝，就可以忍受。

想剝皮的眼光，女人可就有點受不了，隨便哪種女人都受不了。

所以藍蘭在看著小馬，問道：「常先生是不是也肯跟我們一起過狼山？」

小馬道：「他一定肯。」

藍蘭道：「你有把握？」

小馬道：「有。」

藍蘭道：「爲什麼？」

小馬道：「因爲他讓章長腿變成了沒有腿。」

藍蘭道：「章長腿也是狼人？」

小馬道：「不是。」

張聾子道：「他只不過是柳大腳的老情人。」

藍蘭道：「柳大腳是誰？」

張聾子道：「狼人也有公有母，柳大腳就是母狼中最兇狠毒辣的一個。」

藍蘭笑了：「長腿配大腳，倒真是天生的一對兒。」

小馬道：「所以現在長腿變成了沒有腿，柳大腳一定氣得很。就算常老三不上狼山，柳大腳也一定會下山來找他的！」

藍蘭眼珠子轉了轉，道：「他上了狼山，豈不是送羊入狼口，自投羅網？」

小馬道：「常老三不是老皮，他既然敢動章長腿，就一定打定主意，要讓柳大腳也變成沒有腳。」

張聾子道：「常老三做事一向乾淨俐落。要斬草就得除根，絕不能留下後患。」

常剝皮一直在聽著，臉上連一點表情都沒有，忽然道：「十萬兩銀子，兩罈好酒。」

他不喜歡說話。

他說的話一向很少有人聽得懂。

藍蘭聽不懂，可是她看得出張聾子和小馬都懂。

張聾子道：「這就是他的條件。」

藍蘭道：「要他上狼山，就得先送他十萬兩銀子，兩罈好酒？」

張聾子道：「不錯。」

他又補充道：「銀子連一兩都不能少，酒也一定要最好的。常老三開出來的條件，從來不打折扣。」

小馬道：「可是這些東西絕不是他自己要的，他並不喜歡喝酒。」

張聾子道：「他要錢，卻一向喜歡用自己的法子。」

他最喜歡用的法子，就是黑吃黑。

小馬道：「所以他要這些東西，一定是爲了另外一個人。」

藍蘭道：「爲了誰？」

小馬沒有回答，張聾子也沒有。

因爲他們也不知道。

藍蘭也不再問，更不考慮，站起來走了出去。回來的時候，就帶回了十萬兩銀票，和兩罈最好的女兒紅。

她是個女人，可是她做事比大多數男人還痛快得多。

常剝皮只看了她一眼，連一個字都沒有說。用一隻手挾起了兩罈酒，兩根手指拈起了銀票，站起來就走。

不是走出去，是走進去。

走進了後面那老婆婆住的屋子。

五 狼人

一間又髒、又亂、又破、又小的屋子。那老婆婆正蜷曲在屋子裡的一張破坑上，縮在角落裡，整個人都縮成了一團。

常剝皮走進來，將兩罈酒和一疊銀票都擺在破坑前的一張破桌上。

忽然恭恭敬敬的向老婆婆鞠躬。

從來也沒有人看見他對任何人如此恭敬過。

老婆婆也顯得很吃驚，身子又往後面縮了縮。看來不但吃驚，而且害怕。

常剝皮道：「銀票是十萬兩，酒是二十年陳年的女兒紅。」

老婆婆好像根本聽不懂他在說什麼。

常剝皮道：「晚輩姓常，叫常無意，在家裡排行第三。」

老婆婆忽問道：「你老子是常漫天？」

常無意道：「是！」

老婆婆身子忽然坐直了。忽然間就已到了桌子前面，拍碎了酒罈泥封嗅了嗅，疲倦衰老的眼睛立刻發出了光。

就在這一瞬間，這個老掉了牙的老婆婆，就好像變成了另外一個人。

不但變得年輕了很多，而且充滿了威嚴和自信，變得說不出的鎮定和冷酷。

這種變化不但驚人，而且可怕。

常無意既沒有吃驚，也沒有害怕，好像這種事根本就是一定會發生的。

老婆婆再坐下來時，桌上的那疊銀票也不見了。

常無意臉上雖然還是完全沒有表情，眼睛裡卻已露出希望。

只要她肯收下這十萬兩，事情就有了希望。

老婆婆道：「這是好酒。」

常無意道：「是。」

老婆婆道：「好酒不宜獨飲。」

常無意道：「是。」

老婆婆道：「坐下來陪我喝！」

常無意道：「是。」

老婆婆道：「喝酒要公平，我們一人一罈。」

常無意道：「是。」

他搬了張破椅子過來，坐在老婆婆對面，拍碎了另一罈酒的泥封。

老婆婆道：「我喝一口，你喝一口。」

常無意道：「是。」

老婆婆捧起酒罈，喝了一口；常剝皮也捧起酒罈，喝了一口。

好大的一口。

一口酒下肚，老婆婆的眼睛就更亮了。

第二口酒喝下去，她衰老蒼白的臉上，就有了紅暈。瞪著常無意看了半天，道：「想不到你這孩子還有點意思。」

常無意道：「是。」

老婆婆道：「至少比你老子有意思。」

常無意道：「是。」

老婆婆又喝了口酒，又瞪著他看了半天，忽然問道：「你也想跟他們上狼山去？」

常無意道：「是！」

老婆婆道：「你老子已死了，你大哥、二哥也死了，你們家的人幾乎已死盡死絕了。」

常無意道：「是！」

老婆婆道：「你也想死？」

常無意道：「我不想！」

老婆婆笑了，露出了一嘴已經快掉光了的牙齒，說道：「我拿了你的錢，喝了你的酒，我也不能讓你死。」

常無意道：「是！」

老婆婆道：「可是你上了狼山，我也不一定能保證你能活著下來。」

常無意道：「我知道！」

老婆婆道：「狼山上有各式各樣的狼，有日狼、有夜狼、有君子狼、有小人狼、有不吃人的狼，還有真吃人的狼。」

她又喝了口酒：「這些狼裡面，你知不知道最可怕的是哪一種？」

常無意道：「君子狼。」

老婆婆又笑了，道：「看來你不但很有意思，而且很不笨。」

道貌岸然的僞君子，無論在什麼地方，都是最可怕的。

老婆婆道：「君子狼的老大，就叫做狼君子。這個人看來就像是個道學先生，不管做什麼事都中規中矩，說話更斯文客氣。不知道他的人，看見他一定會覺得他又可佩、又可愛。」

她忽然一拍桌子，大聲道：「可是這個人簡直就是他媽的不是人，簡直該砍個三萬七千八百六十次。」

常無意在聽著。

老婆婆又喝了幾口酒，火氣才算消了些，道：「除了這些狼之外，現在山上又多了一種狼。」

常無意道：「哪種？」

老婆婆道：「他們叫嘻嘻狼，又叫做迷狼。」

這兩個名字都奇怪得很。

這種狼無疑也奇怪得很。

老婆婆道：「他們年紀都不大，大多是山上狼人的第二代。一生下來就命中註定了是個狼人，要在狼山上過一輩子。」

常無意明白她的意思。

狼人的子女，除了狼山外，還有什麼地方可去？

天下雖大，卻絕沒有任何地方可以允許他們生存下去。

因爲狼人們從來就不讓別人生存下去。

可是他們還年輕。

年輕人總是比較善良些的。他們心裡的苦悶無法發洩，對自己的人生又完全絕望，所以他們就變成了很奇怪的一群人。

老婆婆道：「他們對什麼事都不在乎，吃得隨便，穿得破爛，有時會無緣無故的殺人，有時又會救人。只要你不去惹他們，他們通常也不會來惹你，所以……」

常無意道：「所以我最好不要去惹他們！」

老婆婆道：「你最好裝作看不見，就算他們脫光在你面前翻筋斗，你最好也裝作看不見。因爲這群人裡面，有很多都可以算作年輕一代的高手，尤其是老狼卜戰的三個兒子，和狼君子的兩個女兒。」

常無意道：「聽說狼山上有四個大頭目，卜戰和狼君子就是其中兩個？」

老婆婆點點頭，道：「可是他們對自己的兒女，也是連一點法子都沒有。」

常無意道：「除了卜戰和狼君子外，還有兩個頭目是誰？」

老婆婆道：「一個叫柳金蓮，是頭母狼，只可惜她的三寸金蓮是橫量的。」

常無意道：「柳金蓮就是柳大腳？」

老婆婆瞇著眼笑道：「這頭母狼又淫又兇，最恨別人叫她大腳。她若知道你殺了她的老公，說不定會拿你來代替，那你就還不如趕快死了算了。」

常無意在喝酒，用酒罈子擋住了臉。

他的臉色已變了。

他很不喜歡這種玩笑。

老婆婆道：「還有一個叫法師，是一個和尙，不唸經也不吃素的和尙。」

常無意道：「他吃什麼？」

老婆婆道：「只吃人肉，新鮮的人肉。」

一罈酒已經快喝光了，老婆婆的眼睛已經瞇了起來，好像隨時都可能睡著。

常無意趕緊又問道：「據說他們四個還不是狼山真正的首腦？」

老婆婆道：「嗯！」

常無意道：「真正的首腦是誰？」

老婆婆道：「你不必問。」

常無意道：「爲什麼？」

老婆婆道：「因爲你看不到他的，連狼山上的人都很難看到他。」

常無意道：「他從來不自己出手？」

老婆婆道：「你最好希望他不要自己出手。」

常無意還是忍不住要問：「爲什麼？」

老婆婆道：「因爲他只要出手，你就死定了。」

常無意又用酒罈擋住了臉。

老婆婆道：「我知道你心裡一定很不服氣，我也知道你的武功很不錯。可是跟朱五太爺比受苦！」

起來，你還差得遠。」她嘆了口氣，道：「連我跟他比起來都差得遠，否則我又何必挨在這裡

她到這裡來，就是爲了等著殺朱五?常無意沒有問。

他一向不喜歡探聽別人的秘密。

老婆婆道：「他不但是狼山上的王，只要他高興，隨便到什麼地方都可以稱王。當今江湖

中的高手們，幾乎已沒有一個人的武功能比得上他。」

她的口氣中並沒有憤恨和怨毒，反而好像充滿了仰慕。

她又開始喝酒，一口就把剩下來的酒全部喝光。眼睛裡總算又有了點光。

常無意的酒罈也空了。

老婆婆看著他，忽然道：「你爲什麼不問我跟朱五，究竟是什麼關係？」

常無意道：「因爲我並不想知道！」

老婆婆道：「真的不想？」

常無意道：「別人的秘密，我爲什麼要知道？」

老婆婆又瞪著他看了半天，輕輕嘆了口氣，道：「你是個好孩子，我喜歡你！」

她忽然從身上拿出樣東西塞在常無意手裡，道：「這個給你，你一定有用的。」

她拿出的是個已被磨光了的銅錢，上面卻有道刀痕。

常無意忍不住問：「它有什麼用？」

老婆婆道：「它能救命。」

常無意道：「救誰的命！」

老婆婆道：「救你們的命。」

她又解釋：

「你若能遇見一個左手上長著七根手指的人，將這枚銅錢交給他，隨便你要他做什麼，他都會答應。」

常無意道：「這個人欠你的情？」

老婆婆點點頭，道：「只可惜你未必能遇見他，因爲他是頭夜狼，白天從不出現。」

常無意道：「我可以在晚上去找。」

老婆婆道：「你絕不能去找他，只能等著他來找你。」

她的表情很嚴肅，又道：「在別的狼人面前，你甚至連提都不能提起這個人。」

常無意還想再問，老婆婆卻已睡著了。

忽然就已睡著了。

常無意只有悄悄的退出去。等他退出門的時候，老婆婆身子又縮成了一團，縮在床角，又變得說不出的衰老疲倦，驚慌恐懼。

常無意坐下來，坐在藍蘭對面。刀鋒般銳利的眼睛裡，已佈滿紅絲。

他已醉了。

他一向很少喝酒，他的酒量並不好。

藍蘭道：「你們在裡面說的話，我們在外面也聽見了。」

常無意知道。

他本來就希望他們能聽見，免得他再說一次。

藍蘭道：「那位老婆婆究竟是什麼人？」

常無意道：「是個老婆婆！」

藍蘭眨了眨眼，道：「我想她一定是位武林前輩，而且武功極高。」

常無意忽然回頭，瞪著小馬，道：「這是你的女人？」

小馬不能否認。

可是他當然也不能承認。

常無意道：「她若是你的女人，你就應該叫她閉上嘴。」

藍蘭搶著道：「我若不是呢？」

常無意道：「我就會讓你閉上嘴。」

藍蘭閉上了嘴。

常無意道：「這次我們上山，不是去遊山玩水的。我們是去玩命的，所以……」

小馬道：「所以你還有條件？」

常無意道：「不是條件，是規矩，大家都得遵守的規矩。」

大家都在聽。

常無意道：「從現在開始，男人不能碰女人，也不能喝酒。」

他的目光如快刀：

「若有人犯了這規矩，無論他是誰，我都會先剝他的皮。」

狼山的山勢並不兇險，兇險的是山上的人。

可是山上好像連一個人影子都沒有，至少直到現在他們還沒有見過一個人。

現在已近黃昏。

夕陽滿山，山色艷麗如圖畫。

常無意在一塊平台般的岩石上停下來，道：「我們歇在這裡。」

立刻就有人問：「現在就歇下，不嫌太早？」

問話的是香香。

直到現在，山勢還很平坦，所以她們還騎在驢子上。

她的丰姿高貴而優美，張聾子的眼睛很少離開過她。

常無意卻連看都沒有看她一眼，也沒回答她的話。

張聾子道：「現在已不算早。」

香香道：「可是現在天還沒有黑。」

張聾子道：「天黑了，我們反而要趕路了。」

香香道：「爲什麼在天黑的時候趕路？」

張聾子道：「因爲天黑的時候比較容易找到掩護，而且這山上的夜狼也遠比別的狼容易對付些，何況……」

常無意忽然打斷他的話，道：「她是你的女人？」

張聾子很想點頭，卻只能搖頭。

常無意就到了香香面前，輕飄飄一掌拍在她騎的驢子頭上。

驢子倒了下去。

香香也幾乎倒了下去。

總算她反應還快，總算站住了腳，可是她也閉上了嘴。

小馬笑了。

常無意霍然回頭，盯著他，道：「你在笑？」

小馬本來就在笑，現在還在笑。

常無意道：「你在笑誰？」

小馬道：「笑你。」

常無意沉下臉，道：「我很可笑？」

小馬道：「一個人若是總喜歡做些可笑的事，無論他是誰，都很可笑。」

他不等常無意開口，很快的接著又道：「想不讓天下雨，不讓人拉屎，都是很可笑的事；想不讓女孩子們說話也是一樣。」

小馬還在笑，道：「聽說驢皮也可以賣點錢的，你爲什麼不去剝下牠的皮？」

常無意盯著他，瞳孔在收縮。

常無意走過去，對著他走過去。

小馬還站在那裡，既沒有進，更沒有退。

突聽張聾子輕呼：「狼人來了。」

狼人終於來了。

來了三個人。看來也像是三個上古洪荒時的野人，遠遠的站在岩石七、八丈外的一棵大樹下。

六　十八柄刀

張聾子聲音壓得更低：

「這一定是吃人狼。」

香香道：「他……他們真的吃人？」

她的聲音發抖。她怕得要命，怕這些吃人的狼，怕常無意。

但是她仍然不住要問——想要女孩們不說話，實在不是件容易的事。

張聾子道：「他們不一定真的會吃人，他們至少敢吃人。」

老皮已經很久沒有開口了，一直站得遠遠的。此刻終於忍不住道：「我知道他們最喜歡吃的是哪種人。」

香香道：「哪……哪種人？」

老皮道：「女人。」

他帶著笑又道：「尤其是那種看起來很好看，嗅起來又很香的女人。」

香香的臉白了，張聾子的臉卻發了青。

小馬立刻拉住他的手道：「那邊三位仁兄好像在說話。」

張聾子點點頭。

小馬道：「他們在說什麼？」

張聾子閉上眼睛，只閉了一下子，立刻睜開。

他的樣子也立刻變了，看來不再是個又窮又髒的臭皮匠，他忽然變得充滿了權威。

他對他自己做的事充滿了信心——沒有信心的人，怎麼會有權威？

大家都閉上了嘴，看著他。

香香也在看著他。

他知道，可是這次他沒有去看香香，只盯著對面那三個人的嘴。

三個人的嘴在動，他卻連眼睛都沒有眨。

過了很久，他才開口：

「這幾條肥羊一定瘋了，居然敢上狼山。」

「他們居然還坐著轎子來，看樣子不但瘋得厲害，而且肥得厲害。」

「可是其中好像還有一、兩個扎手的。」

「你看得出是誰？」

「那個陰陽怪氣，像個活殭屍的人就一定很不好對付。」

「還有那個高頭大馬，好像很神氣的人，說不定是個保鏢的！」

「那個瞪著眼睛，看著我們的窮老頭，你看他像是幹什麼的？」

「就像個窮老頭，而且已經嚇呆了。」

「不管怎麼樣，他們的人總比我們多，我們總得去找些幫手來。」

「這兩天，山上肥羊來的不少，大家都有買賣做，我們能去找誰？」

「不管怎麼樣，反正他們總跑不了。這票買賣既然是我們先看見的，我們總能佔上幾成。」

「我只要那三個女的。」

「若是被那些老色狼看見，你只怕連一個都分不到。」

「等他們用完了，我再吃肉行不行？」

「那倒沒問題。」

「你最好一半紅燒，一半清燉。我也好久沒吃過這麼漂亮的肉了。」

「我一定分你三大碗，把你活活脹死。」

這些話當然不是張聾子說的，他只不過將三個人說的話照樣說出來而已。

三個人大笑著走了。常無意還是全無表情，老皮已露出得意洋洋的樣子。

香香卻已經快嚇得暈了過去。

兩頂轎子裡，一個人又開始在不停的咳嗽、喘氣。

另外一頂轎子裡的藍蘭已忍不住伸出頭，看看小馬，又看看常無意。

常無意居然睡了下去，就睡在岩石上，居然好像已睡著。

他說過要歇在這裡，就要歇在這裡。

小馬道：「這地方很好。」

藍蘭道：「很好？」

小馬道：「好。」

藍蘭道：「可是……可是我總覺得這地方就像是個箭靶子。」

岩石高高在上，四面一片空曠，連個可以擋箭的地方都沒有。

小馬道：「就因這地方像個箭靶子，所以我才說好。」

藍蘭不懂。

她想問，看看常無意，又閉上了嘴。

幸好小馬已經在解釋：「這地方四面空曠，不管有什麼人來，我們一眼就可以看見。」

張聾子道：「何況他們暫時好像還找不到幫手。等他們找到時，天已黑了，我們也走了。」

天還沒有黑。

他們還沒有走，也沒有看見人，卻聽見了人聲。

一種很不像是人聲的聲音，一種就像是殺豬一樣的聲音。

這聲音卻偏偏是人發出來的。

——這兩天來的肥羊不少，現在是不是已經有一批肥羊遭了毒手？

小馬已坐下，又跳了起來。

常無意還躺在那裡，眼睛還閉著，卻忽然道：「坐下。」

小馬道：「你要誰坐下？」

常無意道：「你。」

小馬道：「你爲什麼要我坐下？」

常無意道：「因爲你不是來管閒事的。」

小馬道：「可惜我天生就是個喜歡管閒事的人。」

常無意道：「那麼你去！」

小馬道：「我當然要去。」

常無意道：「我可以保證一件事。」

小馬道：「什麼事？」

常無意道：「你死了之後，絕不會有人替你去收屍。」

小馬道：「我喜歡埋在別人的肚子裡，至少我總可以埋在別人的肚子裡。」

常無意道：「可惜別人只喜歡吃女人的肉。」

小馬道：「我的肉也很嫩。」

他已準備要去。

可是他還沒有去，已有人來了。

岩石左邊，有片樹林。

很濃密的樹林，距離岩石還有十餘丈。

剛才殺豬般的慘呼聲，就是從這片樹林裡發出來的。現在又有幾個人從樹林裡衝出來。

幾個滿身都是血的人，有的斷了一條臂，有的缺了一條腿。

他們衝出來時，還在慘呼。慘呼還沒有停，他們已倒了下去。

就倒在岩石下。

見死不救這種事，就算砍掉小馬的腦袋，他也絕不會做的。

他第一個跳了下去。

也只有他一個人跳下去。

常無意還在躺著。

藍蘭還坐在轎子裡。

老皮雖然站著，卻好像也睡著了，睡得比常無意還沉。

香香在看著張聾子。

張聾子沒有睡著，所以他只好也硬著頭皮往下跳。

他是聾子，但他卻不是傻子，就算他想裝傻也不行。

因爲他知道香香正在看著他。

他的耳朵雖然聾得像木頭，可是他的眼睛卻比兔子的耳朵還靈。

平台般的岩石下倒著八個人。

有的在掙扎呻吟，有的在滿地亂滾。

有的非但連滾都不能滾，連動都不能動了。

每個人身上都有血。

鮮紅的血，紅得可怕。

小馬想先救斷臂的人，又想先救斷腿的人，也想先救血流得多的人。

他實在不知道應該先救誰才好。

幸好這時張聾子也跳了下來。

小馬道：「你看怎麼辦？」

張聾子道：「先救傷最輕的人。」

小馬不反對。

他知道張聾子說得有理。他自己也早就想到這一點，只不過他的心比較軟而已。

傷最輕的人，最有把握能救活，只有活人才能說出他們的遭遇。

別人的遭遇，有時也就是自己的經驗。

經驗總是有用的。

傷最輕的人，年紀最不輕。

他的血流得最少，臉上皺紋卻最多。

小馬扶起了他，先給了他兩耳光。

打人耳光並不一定是因爲憤怒和痛恨，有時也會是因爲愛。

有時是因爲要讓人清醒。

兩耳光打下去，這個人果然張開了眼睛，雖然只不過張開了一條線，也總算是張開了眼睛！

小馬道：「你們是從哪裡來的？」

這個人在喘息，不停的喘息、呻吟，道：「狼山……狼人……要錢……要命……」

他雖然答非所問，小馬卻還是要問：「你們好好的上狼山來幹什麼？」

這個人道：「因爲……因爲……因爲……我們要宰你！」

他一連說了三次「因爲」，小馬正注意在聽。

就在小馬注意聽的時候，就在他說「要宰你」三個字的時候，他就忽然出手。

不但他出手，另外的七個人也已出手。四個人對付一個，八個人對付兩個。

斷臂的人本來就是獨臂人，斷腿的人本來就是獨腿人。

血本來就太紅，紅得已不像是血。

八個人同時出手，八個人都很想出手一擊，就要了他的命。

八個人手上都有武器，四把匕首，兩把短劍，一個鐵護手，帶著倒刺的鐵護手，還有一樣居然是武林中並不常見的鏢槍。

鏢槍的意思，就是一種很像鏢的槍頭，也就是一種很像槍頭的鏢，可以拿在手上作武器，也可以發出去當暗器。

他們用的兵刃都很短。

一寸短，一寸險。

何況他們出手的時候，正是對方絕對沒有想到的時候。

幸好小馬還有拳頭。

他一拳就打在那個臉上皺紋最多的鼻子上，另外一拳就打在鼻子上沒有皺紋的臉上。

幸好他還有腳。

他一腳踢飛了一個用匕首的獨臂人。等到另一個獨腿的鏢槍刺過來時，也就是他聽見那兩個人鼻子和顴骨裂碎的聲音時。

他兩手一拍，夾住了鏢槍，眼睛就瞪著這個獨腿人。

還沒有等到他出手，已經嗅到了一股臭氣。

這個獨腿人身上所有發臭的排洩物，都已經被嚇得流了出來。

小馬並不擔心張聾子。

張聾子的耳朵雖然比木頭還聾，手腳卻比兔子的耳朵動得還快。

他已經聽到另外四個人骨頭碎裂的聲音。

所以他就瞪著這個已發臭的獨腿人，道：「你也是狼山上的？」

獨腿人立刻點頭。

小馬道：「你是吃人狼？還是君子狼？」

獨腿人道：「我……我是君子……」

小馬笑了：「你真他媽的是個君子。」

他笑的時候，膝頭已撞在這位君子最不君子的地方。

這位君子狼連叫都沒有叫出來，忽然間整個人就都軟了下去。

原來倒在地上的八個人，現在真的全都倒在地上了。

這次倒了下去，就算華佗再世，也很難再讓他們爬起來。

小馬看著張聾子。

張聾子道：「看樣子我們本來好像上了當。」

小馬笑笑。

張聾子道：「可是現在看起來，真正上當的還是他們。」

小馬大笑，道：「這也許只不過因爲他們都是君子。」

張聾子道：「君子是不是總比較容易上當？」

小馬道：「君子總比較喜歡要人上當。」

他們在笑，大笑。

岩石上卻連一點動靜都沒有。

小馬不笑了，張聾子也已笑不出。

這也許只是調虎離山之計——敢下來的人，至少總比不敢下來的人膽子大些。

藝高人膽大。

膽子大的人，功夫通常也比較高。

他們下來了，留在岩石上的人，說不定已遭了毒手。

這次是張聾子先跳了上去。

因爲他忍不住想看看香香看他的眼神。

他一跳上去，就看見了香香的眼睛。

眼睛還是睜開著的，睜得很大。很大很美的一雙眼睛裡，帶著奇怪的表情。

無論什麼人的身上，表情最多的地方通常都在他的臉。

無論什麼人的臉上，表情最多的地方通常都是他的眼睛。

無論誰的眼睛，通常都會有很多種表情。有時悲傷，有時歡愉，有時冷漠，有時恐懼。

但香香眼睛的這種表情，卻絕不是這些言詞所能形容的。

因爲有一把刀，正架在她脖子上。

她是個年輕而美麗的女孩子，她的脖子光滑、柔美、雪白。

她的脖子很細。

架在她脖子上的一把刀卻不細——三十七斤的鬼頭刀絕不會細。

拿著刀的手更粗。

張聾子的心沉了下去。

這句話的意思就是——龍交龍，鳳交鳳，王八交烏龜，老鼠交的朋友一定會打洞。

物以類聚。

小馬不是個好人——至少在某些方面說來，他絕不是好人。

他喜歡打架，喜歡管閒事。他打架就好像別人吃白菜一樣。

就好像和尙吃白菜一樣。

張聾子是小馬的老朋友，就在剛才那一瞬間，他還打倒了四個人。

他當然不會因爲只看見一把三十七斤重的鬼頭刀，就被嚇得魂飛魄散。

不管這把鬼頭刀架在誰的脖子上，他的心都絕不會沉下去。

——只有真正被嚇住了的人，心才會沉下去。

他的心沉下去，只因爲除了這把鬼頭刀之外，他還看見了另外十七把鬼頭刀。

岩石上連轎夫在內只有十一個人，除了轎子裡的藍蘭和病人外，每個人脖子上都架著一把刀。

鬼頭刀的份量有輕有重。

架在香香脖子上的那一把，就算不是最輕，也絕不是最重的！

鬼頭刀的刀頭重，刀身細。一刀砍下來，就像是把斧頭。

鬼頭刀很少砍在人的別地方，鬼頭刀通常只砍人的頭顱。

一刀砍下，頭顱落地。

絕對用不著再砍第二刀。

尤其是架在常無意脖子上的一柄。

那當然是最重的一柄。

常無意還在睡覺。

七 轎中的人

十八柄鬼頭刀，十九個人。

狼人。

一個人手裡沒有刀，卻拿著根比鬼頭刀還長的旱煙管。

張聾子知道這個人是誰了。

他見過老卜戰一面。這個人裝束打扮，神氣活現，簡直就像是跟卜戰一個模子裡鑄出來的。

一個不太好的模子。

所以卜戰的毛病，這個人都學全了。但卜戰那種不可一世的氣槪，這個人一輩子休想學會。

張聾子道：「你是卜戰的兒子?還是他的徒弟?」

這個人根本不理他，卻在瞪著小馬。

小馬也躍上了岩石，冷笑道：「我看他最多也只不過是那匹老狼的灰孫子。」

張聾子大笑。

他當然是故意在笑的，其實他的心裡連一點想笑的意思都沒有。

看著一把鬼頭刀，架在一個自己喜歡的女人的脖子上，無論誰的心裡都不會覺得愉快。何況他早就聽說老狼卜戰屬下的「戰狼」慓悍勇猛，悍不畏死。殺起人來，更好像砍瓜切菜一樣，絕不眨一眨眼。

這個人居然還能沉得住氣，居然還是不理他，還是向小馬點點頭。故意裝出來的笑聲，總不會太好聽，而且通常都是想故意氣氣別人。

這人道：「你就是那個憤怒的小馬？」

小馬道：「你呢？你是不是叫做披著狼皮的小狗？」

這人一張長著一對三角眼的三角臉，雖已氣得發白，卻還是努力要裝出一副氣派很大，很能沉得住氣的樣子，冷冷道：「我知道你的來歷。」

小馬道：「哦？」

這人道：「你是從東北邊陲上的亂石山崗下來的。」

小馬道：「是又怎麼樣？」

這人道：「聽說你的拳頭很硬，一拳就把彭老虎打得直到現在還爬不起來！」

小馬道：「你是不是也想試試？」

這人冷笑道：「現在亂石山崗雖然已垮了，算起來我們總還是道上的同僚，所以我才對你特別客氣。」

小馬道：「其實你也用不著太客氣！」

這人板著臉道：「我叫鐵三角。」

看著他的三角眼和三角臉，小馬笑了：「這名字倒總算沒起錯。」

鐵三角道：「你的名字卻叫錯了。」

他接著道：「其實你本來應該叫笨蛋才對，因爲你實在笨得要命！」

他用手裡的旱煙管四下點了點，道：「你數數我們這次來了幾把刀？」

小馬用不著再數。

一下忽然看見這麼多把鬼頭刀，無論誰都會偷偷數一遍的。

他也早就數過了。

鐵三角道：「你再看看這十八把刀，現在擱在什麼地方？」

小馬也用不著再看，他早就看得很清楚。

常無意、香香、曾珍、曾珠、老皮，再加上四個轎夫，每個人脖子都架著一把刀。

剩下的九把刀，四把架在轎子上，五把守住了岩石四周。

他們這次行動，顯然很有計劃。先用躲在岩石下面的那八個人，分散對方的注意，再出其不意從另一面掩上岩石偷襲。

唯一讓小馬不懂的是，常無意既不瞎，也不聾，怎會讓刀架在脖子上的？

他看得出這其中一定別有用意，所以他也就盡量跟鐵三角泡著。

張聾子卻有點沉不住氣了，香香的樣子已愈來愈可憐。

鐵三角道：「有十八把大刀架在你朋友的脖子上，你還敢在我面前張牙舞爪，胡說八道，你說你是不是笨得要命？」

小馬居然承認：「是，我是笨得要命。」

他又笑了笑：「要別人的命。」

命。」

鐵三角也笑了，大笑。

他當然也是故意笑的，笑得比張聾子還難聽：「這話倒不假，你確實傻得可以要別人的命。」

笑聲忽然停頓，三角臉又板了起來，冷冷道：「現在你就可以先要一個人的命，我甚至可以讓你隨便選一個人。」

他用旱煙管指了指香香道：「你看這條命怎麼樣？」

小馬道：「很好！」

張聾子立刻急了：「很好是什麼意思？」

小馬道：「很好的意思就是說，她這條命很好，不能讓別人要走。」

張聾子鬆了口氣，鐵三角卻在冷笑。

小馬嘆道：「只可惜人家的刀現在就架在她脖子上。人家是要她的命，還是不要她的命，我一點法子都沒有。」

鐵三角道：「你總算是個明白人！」

小馬道：「有件事我卻很不明白。」

鐵三角道：「你可以問。」

小馬道：「你們的刀好像都蠻快的！」

鐵三角道：「快得很。」

小馬道：「像這樣的快刀，要砍下別人的腦袋，好像並不難。」

鐵三角道：「一點都不難。」

小馬道：「你們爲什麼還不砍？」

鐵三角道：「你猜呢？」

小馬道：「是不是因爲最近你們吃得太飽沒事做，想要拿他們來消遣消遣？」

鐵三角道：「這種消遣的法子並不好玩。」

小馬道：「難道你們想用他們來要脅我，要我去替你們做件什麼事？」

鐵三角道：「這次你總算問對了。」

小馬道：「你想要我幹什麼？」

鐵三角道：「我只想要你這雙拳頭。」

小馬看看自己一雙拳頭，道：「我這雙拳頭只會揍人，你要來幹什麼？」

鐵三角道：「要你不能再揍人。」

小馬道：「你們有十八把大刀，難道還怕我這雙拳頭？」

鐵三角道：「小心些總是好的。」

小馬道：「你是想要我把這雙拳頭切下來送給你，免得我找你們麻煩？」

鐵三角道：「你說得雖然並不完全對，意思總算還差不多。」

小馬笑了：「好，要我送給你就送給你！」

這句話還沒有說完，他的人已衝了過去，拳頭已到了鐵三角鼻子上。

鐵三角並不是沒有看見這一拳打過來。

他看得很清楚。

可是他偏偏就躲不開。

拳頭打在鼻子上的聲音並不大，鼻樑碎裂時更幾乎連聲音都沒有。

但是這種滋味可不太好受。

鐵三角只覺得臉上一陣酸楚，滿眼都是金星，一個跟斗栽了下去，嘶聲大吼：

「殺！」

這個「殺」說出來，架在脖子上的九把刀立刻就要往下殺。

張聾子也衝了過去，準備托住對付香香那個人的肘，再給他一拳。

可是他根本就用不著出手。

他還沒有衝過去，拿著鬼頭刀的大漢已慘呼一聲，痛得彎下了腰。

一彎下腰，就倒了下去；一倒下去，就開始滿地亂滾。

那個看起來又害怕、又可憐的香香，卻還好好的站著，看著他，好像顯得很同情，柔聲道：「對不起，我本不該踢你這個地方的。可是你也用不著太難受，這地方被踢斷了，也少了許多煩惱。」

張聾子吃驚的看著她，已看呆。

這個又溫柔又柔弱的女人，出手簡直比他還狠。

等他再去看別人時，來的十九匹戰狼已倒下去十七個。

一個人滿臉鮮血淋漓，整個一張臉上的皮已幾乎被剝了下來。

這個人當然就是剛才要宰常剝皮的人。

死得最快的兩個，是剛才站在藍蘭轎子外面的那兩個。

他們動也不動的躺在地上，全身上下只有一點點傷痕。

只有眉心間有一滴血。

沒有死的兩個，還站在那病人的轎子外面，可是手裡的刀卻再也殺不下去。

常無意冷冷的看著他們。

他們的腿在發抖，有一個連褲襠都已濕透。

常無意道：「回去告訴卜戰，他若想動，最好自己出手。」

聽見了「回去」這兩個字，兩個人簡直比聽見中了狀元還高興，撒腿就跑。

常無意道：「回來！」

聽見了「回來」這兩個字，另外一個人的褲襠也濕了。

常無意道：「你們知道我是誰？」

兩個人同時搖頭。

常無意道：「我就是常剝皮。」

開始說這句話的時候，他已用腳尖從地上挑起了一把鬼頭刀。

說完了這句話，兩個人臉上已全都少了一塊皮。

小馬在嘆氣。

常無意道：「你嘆什麼氣？」

小馬道：「我本來以爲是他們想拿你來消遣，現在我才明白，原來你是想拿他們來消遣。難道你認爲我們也跟你一樣，吃飽了沒事做？」

常無意冷笑。

小馬道：「你爲什麼不早點出手？」

常無意道：「因爲我不想笨得要別人的命。」

小馬道：「要誰的命？」

常無意道：「說不定就是你的。」

小馬也在冷笑。

常無意道：「你若能晚點出手，現在我們一定太平得多。」

小馬道：「現在我們不太平？」

常無意閉上了口，刀鋒般的目光，卻在盯著右邊的一處山。

夕陽已消逝，夜色已漸臨。

山坳後慢慢的走出七個人來，走得很斯文，態度也很斯文。

走在最前面的一個人，儒衣高冠，手裡輕搖著一把摺扇。

摺扇上隱約可以看出八個字：

「惇惇君子，溫良如玉。」

夜色還未深。

這個人斯斯文文的走過來，走到岩石前，收起摺扇，一揖到地。

後面的六個人也跟著一揖到地。

禮多人不怪，人家向你打躬作揖，你總不好意思給他一個拳頭的。

誼。」

老皮第一個搶到前面去，陪笑道：「大家素昧平生，閣下何必如此多禮？」

白衣高冠的儒者微笑道：「萍水相逢，總算有緣，只恨無酒款待貴客，不能盡我地主之誼。」

老皮道：「不客氣，不客氣！」

白衣高冠的儒者道：「在下溫良玉。」

老皮道：「在下姓皮。」

溫良玉道：「皮大俠在下聞名已久，常先生、馬公子和張先生的大名，在下更早就仰慕得很。只恨無緣一見，今日得見，實在是快慰平生。」

他只看了他們一眼，他們的來歷底細，他居然好像都已知道得很清楚。

小馬的心在往下沉，因爲他已經猜出這個人是誰了。

溫良玉道：「據聞藍姑娘的令弟抱病在身，在下聽了也很著急。」

小馬忍不住道：「看來你的消息倒實在靈通得很。」

溫良玉笑了笑，道：「只可惜此山並非善地，我輩中更少善人。各位想要平安過山，只怕很不容易，很不容易。」

小馬道：「那也是我們的事，跟你好像並沒有什麼關係。」

溫良玉道：「也許在下可以稍盡棉薄之力，助各位平安過山。」

老皮立刻搶著道：「我一眼就看出閣下是位君子，一定懂得爲善最樂這句話的。」

溫良玉長長嘆息，道：「在下雖然有心爲善，怎奈力有未逮。」

小馬道：「要怎樣你的力才能逮？」

溫良玉道：「此間荊棘遍地，要想過山，總得先打通一條路才是！」

小馬道：「這條路要怎麼樣才能打得通？」

溫良玉又笑了笑，道：「說起來那也並非難事，只要……」

小馬道：「你究竟想要什麼？」

溫良玉淡淡道：「只不過十萬兩黃金，一雙拳頭，一隻手而已。」

小馬笑了：「只要是金子都差不多，但拳頭和手就不同了。」

溫良玉道：「的確大有不同。」

小馬道：「你想要什麼樣的拳頭，什麼樣的手？」

溫良玉道：「身體毫髮，受之父母，千萬不可損傷，所以……」

小馬道：「所以你想要會揍人的拳頭，會剝皮的手？」

溫良玉並不否認，微笑道：「只要各位肯答應在下這幾點，在下保證藍姑娘的令弟在三日內就可以平安過山，否則……」

他又嘆了口氣：「否則在下也就愛莫能助了。」

小馬大笑，他並不是故意在笑，他是真的笑。

他忽然發現了一件事——這些僞君子們不但可恨，而且可笑。

無論在什麼地方的僞君子都一樣。

溫良玉卻面不改色，道：「這條件各位不妨考慮考慮，在下明日清晨再來靜候佳音。」

小馬故意作出很正經的樣子道：「你一定要來。」

溫良玉道：「夜色已深，前途多兇險。各位若是想一夜平安無事，還是留在此地的好。」

他又長身一揖，展開摺扇，慢慢的走了。

後面的六個人也跟著長揖而去。

走得還是很斯文，連一點火氣都沒有。

小馬的火氣卻已大得要命，恨恨道：「他爲什麼不出手？」

常無意道：「他若出手了，你又能怎麼樣？」

小馬道：「只要他出手，我保證他的鼻子現在已經不像是個鼻子！」

常無意冷冷道：「那時你的人也很可能不像是個人。」

張聾子搶著道：「這些人就是君子狼？」

常無意道：「那人就是狼君子！」

張聾子道：「你早就看見他們來了？」

常無意道：「那時你們正在下面急著救命，救你們自己的命。」

張聾子道：「你故意跟卜戰的手下耗著，就是因爲你知道有戰狼在這裡，他們就不會來？」

常無意道：「這是狼山上的規矩。」

張聾子嘆了口氣：「看樣子他們的確比那幾把鬼頭刀，不容易對付得多！」

他忍不住又問：「可是現在卜戰的手下已經走了，他們爲什麼也……」

常無意道：「現在是什麼時候？」

張聾子道：「現在已經到了晚上。」

常無意道：「狼君子從不在黑夜出手！」

張聾子道：「這也是狼山上的規矩？」

常無意道：「是的。」

老皮遠遠的站著，忽然嘆了口氣，道：「幸好他要的不是我的拳頭，也不是我的手。」

他站得很遠，可是這句話剛說完，常無意已到了他的面前。

老皮的臉色立刻變了。想勉強笑一笑，一張臉卻已完全僵硬。

看見了常無意，他簡直比看見了個活鬼還害怕。

常無意盯著他，冷冷道：「他不要你的拳頭，也不要你的手，可是我要！」

老皮道：「你……你……」

常無意道：「我不但要你的手，我還要剝你的皮。」

老皮本來很高，忽然間就矮了半截。

常無意淡淡的接著道：「只可惜你的手人家不要，你的皮也沒有人要。」

他轉過身，藍蘭已下了轎，他連看都沒有再看老皮一眼。

老皮居然還不敢站起來。

藍蘭卻過來親手扶起了他，柔聲道：「謝謝你。剛才那兩把鬼頭刀幾乎已砍在我的身上，若不是你的奪命針，我只怕已活不到現在。」

老皮揉揉鼻子，又揉揉眼睛，喃喃道：「這種事你何必再提？我本來不願意讓他們知道！」

藍蘭道：「我知道你深藏不露，可是救命之恩，我也不能不說。」

她用一隻纖纖玉手從鬢腳摘下一朵珠花。

「這是一點小意思，你一定要收下。」

珠花是用三十八顆晶瑩圓潤的珍珠串成的，每一顆都同樣大小。

老皮本來想推的，看了一眼，本來要去推的那隻手，已將這朵珠花握在手心了。

他是識貨的人，他已看出這朵珠花至少夠他大吃大喝三個月。

小馬卻顯得很吃驚——並不是因爲他收下了這朵珠花，而是因爲藍蘭說的話。

吃驚的絕不止小馬一個人。

張聾子看看他，再看看地上那兩具屍首眉心間的一滴血，道：「你幾時學會這種暗器的？我怎麼從來沒看見你用過？」

老皮乾咳了兩聲，昂起了頭，道：「這是致命的暗器，在朋友們面前我怎麼會使出來？不到必要的時候，我也絕不會使出來。」

藍蘭輕輕嘆了口氣，道：「你真是個好朋友！」

她有意無意間，瞟了常無意一眼。常無意臉上卻全無表情。

藍蘭道：「十萬黃金，我是可以拿得出來的。可是那位狼君子的條件，我絕不考慮。」

這次她轉過頭去正視著常無意，道：「現在天已黑了，我們是不是已經可以往前走？」

常無意點點頭。

小馬道：「誰在前面開路？」

常無意道：「你。」

小馬道：「你押後？」

常無意道：「是。」

小馬道：「張聾子呢？」

常無意道：「他陪你。」

老皮搶著道：「我也陪小馬。」

常無意冷冷道：「你既然有這麼一手暗器好功夫，就該居中策應。」

老皮道：「反正我總不會到後面去的。」

常無意冷笑。

小馬道：「一有警兆，大家就應該搶先去保護兩頂轎子。」

常無意冷笑道：「也許他們根本不需要……」

這句話也沒有說完，忽然有兩條人影從地上飛撲而起。鐵三角並沒有死。

另外一個被小馬打碎了鼻樑的也沒有死——

鼻子並不是致命的要害，小馬並不喜歡殺人。

八 美腿

轎子裡的病人又在咳嗽。兩條人影一掠起，就撲向了這頂轎子。只要能挾制轎子裡這個病人，別的人也同樣要被挾制。

鐵三角雖然沒有躲開小馬那一拳，功夫卻很不錯。不但身法快，看得也準。

現在小馬、張聾子、常無意都距離這頂轎子很遠。一行人中，只有他們三個最可怕。

鐵三角看準了這是最好的機會。

他手裡的旱煙管是用精鋼打成的。煙斗大如兒臂，若是打在人的腦袋上，尤其是打在穴道上，一擊就可致命。

他的同伴已悄悄抄起了一把鬼頭刀。刀光一閃，直劈頭頂。

三十七斤重的鬼頭刀，凌空一刀劈下去。轎頂的木頭再好，也要被劈開。

轎子裡的病人咳得更厲害，本來絕對避不開他們這一擊。

小馬和常無意的出手雖快，現在出手也是萬萬來不及的了。

鐵三角此時就敢出手，當然已有了一擊必中的把握。可是他算錯了。

就在這時，轎子的黑影中，竟忽然有兩道劍光閃電般飛起。

一柄劍順著鬼頭刀的刀鋒斜削過去，就聽見一聲慘呼。

鮮血飛濺，拿刀的人四根手指已被削落，劍光再一閃，就已穿胸而過。

這一劍不但使得乾淨俐落，迅速準確，而且兇狠毒辣無比。

那邊火星四激，「叮叮叮」三聲響，旱煙管已接住三劍。

鐵三角畢竟不是容易對付的人，腳尖找到了轎桿，藉力凌空翻身。

強敵環伺，他怎敢戀戰。

他想走。

誰知這時劍光竟已到了他跨下。劍光再一閃，竟刺入了他的褲襠。

這一劍更狠、更準、更毒辣。

鐵三角狼一般慘呼，至死也不信能使出如此毒辣劍招的，竟是個十六、七歲的小姑娘。

劍尖還在滴血。

兩個小姑娘並肩站著，臉上蒙著的黑紗在晚風中輕輕飄動。

她們拿著劍的手卻穩定如磐石，她們居然還在吃吃的笑。

對她們來說，殺人竟彷彿只不過是種很有趣、很好玩的遊戲。

這也許只是因為她們年紀還太小，還不能了解生命的價值。

她們的笑聲好聽極了，笑的樣子更嬌美。

常無意冷冷的看著她們，忽然道：「好劍法！」

曾珍嬌笑著道：「不敢當。」

曾珠嘟起嘴道：「只可惜我們還是打不過那個小馬。我的臉都被他打腫了。」

看她們的神情，聽她們說話，只不過還是兩個小孩子。

小孩子怎麼會使出如此毒辣老練的劍法？

常無意道：「你們的劍法是誰傳授的？」

曾珍道：「我偏不告訴你。」

曾珠吃吃笑著道：「聽說你比小馬還有本事，你怎麼會看不出我們劍法的來歷？」

常無意冷笑，忽然就到了她們的面前。出手如電，去奪她們的劍。

他用的是空手入刃，還帶著七十二路小擒拿法。

這種功夫他就算還沒有練得登峰造極，江湖中能比得上他的人已不多。

誰知兩個小姑娘吃吃一笑，挺起了胸，兩柄劍已藏到背後。

小姑娘雖然是小姑娘，胸膛上的兩點已如花蕾般挺起。

常無意雖然無意，一雙手也不能抓到小姑娘的胸膛上去。

曾珍嬌笑道：「這是我們的劍，你爲什麼要來搶我們的劍？」

曾珠道：「一個大男人要來搶小孩子的東西，你羞不羞？」

曾珍道：「羞羞羞，羞死了。」

常無意臉色發青，竟說不出話來。

誰知兩個小姑娘身形一轉，劍光乍分，竟毒蛇般刺向他的左右兩脅。

常無意空手奪刃的功夫雖厲害，可是驟出不意，竟不敢去奪她們這一劍。

幸好他避開了。

兩個小姑娘卻偏偏得理不饒人。一左一右，聯手搶攻，霎眼間又刺出三劍。

這三劍不但迅速毒辣，配合得更好。最後一劍如驚虹交錯，眼看著就要在常無意的胸膛上對穿而過。

誰知常無意的身子突然一偏，兩柄劍竟都被他挾入了脅下。

這一招用的真絕，也真險。

兩個小姑娘用盡力氣，也沒法子將自己的劍從他脅下拔出來。

曾珠撇起了嘴，好像已經快哭出來的樣子。

曾珠已真的流下了眼淚。

可是她們還在拚命的用力，想不到常無意的兩脅突又鬆開。

兩個小姑娘身子立刻往後倒。一跌倒在地上，索性不站起來了。

曾珠流著淚道：「大人欺負小孩子，不要臉，不要臉。」

曾珠本來連一滴眼淚都沒有流，現在卻放聲大哭起來。

轎子裡的咳嗽聲已停了，一個人喘息著道：「住嘴。」

他雖然只說了兩個字，卻好像已用盡了全身力氣，喘息更劇烈。

這兩個字的聲音雖微弱，卻好像某種神奇的魔咒一樣，簡直比魔咒還靈。

兩個小姑娘立刻不哭了，立刻擦乾了眼淚，挺挺的站在一旁。

常無意卻還站在那裡，看著那頂轎子，彷彿已看得入了神。

只可惜他什麼都看不見。

轎上的簾子拉得密密的，連一條縫都沒有。轎子裡的人又在不停的咳嗽。

這人究竟是個什麼樣的人？究竟得了什麼樣的病？

常無意沒有問。

他終於轉過身，慢慢的走回去。小馬和張聾子正在等著他。

小馬道：「你看出了她們的劍法沒有？」

常無意閉著嘴。

小馬道：「我也看不出。」

他在苦笑：「這樣的劍法我非但看不出，我簡直連看都沒看過。」

張聾子道：「那絕不是武當劍法。」

小馬道：「當然不是。」

張聾子道：「也不會是點蒼、崑崙、海南、黃山的。」

小馬道：「廢話。」

這的確是廢話。

武林中的七大劍派的劍法，他們絕對一眼就能看出來。

張聾子道：「這不是廢話。」

小馬道：「哦？」

張聾子道：「連我們都沒有看過的劍法，別人大概也不會看過。」

小馬道：「嗯。」

張聾子道：「所以這種劍法也許根本沒有在江湖中出現過！」

小馬在聽，常無意也在聽。

張聾子道：「可是看這種劍法的辛辣老到，必定已存在很久了。」

小馬道：「有理！」

張聾子道：「傳授她們這種劍法的人，當然也是位絕頂的高手！」

小馬道：「一定是。」

張聾子道：「從未在江湖中出現的絕頂高手有幾個？」

小馬道：「不多！」

張聾子道：「所以我們若是仔細想想，一定能想得出來的。」

藍蘭又進了轎子。老皮、香香和那兩小姑娘都躲得遠遠的，根本不敢靠近他們。

可是他們說話的聲音還是很低。

張聾子的聲音壓得更低，道：「那兩枚奪命針也絕不是老皮發出來的。」

小馬同意。

張聾子道：「你那位藍姑娘故意說是他，只因爲她知道老皮一定會順水推舟，承認下來！」

小馬笑道：「這種好事他當然不會拒絕。否則就算是他幹的，他也會死不認賬。」

張聾子道：「暗器若不是老皮發出的，那麼是誰呢？」

小馬故意不開口，等他說下去。

張聾子道：「藍姑娘爲什麼一定要把這件事推在他身上？而且還送他一朵至少要值好幾百兩銀子的珠花？」

小馬道：「不止幾百兩，至少兩、三千。」

張聾子道：「她爲什麼要做這種事？是不是因爲她眼睛有毛病，看錯了人？」

小馬道：「我保證她眼睛連半點毛病都沒有。」

張聾子吐了口氣，道：「那麼這件事就只有一個解釋了。」

小馬道：「你說。」

張聾子道：「暗器根本就是她自己發出來的，可是她不願意別人知道她是位高手。爲了掩飾自己的行藏，就只有把這筆賬推在老皮的身上。」

小馬道：「有理！」

張聾子道：「傳授那姐妹兩人劍法的，很可能就是她。」

小馬道：「很可能。」

張聾子道：「她爲什麼要掩飾自己的行藏？會武功又不是件丟人犯法的事。」

小馬看著他，過了很久，才悠然道：「我也想問你一件事！」

張聾子在看著他的嘴。

小馬道：「她做的事，跟你有什麼關係？」

張聾子一句話都不再說，掉頭就走。

小馬回頭看看常無意。

常無意臉上全無表情，只說了一個字：

「走！」

夜色已深。山路也已漸漸崎嶇，驢子已走不上去。

香香和曾珍姐妹始終跟著病人的轎子走。老皮也總是在她們的前後左右打轉，好像很想找機會跟她們搭訕搭訕。

其實老皮並不能算是個色中的惡鬼，他最多也只不過是個普通的色鬼而已。

小馬也並不是沒有想到藍蘭。

藍蘭做的事，雖然跟張聾子沒有關係，跟他卻多多少少總有關係。

——藍蘭爲什麼要掩飾自己的武功？

——她弟弟究竟得了什麼樣的怪病？

——爲什麼只有一個人能醫？

——她弟弟是個什麼樣的人？爲什麼一直都不肯露面？

他沒有想下去，因爲他忽然看見有三個人從前面的路上走過來。

夜色雖已深，可是月已將圓了。在月光下他還是可以看得很清楚。

三個人是二女一男。

男的赤足穿著雙草鞋，頭髮亂得像雞窩，遠遠就可以嗅到他身上的汗臭氣。據小馬判斷，這個人至少已有十來天沒有洗過澡。

可是兩個女的卻緊緊挾住他的臂，好像生怕他跑了。

她們都還很年輕。

不但年輕，而且很美。

她們穿得也很隨便。一個穿著兩邊開叉的長袍，每走一步就會露出大腿來。

她的腿雪白、修長、結實，甚至連小馬都很少見過這麼誘人的腿。

另一個雖然沒有露出腿，衣襟卻是散開的，堅挺的乳房隱約可見。

三個人的態度都有點吊兒郎當的樣子，就好像對什麼事都不在乎。

這裡是狼山。

可是看他們的樣子，卻好像在自己家裡的花園裡散步。

小馬看著他們的時候，他們也在看著小馬。

尤其是那個有雙美腿的女孩子，一雙眼睛簡直就像是釘子釘在小馬臉上了。

小馬居然轉過了臉。

他並不是怕事的人，也不是君子。只不過他還沒有忘記那老婆婆的話。

——山上有群年輕人，叫嬉狼，又叫迷狼。

他們有時殺人，只要你不去惹他們，他們通常也不會來惹你。

小馬並不想惹事。

他們果然也沒有惹小馬，對別的人更連看都沒有看一眼。三個人手挽著手，迤然走入山路旁的一片樹林裡。

老皮還在看著那雙美腿。

男的忽然回頭瞪了他一眼。眼睛裡就好像有把快刀，看得老皮竟忍不住打了個寒噤。

那位有雙美腿的女孩子，卻回頭看著他笑了笑，又笑得他連骨頭都酥了。

就在他們消失在樹林中時，山路兩旁，忽然出現了三十多個黑衣人。

夜狼來了。只有在黑暗中才會出現的，無論是人還是野獸，都比較神秘可怕些。

只有在黑暗中才會出現的人，多少總有點見不得人的地方。

他們黑衣、黑鞋、黑巾蒙面。每個人都有雙狼一般的眼，每個人行動都很矯健。

最後走出來的一個人，卻是個跛子。他的行動看來最遲鈍，走得最慢。可是他一走出來，就像是利刀出鞘，自然帶著種殺氣。

小馬帶頭，常無意殿後的一行人，圈子已在漸漸縮小。

珍珠姐妹已握住她們的劍。

老皮一雙眼珠子的溜溜亂轉，好像已在準備奪路而逃。

跛足的黑衣人，慢慢的走出來。輕輕的咳嗽了兩聲。大家本來以爲他正準備開口。

誰知他的咳嗽聲一響起，各式各樣的兵刃和暗器，就暴雨般向小馬這一行人打了過來。

有刀、有劍、有槍、有軟鞭、有長棍、有梭子鏢、有連珠箭、有飛蝗石，甚至還有的用迷香。

江湖中上五門、下五門的兵刃暗器，在這一瞬間幾乎全都出現了。

每一樣兵刃和暗器，打的全都是對方不死也得殘廢的要害。

幸好這些人之中的高手並不太多。

珍珠姐妹揮劍急攻，香香的一隻纖纖玉手往腰畔一帶，竟抽出條一丈七、八尺長的長鞭。

用迷香的有兩個人。小馬搶先衝過去，兩拳就打碎了兩個鼻子。

常剝皮身形飄忽如鬼魅。只要碰上他的人，立刻就倒了下去。

可是各色各樣的兵刃和暗器，還是浪潮般一次又一次捲上來。

劍尖鞭梢上濺出的鮮血，在月光下看來就像是發光的。

但她們究竟是女孩子，手已經漸漸軟了，已經開始在喘息。

老皮更不停的在驚呼怪叫，也不知是不是已受了傷。

小馬和張聾子已衝過來，擋在病人和藍蘭的轎子前面。

抬轎的大漢手揮鐵棒。雖然打碎了好幾個頭顱，自己也掛了彩。

張聾子沉聲道：「這樣子不行！」

小馬又揮拳打碎了一個鼻子，道：「你說應該怎麼辦？」

張聾子道：「擒賊先擒王！」

他用的是柄奇形彎刀，真的和鞋匠削皮時用的差不多。

一刀斜斜揮出，一條手臂斷落。

小馬道：「你要我先去對付那個跛子？」

張聾子點點頭。

跛足的黑衣人一直袖手旁觀，忽然又咳嗽兩聲，道：「退。」

這一個字說出口，所有還沒有倒下去的黑衣人立刻退回黑暗中。

跛足的黑衣人也早已看不見。

好像從未發生過任何事。

剛才還血肉橫飛的戰場，忽然間就已變得和平而安靜。

若不是地上的那些傷者和死人，就像是根本沒有發生過任何事。

香香和珍珠姐妹已坐了下去，就坐在血泊中，不停的喘息。

老皮更好像整個人都軟了，索性躺了下去。

只聽藍蘭在轎子裡問：「他們走了？」

小馬道：「嗯！」

藍蘭道：「我們傷了幾個人？」

常無意道：「三個！」

受傷的是兩個轎夫和曾珍。老皮雖然叫得最兇，身上卻連一點傷都沒有。

藍蘭道：「我這裡有刀傷藥，拿去給他們！」

她從簾子裡伸出手，手裡有個玉瓶。她的手比白玉更晶瑩圓潤。

小馬伸手去接，她的手忽然輕輕握了握他的手。縱有千言萬語，也比不上她這輕輕一握。

他心裡竟不由自主起了種說不出的微妙感覺，一切的艱辛和危險，彷彿都有了代價。

她彷彿也明白他的感覺。

她只輕輕說了句：「替我謝謝你的朋友。」

她並沒有謝他，她只不過要他替她謝謝朋友。

因爲他是不必謝的，因爲他們就等於一個人。

小馬接過玉瓶，心裡忽然充滿溫馨。

——一個沒有根的浪子，只要能得到別人一點點真情，就永遠也不會忘記。

可是天地間充滿了的卻是悲傷和淒涼。

一輪將圓未圓的明月還高掛在天上。冷清清的月光，照著這滿地血泊的戰場。

香香長長吐出口氣，道：「不管怎麼樣，我們總算把他們打退了！」

張聾子道：「只怕未必！」

香香變色道：「未必？難道……難道他們還會來！」

張聾子沒有回答。

他也希望他們已真的退走，只可惜他知道，夜狼們絕不是這麼容易就會被擊退的。

九　奇異的慾望

常無意神情也很沉重，道：「紮好傷勢，就立刻往前闖。」

曾珍道：「我們總該先休息一陣子！」

常無意道：「你若想死，儘管一個人留下來！」

曾珍也閉上了嘴。轎夫們正在互相包紮傷勢，其中一人道：「老牛傷得很重，就算還能往前走，也沒法子再抬轎子了。」

常無意冷冷道：「沒有病的人並不一定要坐轎子的！」

藍蘭道：「一定要坐！」

常無意道：「你沒有腿？」

藍蘭道：「有！」

常無意道：「那麼你爲何不能自己走？」

藍蘭道：「因爲我就算自己下來走，這頂轎子也不能留下來！」

常無意沒有再問爲什麼。

他已明白這頂轎子裡，一定有些絕不能拋棄的東西。

小馬道：「其實這根本不成問題，只要是人，就會抬轎子。」

老皮立刻搶著道：「我不會！」

小馬道：「你可以學。」

老皮道：「我以後一定會去學！」

小馬道：「用不著等到以後。你現在就可以學，而且我保證你一學就會。」

老皮跳起來，大叫道：「難道你想要我抬轎子！」

小馬道：「你不抬誰抬？」

老皮看看他，看看張聾子，再看看香香和珍珠姐妹。

常無意他連看都不敢去看。

他已看出這些人，他連一個都指揮不了，所以抬轎子的就只有他。

已經無法改變的事，你若還想去改變，你就是個呆子。

老皮不是呆子。

他立刻站起來，笑道：「好，你叫我抬，我就抬，誰叫我們是老朋友呢？」

小馬也笑了，道：「有時候我實在覺得你這人不但聰明，而且可愛。」

老皮道：「只可惜你是男的，否則……」

這句話他沒有說完。

他不是呆子，可是現在已嚇呆了！

黑暗中忽然又湧出一群黑衣人。這次來的竟比上次更多。

那跛足的黑衣人也出現，遠遠的站在一棵大樹下。

張聾子大聲道：「在下張彎刀，算起來也是道上的，閣下……」

跛足的黑衣人好像也是個聾子，根本沒聽見他在說什麼，只咳嗽了兩聲。

咳嗽一響，各式各樣的兵刃和暗器又暴雨般打了過來。

這次兵器的種類更多，出手也更險惡，其中已有了高手。

常無意冷笑了一聲，忽然從腰帶裡抽出一柄劍——軟劍。

雖然是軟劍，迎風一抖，就伸得筆直。而且精光四射，寒氣逼人。

他本來顯然並不準備動用這柄劍的，也不願讓人看見。

可是現在他已決心要下殺手！

這一戰當然更兇險、更慘烈。

珍珠姐妹的劍法雖毒辣老到，可是兩個人身上都已負了傷。

老皮也挨了一刀。

一刀砍在他背上，血流如注。傷得並不輕，他反而不叫了。

張聾子的彎刀斜削，專走偏鋒。一刀刺出，必然見血。

可是常無意的劍更可怕。

黑衣人中，遇見他們的刀劍和拳頭固然無救，有時無緣無故的也會倒下去。

倒下去的時候，全身上下都沒有別的傷痕，只有眉心的一滴血。

誰也看不出這暗器是從哪裡發出來的。

這種奪命追魂的暗器，就像是來自黑暗的源流，來自地獄。

跛足的黑衣人遠遠看著，直到他手下兩個最勇猛慓悍的黑衣人，也無聲無息的死在這種暗器下，他才揮手低叱：「退！」

夜狼們立刻又消失在黑夜中。月光更淒冷，地上的死人更多。

這次藍蘭已不再問他們自己傷了幾人。

她自己走了下來。剛才她已在簾子裡看見，自己的人幾乎已全都受了傷。

連小馬都受了傷。

他用的本就是拚命的招式，夜狼中居然也有幾個敢拚命的。

只有常無意還筆直站在那裡，衣服上雖然全是血，卻不是他自己的血。

夜狼們退走時，他手裡的劍也看不見了。

香香扶著轎桿，眼睛裡帶著種奇怪的表情，吃吃的問道：「他……他們還會不會來？」

一句話剛說完，就已倒下。

張聾子立刻衝過去，一隻手捏住她鼻下唇上的「人中」，一隻手把住她的脈。

常無意道：「她並沒有死，只不過中了迷香！」

張聾子鬆了口氣，道：「剛才我明明看見小馬第一個就已將那個用迷香的人擊倒，還踩碎了他的迷香，她怎麼會被迷倒的？」

常無意冷冷道：「你為什麼不問她自己！」

張聾子當然無法問。

香香不但已完全失去知覺，而且連臉色都變成了死灰色。

張聾子的臉色也難看極了，忍不住又問道：「誰知道她中的是哪種迷香？」

小馬道：「是種無藥可解的迷香！」

他勉強笑了笑，安慰張聾子：「幸好她中的並不深，絕不會死的！」

常無意冷冷道：「可是那些人若是再來，她就死定了。」

他說的雖然難聽，卻是真話。

夜狼們若是再來，來勢必定更兇。他們應戰還來不及，絕沒有人能分身保護她。

老皮哭喪著臉，道：「那群狼若是再來，不但她死了，我們只怕都死定了！」

小馬道：「可是他們死的一定更多。」

他算過，現在夜狼們的死傷，至少已經在五十人以上。

曾珍倒在地上，聲音發抖，卻還在安慰自己：「也許他們的人已經快死光，已不會再來！」

小馬道：「也許！」

老皮道：「也許他們馬上就會再來！」

小馬瞪了他一眼，道：「你爲什麼總是喜歡說讓人討厭的話？」

老皮道：「因爲我不說別人也一樣討厭我！」

藍蘭看著這些渾身沾血，幾乎已精疲力盡的人，長長嘆息了一聲，黯然道：「現在我才知道，狼山真是個可怕的地方！」

其實狼山這地方又豈止是可怕二字所能形容的。

小馬卻大聲道：「我倒看不出這地方有他媽的什麼可怕！」

「他媽的」三個字本來是他的口頭禪，近來他已改了很多，一氣之下，又忍不住脫口而出。

藍蘭道：「你看不出？」

小馬道：「我只看得出他們已快死光了，我們卻還全都活著！」

只要還有一口氣，他就絕不會洩氣。

只要不洩氣，就有希望。

藍蘭看著他，眼睛裡漸漸有了淚。他不但自己絕不低頭，永不洩氣，同時也爲別人帶來了希望。

可是他們的情況卻太不妙。

現在距離黎明還有段時間，夜狼們隨時都可能重振旗鼓再來。

何況黎明後還有別的狼，至少還有君子狼。

君子狼據說比夜狼更可怕。

藍蘭道：「現在大家還能不能往前走？」

小馬道：「爲什麼不能？」

他大聲接著道：「大家的腿都沒有斷，沒有不能往前走的！」

老皮道：「可是我……」

小馬打斷了他的話，道：「我知道你受了傷，你不能抬轎子，我抬！」

他雖然也受了傷，傷得也許並不比老皮輕，可是他胸膛還是挺著的。

有種人無論遭受到什麼樣的打擊和折磨，都絕不會求饒。小馬就是這種人。

他不但有永遠不會消失的勇氣，好像還有永遠用不完的精力。

於是一行人又開始往前。

大家雖然都傷得不太輕，雖然都很疲倦，可是看見了小馬，居然全都振作了起來。

香香還沒有醒，所以藍蘭就下來走，讓她坐在轎子裡。

老皮一路上都在哀聲嘆氣，直到小馬說：「你若敢再鬼叫一聲，我不但要打碎你的鼻子，還要你來抬轎子。」

珍珠姐妹受的傷雖重，可是她們畢竟還年輕，藍蘭的刀傷藥又真的很靈。

所以她們居然還能夠支持，聽見了小馬的這句話，居然還能笑。

——一個人只要還能笑，就有希望。

他們居然走出了很遠。

——走得雖然遠，還是走不出黑暗。

夜色仍深。

小馬抬著轎子，健步如飛，藍蘭一直都在旁邊跟著他。

不但跟著他，也在看著他，眼睛裡充滿了尊敬和愛戀。

張聾子關心的卻只有一個人，不時湊到轎子旁邊來，聽她的動靜。

香香還沒有動靜。

另一頂轎子裡的病人咳嗽聲也已停止，彷彿已睡著了。

藍蘭輕輕道：「看樣子他們好像已不會再來了！」

小馬道：「嗯！」

藍蘭道：「可是我們總得找個地方休息休息，否則大家都沒法子再支持下去！」

她忽又嫣然一笑，道：「你當然除外，你簡直好像是個鐵打的人！」

小馬在擦汗。

他並不是鐵打的人。

他自己知道自己遲早總有倒下去的時候。

可是他不說，也不能說。

藍蘭遲疑著，忽然問道：「假如我嫁給你，你要不要？」

小馬閉著嘴。

藍蘭道：「難道你還在想著她？她究竟是個什麼樣的女人？」

小馬的臉色變了。

並不完全是因爲她這句話而改變的，也因爲他又看見了一個人！

他又看見了那個跛足的黑衣人。

崎嶇的山路前面，有一塊很高的岩石。

跛足的黑衣人就站在這塊岩石上，一雙眼睛在夜色中閃閃發光。

殿後的常無意已竄了過來，壓低聲音道：「是闖過去？還是停下來？」

小馬放下了轎子。

他知道闖不過去。

前面的這塊岩石就擋在道路上最險惡之處，一夫當關，他們已經很難闖過。

何況岩石後還不知藏著多少人。

曾珠悄悄的問她姐姐：「你怎麼樣？」

曾珍道：「我只想宰了那王八蛋。」

曾珠道：「你還能宰人？」

曾珍的回答很乾脆：「能！」

曾珠道：「我們去不去宰？」

曾珍道：「去！」

姐妹兩個人忽然間就已從轎子旁邊衝過去，衝過去時劍已出鞘。

年輕人總是不怕死的，她們不但年輕，簡直還是孩子。

孩子更不怕死。

兩個孩子，兩柄劍，居然想闖上那岩石，宰了那個跛足的黑衣人。

別人想拉住她們，也來不及了。

跛足的黑衣人背負著雙手，站在岩石上冷笑。

曾珍道：「咱們宰了他，看他還笑不笑得出。」

曾珠道：「他笑得比鴨子還醜，我寧可死，也不要看見！」

她們若是死了，當然就看不見了。

她們簡直等於是在送死。

她們根本就是去送死！

這跛足的黑衣人雖然沒有出手，可是看他的眼神，看他的氣勢，無論誰都應該看得出他是個高手，而且是高手中的高手。

他佔據的岩石地勢險惡，而且居高臨下。

岩石後必定還有他手下的人。

這些問題珍珠姐妹雖然沒想到，幸好還有人想到。

她們還沒有搶攻上去，只聽見「嗖」的一聲，一條人影從她們身旁擦過，忽又停下。

她們還沒看清這個人是誰，就已撞在這個人身上。

這個人沒有動，她們卻被撞得倒退了好幾步，險些又一跤跌在地上。

這個人沒有回頭。

可是珍珠姐妹已看清了他的背影。只要看見他的背影，誰都可以認出他。

他是個很瘦很瘦的人，背稍稍有一點彎，腰幹卻很直。

他的手很長，垂下來的時候，幾乎可達他的膝蓋。

無論他背後發生了什麼事，他都很少會回頭的。

這個人是常無意。

曾珠叫了起來：「你想幹什麼？」

曾珍道：「你是不是有毛病？」

常無意不說話，也不回頭。

他盯著岩石上這個跛足的黑衣人。

黑衣人還在冷笑，忽然道：「你一定有毛病！」

常無意不開口。

黑衣人道：「你救了她們，她們反而罵你。沒有毛病的人，怎會做這種事？」

常無意不開口。

黑衣人道：「其實你救不救她們都一樣，反正你們都死定了。」

常無意忽然道：「你有手，爲什麼不自己下來跟我動手？」

黑衣人道：「因爲我不必。」

這一句話說完，黑暗中就出現了一百個黑衣人——就算沒有一百，也有七、八十。

跛足的黑衣人道：「你的劍很快。」

常無意又閉上了嘴。

跛足的黑衣人道：「而且你有把好劍。」

常無意不否認。

無論誰都不能不承認，那柄劍確實是把很難看得到的好劍。

跛足的黑衣人道：「抬轎子的那小伙子拳頭好像也是雙好拳頭。」

小馬的拳頭並不好。

小馬的拳頭太喜歡揍人，尤其喜歡揍人的鼻子，這種習慣並不好。

而且他的拳頭確實太快、太硬。

跛足的黑衣人道：「可是我的兄弟們，卻還想再試試你們的快劍和拳頭。」

他又在咳嗽。

這種咳嗽的聲音，當然和轎子裡那病人咳嗽的聲音不一樣。

聽見了他的咳嗽聲，連珍珠姐妹的臉色都變了。

她們雖然不怕死，可是剛才那兩次惡戰的兇險慘烈，她們並沒有忘記。

至少現在還沒有忘記。

這一聲咳嗽響起，就表示第三次惡戰立刻就要開始。

這一戰當然更兇險、更慘烈。

這一戰結束後，能站著的還有幾個人？

想不到就在他的咳嗽聲響起的這一刹那間，遠方也同時響起了一聲雞啼。

跛足的黑衣人眼神立刻變了。

猛一揮手，本來已準備往前撲的夜狼們，動作立刻停頓。

遠山下已有白霧昇起。

雲霧淒迷處，又傳來一種奇異的樂聲，節奏明快而激烈，充滿了火一樣的熱情。

無論情緒多低落的人，聽見了這種樂聲，心情都會振奮。

岩石上的跛足黑衣人卻已不見了，夜狼又消失在黑夜中。

四面雞鳴不已，黎明已將來臨，可是看起來夜色卻仍很深。

今夜的黎明爲什麼來得特別早？

樂聲仍在繼續。

小馬放鬆了握緊的拳頭，才發現掌心已經被冷汗濕透。

藍蘭長長吐出口氣。

不管怎麼樣，這艱苦兇險的一夜，看來總算已過去。

常無意臉上雖然還是全無表情，收縮的瞳孔卻已漸漸擴散。

他終於轉回身，才發現珍珠姐妹一雙發亮的眼睛正在盯著他。

她們蒙面的黑紗早已失落。

她們臉上的傷雖然還沒有好，可是這雙美麗的眼睛裡，卻充滿了柔情和感激。

兩個人忽然衝上去，一邊一個抱住了常無意，在他臉上親了親。

曾珍道：「原來你不是壞人！」

曾珠道：「你也不是木頭人！」

常無意臉上終於有了表情，誰也說不出那是種什麼樣的表情。

小馬笑了，藍蘭也笑了。

兩個人對望一眼，眼波中也充滿了柔情蜜意。

生命畢竟還是可貴的。

人生中畢竟還是有許多溫情和歡愉。

小馬道：「他的臉雖冷，一顆心卻是熱的！」

藍蘭看著他，眼波更溫柔，道：「你好像也跟他差不多。」

常無意忽然冷冷道：「既然大家都還沒有死，腿也沒有斷，爲什麼不往前走？」

曾珍嫣然道：「現在他無論多兇，我都不怕了。」

曾珠道：「因為現在我們已知道，他那副兇樣子，只不過是故意裝出來給別人看的！」

她們雖然將聲音壓得很低，卻又故意要讓常無意能聽得見。

等常無意聽見時，她們早已溜得遠遠的。

小馬大笑，抬起了轎子。剛抬起轎子，笑聲突又停頓。

他忽然發現黑暗中有三雙眼睛在瞪著他。

三雙狼一般銳利的眼睛，眼睛裡彷彿還帶著奇異的慾望。

有生命就有慾望。

可是慾望也有很多種，有的慾望能引導人類前進；有些慾望卻能令人毀滅。

這三雙眼睛裡的慾望，就是種可以令人毀滅的慾望——不但要毀滅別人，也要毀滅自己。

人為什麼要毀滅自己？是不是因為他們已迷失了自己？

小馬已看出他們就是剛剛從路上迎面走過去的那三個人。

散漫落拓的長髮少年。

修長美麗的腿。

雪白堅挺的酥胸。

——他們為什麼去而復返？

小馬故意不去看他們。其實他心裡並不是不想多看看那雙美麗的腿。

可是他能控制自己。

經過了一次情感上的痛苦折磨後，他已不再是昔日那一衝動起來，就不顧一切的少年。

美腿的少女卻還是在盯著他，忽然大聲呼喚道：「喂！」

小馬忍不住道：「你在叫誰？」

美腿的少女道：「你！」

小馬道：「我不認得你。」

美腿的少女道：「我為什麼一定要認得你，才能叫你？」

小馬怔住。

沒有人一生下來就互相認得的，她說的話好像並不是沒有道理。

美腿的少女又再叫：「喂！」

小馬道：「我不叫喂！」

美腿少女道：「你叫什麼？」

小馬道：「別人都叫我小馬！」

美腿的少女道：「我卻偏偏喜歡叫你喂，只要你知道我是在叫你就行了！」

小馬又怔住。

人與人之間的稱呼，本就沒有一定的規則。既然有人可以用「先生、公子、閣下」這一類名稱叫他，她為什麼不能叫他「喂」！

這少女的思想和行為雖然很偏激，很奇特，跟大多數人都不同。

可是她好像也有她的道理存在。

美腿的少女又在叫：「喂！」

這次小馬居然認了：「你叫我幹什麼？」

美腿的少女道：「叫你跟我走！」

小馬又怔了怔，道：「爲什麼要我跟你走？」

美腿的少女道：「因爲我喜歡你！」

這句話更令人吃驚。

小馬雖然一向是個灑脫不羈的人，想說什麼，就說什麼。

可是就連他也想不到她會說出這句話來。

藍蘭忽然道：「他不能跟你走！」

美腿的少女道：「爲什麼？」

藍蘭道：「因爲我也喜歡他，比你更喜歡他。」

這句話說出來，也同樣令人吃驚。這種話本來隨時都可以讓兩個人打起來。

誰知美腿的少女卻好像覺得這種話很有道理，反而問道：「他走了之後，你是不是會很傷心？」

藍蘭道：「一定傷心得要命！」

美腿的少女嘆了口氣，道：「傷心不好，我不喜歡要人傷心！」

藍蘭道：「那麼你就該走！」

美腿少女道：「你們兩個人可以一起跟我走！」

藍蘭道：「爲什麼要跟你走？」

美腿的少女道：「因爲我們那裡是個很快樂的地方。到了那裡，你們一定比現在快樂得多。」

長髮的少年已開了口，道：「我們那裡只有歡笑，沒有拘束；只有音樂，沒有……」

小馬忽然打斷了他的話，道：「音樂？」

遠方的樂聲仍在繼續。

小馬問道：「那就是你們的音樂聲？」

長髮少年道：「朝拜祭禮時一定要有音樂！」

禮樂本就是分不開的。

小馬的好奇心又被逗了起來，又問道：「你們朝拜的是什麼？」

長髮少年道：「太陽。」

小馬道：「現在還是晚上，晚上哪裡有太陽？」

長髮少年道：「今天我們的朝拜祭禮比平時提早了些。」

小馬道：「爲什麼？」

長髮少年笑了笑，拍了拍美腿少女的頭，道：「因爲她喜歡你。」

小馬立刻明白了。

他們朝拜的樂聲一響起，就表示黎明已將來臨。

夜狼們就像是鬼魂，黑夜一消逝，他們就必須消逝。

藍蘭搶著道：「就算是你救了我們，他也不會跟你走的。」

美腿的少女道：「你呢？」

藍蘭道：「這裡沒有人會跟你走！」

美腿的少女道：「我不喜歡勉強別人。可是只要你們來，無論誰我們都歡迎！」

她的聲音中充滿誘惑：「你們只要跟著樂聲走，就可以找到我們，找到你們平生絕沒有享受過的快樂。我保證你們絕不會後悔的！」

她轉過身，長袍的開襟吹起，她那雙修長美麗的腿就完全裸露了出來。

老皮的眼睛發直，連眼珠子都好像快掉了下來。

另一個少女忽然走過去，走到珍珠姐妹面前。

她一直在盯著她們。

她的眸子裡竟似有種令人無法抗拒的魔力，珍珠姐妹竟似已被她看得癡了。

她走到她們面前時，她們竟連動都不能動。她就抱住她們，在她們耳畔裡輕輕說了幾句話。

她的手在輕輕撫著她們的腰。

珍珠姐妹的目光矇矓，眼皮沉滯，直到她走了很遠都沒有醒。

十 魔女

現在三個人都已走了很久，藍蘭才輕輕吐出口氣，道：「這兩個女人簡直是魔女。」

小馬笑了笑，道：「你呢？」

藍蘭不理他，卻去問珍珠姐妹，道：「她跟你們說了些什麼？」

曾珍的臉紅了，道：「她……她問我們是不是處女？」

她們當然還是處女。

藍蘭道：「她還說了些什麼？」

曾珍的臉更紅，吃吃的連一句話都說不出來。

藍蘭還想逼著她說，轎子裡的病人又開始不停的咳嗽。

這次他咳得更厲害。本就有很多種病痛，都是在黎明前後發作得最劇烈。

藍蘭的眼睛裡立刻充滿了關切和憂慮，道：「不管怎麼樣，現在我們總得先找個地方歇下來！」

她看著常無意。

常無意居然沒有反對。他也看得出這些人都需要休息。

可是在這狼山上，又有什麼地方能夠讓他們安靜休息？

這裡幾乎沒有一寸土地是安全的。

藍蘭轉向張聾子，道：「你到狼山來過？」

張聾子點點頭。

多年前他就已來過，那時這座山上還沒有這麼多狼，所以他還能活著下山。

藍蘭道：「這裡的人雖然變了，山勢總不會變的。」

張聾子承認。

藍蘭道：「那麼你就應該能想得出一個可以讓我們歇下來的地方。」

張聾子道：「我正在想。」

他已想了很久，想過了很多地方，只可惜他完全沒把握。

突聽一個人道：「各位不必再想，再想也想不出的。但是我卻可以帶你們去！」

星月已消沉，東方已漸漸露出了魚白。

這個人手裡卻還提著盞燈籠，施施然從岩石後走了出來。

他的衣著和樣子看來都像是個生意人，也正是他們到狼山來，看到過的最正常的人。

他看來甚至很和氣，也很客氣。

小馬道：「你是誰？」

這人笑了笑，道：「各位請放心，我只不過是個生意人，不是狼。」

小馬道：「狼山上也有生意人？」

這生意人道：「只有我一個！」

他又笑著解釋：「就因為只有我一個，所以我才能活得下去！」

小馬道：「為什麼？」

這生意人道：「因為我能跟那些狼大爺們做各式各樣的生意。若是沒有了我這麼樣一個人，他們有很多事都沒有這麼方便了。」

他再解釋：「那些狼大爺們只會殺人搶錢，不會做生意！」

小馬道：「你做的是什麼生意？」

這生意人道：「什麼樣的生意我都做。我替他們收貨，替他們賣出去，我還替他們找女人！」

小馬笑了：「這件事的確重要得很。」

生意人笑道：「簡直比什麼事都重要。」

小馬道：「所以他們捨不得殺你！」

生意人道：「他們要殺我，只不過像捏死隻螞蟻。捏死隻螞蟻有什麼用？」

小馬道：「沒有用！」

這生意人道：「所以這幾年來我都太平得很！」

小馬道：「你準備帶我們到哪裡去？」

生意人道：「太平客棧！」

小馬道：「狼山上也有客棧？」

生意人道：「只有這一家。」

小馬道：「這家客棧是誰開的？」

生意人道：「我開的。」

小馬道：「你那裡真的很太平？」

生意人笑道：「只要走進我那家客棧，我就負責各位太平無事！」

小馬道：「你有把握？」

生意人道：「這是我跟他們約好的，連朱五太爺都答應了！」

無論誰都知道朱五太爺說出來的話就是命令，沒有人敢違抗他的命令。

以前沒有，以後也不會有。

這生意人道：「朱五太爺有時也會要我替他做點事。而且他老人家也知道，要闖狼山的人，一定有急事，誰也不會在我那裡住一輩子！」

小馬道：「所以他們要下手，機會還多得很。」

這生意人道：「所以他們肯讓我做點小生意，因爲這對他們根本沒有妨礙！」

小馬道：「好，這趟生意你已做成了！」

生意人道：「現在還沒有！」

小馬道：「還沒有？」

這生意人笑道：「不瞞各位說，我那裡只接待一種人，我還得看看各位是不是那種人？」

小馬道：「哪種人？」

生意人道：「有錢的人，很有錢的人！」

他又陪笑解釋：「因爲我那裡無論什麼東西都比別的地方貴一點！」

小馬道：「貴多少？」

生意人道：「有些人說我那裡連一杯酒都比別的地方貴一、二十倍，其實他們是在冤枉我。」

小馬道：「其實你比別的地方貴多少？」

生意人道：「只貴二十八倍。」

小馬笑了，藍蘭也笑了。

生意人看著他們，道：「卻不知各位究竟是哪種人？」

藍蘭道：「是有錢人，很有錢的人！」

她真的是。

她隨隨便便從身上拿出張銀票，就是一萬兩銀子，她隨隨便便就給了生意人，就好像給的只不過是張破紙。

小馬道：「這夠不夠我們住半天？」

一萬兩銀子已經可以買一棟很好的房子，在裡面住上三五百日都不會有問題。

這生意人卻道：「只要各位吃得隨便一點，喝的酒也不太多，勉強也許夠了！」

小馬大笑：「現在我才相信你真的不是狼，是人。」

生意人道：「爲什麼？」

小馬道：「因爲只有人才會這麼樣吃人！」

太平客棧真的很像是間客棧。

只不過很像而已。

最像的地方就是掛在門口一塊大招牌，上面真的寫著「太平客棧」四個大字。

除了這一點外，別的地方就不太像了。

最不像的是它的房子。

一棟東倒西歪的破屋子，只有一個滿頭癩痢的小夥計。

生意人道：「這是我兒子！」

癩痢頭的兒子，也是自己的好。

生意人道：「我老婆已經被我趕走了，我老婆不是個好東西！」

老婆總是別人的好。

生意人道：「我們這裡有八間客房，還有個大飯廳。」

飯廳的確不太小，至少總比那些豆腐乾一樣的客房大一點。

生意人道：「我們這裡的酒菜都是第一流的，所以隨便什麼時候都有客人！」

這句話倒是真話。

現在才剛剛天亮，這裡已經有了客人。

只有一個人。

一個又乾又瘦的老頭子，穿著件用緞子做成的棉袍子。

現在才九月，天氣還很熱。

他穿的卻是件棉袍子，而且還穿棉袍子喝酒，喝了至少有三、五斤酒。

可是他臉上連一顆汗珠子都沒有。

他臉上在閃著光。

旱煙袋的火光！

一根五尺長的旱煙袋，比小孩子的手膀還粗，無論誰都應該看得出是純鋼打成的。

煙斗更可怕，裡面補的煙絲就算沒有半斤，也有六兩。

照張聾子估計，這根旱煙袋至少有五十多斤重；照小馬的估計，就有八、九十斤了。

這麼重的一根旱煙袋，被這麼樣一個又乾又瘦的老頭子拿在手裡，卻好像拿著根稻草一樣。

他閃著光的臉雖然枯瘦蠟黃，佈滿了皺紋，卻帶著種說不出的懾人氣概。

他就這麼樣隨隨便便的坐在那裡，氣派之大，已很少有人能比得上。

卜戰！

狼山上最老的一匹狼！

每個人都已認出他是誰了。他一雙炯炯有光的眼睛也在盯著這些人，忽然問：「是誰殺了鐵三角？」

「我！」

這個字並不是一個人說出來的，小馬和常無意都在搶著認這筆賬。

他們都看得出這匹老狼是來算賬的，也看得出珍珠姐妹的劍，絕對接不住他這旱煙袋。

卜戰在冷笑。

小馬搶著道：「我殺的人還不止鐵三角一個，你要算這筆賬，儘管來找我。」

卜戰道：「我聽說過你！」

小馬道：「我就叫小馬。」

卜戰冷冷道：「你不是馬，你是頭驢。」

小馬也在冷笑。

卜戰道：「只有驢子才會做這種驢事，搶著要把別人的賬算在自己身上。」

他不讓小馬開口，又道：「你用的是拳頭，鐵三角卻死在劍下。」

小馬道：「可是我……」

卜戰又打斷了他的話，道：「他要宰你們，你們當然只有宰他，這本是天公地道的事！」

小馬道：「想不到你這人居然懂得公道兩字。」

卜戰道：「這筆賬本來並沒有什麼可算，只不過……」

他的手握緊：「只不過他實在死得太慘，我老頭子實在忍不住想看看，那種陰毒狠辣的劍法，是什麼人使出來的……」

常無意閉著嘴，卻抽出了劍。

一柄精光四射，寒氣逼人的軟劍，迎風一抖，就伸得筆直。

卜戰道：「好劍！」

常無意冷冷道：「是好劍！」

卜戰道：「好，我等你！」

常無意道：「等我？」

卜戰道：「等你睡一覺，等你走。」

常無意道：「你不必等！」

卜戰道：「這裡不是殺人的地方。」

常無意道：「我現在就可以跟你出去。」

卜戰盯著他，霍然長身而起，大步走出了門。常無意已經在門外等著他。

珍珠姐妹還是癡癡迷迷的，這件事就好像跟她們完全沒關係。

藍蘭壓低聲音，悄悄的問：「你看他有沒有關係？」

小馬握緊拳頭，閉著嘴。

這一戰是誰勝誰負，他完全沒把握。

那生意人卻笑道：「沒關係，沒關係，少了一個人，各位反而有好處。」

小馬瞪著他，道：「有什麼好處？」

那生意人道：「少了一個人的開銷，各位至少可以多喝幾杯酒！」

凌晨，有霧。

晨霧淒迷，連山風都吹不散。

卜戰身上的棉袍子已被風吹了起來，他的人卻峙立如山嶽。

他一雙腳不丁不八，就這麼樣隨隨便便往那裡一站，氣勢已非同小可。

只有身經百戰，殺人無數的好手，才能顯得出這種氣概。

常無意也沒有動。

他的對手還沒有動，他絕不先動。

卜戰又端起旱煙管，深深吸了一口。煙袋裡的煙絲又閃出了火光。

他冷冷的看著常無意，道：「我看得出你是個好手。」

常無意不否認。

卜戰道：「所以你也應該看得出，我這煙斗裡的煙絲，也是殺人的暗器。」

常無意看得出。

這種燃燒著的熾熱煙絲，實在比什麼暗器都霸道可怕。

卜戰道：「我出手絕不會留情，你也儘管把那些陰毒的劍招使出來。」

常無意冷冷道：「我會使出來的！」

卜戰道：「我若也死在你劍下，我那些徒子徒孫們絕不會再來找你們的麻煩！」

常無意道：「很好！」

卜戰冷笑道：「你就算剝了我的皮，我也絕不怨你。」

常無意道：「你的皮可以留著。」

卜戰道：「哦？」

常無意道：「因爲你的皮並不厚。」

他剝皮，可是他只剝一種人的皮。

皮厚的人！

卜戰又盯著他看了很久，道：「很好！」

很好！

這就是他們說的最後兩個字。

就在這一瞬間，五尺一寸長，五十一斤重的旱煙袋已橫掃出去。

旱煙袋通常只不過是點穴、打穴的兵器，用的招式跟判官筆點穴的差不多。

可是他這根旱煙袋施展起來，不但有長槍大戟的威力，其中居然還夾雜著鐵拐、金鞭、宣花巨斧一類重兵器的招式。

那些熾熱的煙絲，隨時都可能打出來。煙斗中閃動的火光，也可以眩人眼目。

小馬心裡在嘆氣。

就連他都沒有看見過這麼霸道的外門兵器。他實在有點替常無意擔心。

現在卜戰已攻出十八招，常無意卻連一招都沒有回手。

旱煙袋雖然並沒有沾上他一點，可是這種現象並不好。

他的劍法本來一向是著著搶攻，絕不留情的，此刻竟似已被逼得出不了手。

一柄又輕又狹的軟劍，要想在這種霸道的招式下出手，實在不是件容易事。

忽然間，「蓬」的一聲響，一片發光的煙絲，隨著大煙斗的泰山壓頂之勢，向常無意打了下去。

常無意彷彿已被逼入了死角，他的劍彷彿已根本無法出手。

誰知就在這時，他偏偏出手了。

他的劍忽然又變得柔若游絲，筆直的劍光變成了無數個光圈。

閃動的光圈，一圈圈繞上去，火熱的煙絲立刻消失不見。

又是「叮」的一聲響，劍光擊上煙斗，火星四散，劍鋒居然又筆直的彈了出去。

小馬立刻明白了他的意思。

他一定要卜戰先將他逼入死地才出手。

高手交鋒，有時就正如大軍對決，要先置之死地而後生。

因爲對方的勢比他強，氣比他盛，他只有用這種法子。

小馬心裡很佩服。

他忽然發現常無意這兩年來不但多了把好劍，劍法也精進了許多。

真正高明的劍招，有時並不在劍上，而在心裡。

這一劍並不以勢勝，而以巧勝；並不以力勝，而以智勝。

他勝了！

十一 狼君子

劍鋒彈出，貼著煙管彈了出去。

卜戰凌空翻身，衣袂飛舞，一根五十一斤重的旱煙袋，卻已不在手裡。

他不能不撒手。

若是不撒手，劍鋒勢必要削斷他的手。

沒有了兵刃，總比沒有手好。

可是高手交鋒，連兵器都撒了手，也是種不可忍受的奇恥大辱。

卜戰身子落地時，臉上已無人色，連那種不可一世的氣概都沒有了。

常無意劍已入腰，劍已入鞘。

卜戰忽然厲聲道：「再拔出你的劍來。」

常無意冷冷道：「你還要再戰？」

卜戰道：「劍是殺人的，不戰也可殺人！」

常無意道：「我說過，你可以留下你的皮。人若死了，哪裡還有皮可以留得下來！」

卜戰的手雖然握得很緊，卻在不停的發抖。

他忽然變得蒼老而衰弱。

他只有走。

雖然他想死，也許他真的寧願死在常無意劍下，怎奈常無意的劍已入鞘。

死，畢竟不是件容易的事。

雖然他已是個老人，生命已無多，也就因爲他已是個老人，才懂得生命值得珍惜。

霧已淡了，卜戰的身影已消失在霧裡。旱煙袋雖然還留在地上，煙斗裡的火光卻已熄滅。

藍蘭眼睛裡卻在發著光，道：「這次他一走，以後只怕就絕不會再來！」

小馬道：「非但他不會再來，他的徒子徒孫也不會。」

他們都看得出這匹老狼不但有骨頭，而且骨頭還很硬。

站在他們旁邊的生意人忽然笑道：「現在人雖然沒有少，各位還是可以多喝兩杯酒！」

小馬故意問：「爲什麼？」

生意人陪笑著道：「因爲這位大爺的劍法，我實在很佩服！」

突聽身後一個人道：「我也很佩服！」

他們轉回身，才發現屋裡又多了一個人，一個儒服高冠，手搖摺扇的君子。

狼君子畢竟還是來了。

九月十三，晨。

晴有霧。

太平客棧的飯廳裡，看起來好像真的很太平。

大家都太太平平的坐著，看起來都好像很客氣的樣子。

尤其是狼君子更客氣。

最不客氣的是小馬，眼睛一直瞪著他，拳頭隨時都準備打出去。

溫良玉好像根本沒看見，微笑著道：「這一夜各位都辛苦了。」

小馬道：「哼！」

藍蘭嫣然笑道：「辛苦雖然辛苦了一點，現在大家總算還都很太平。」

溫良玉道：「郝老闆！」

生意人立刻趕過來，陪著笑道：「小的在！」

溫良玉道：「先去做些點心小菜來，再去溫幾斤酒，賬算我的！」

郝生意道：「是！」

小馬忽然冷笑，道：「郝生意的生意雖然做成了，你的好生意卻還沒有做成，何必先請客？」

溫良玉笑道：「生意歸生意，請客歸請客，怎麼能混爲一談？」

小馬道：「就算生意做不成，客你也要請？」

溫良玉道：「各位遠來，在下多少總得盡一點地主之誼。」

小馬道：「好，拿大碗來！」

藍蘭柔聲道：「你一夜沒有睡，肚子又是空的，最好少喝點。」

小馬道：「不喝白不喝，喝死算了！」

溫良玉拊掌笑道：「正該如此，現在若不多喝些，沒有了拳頭時，喝酒就不太方便了！」

小馬道：「你真的想要我這雙拳頭？」

溫良玉微笑。

小馬道：「好，我給你！」

一句話沒說完，他的拳頭已打了過去。

他的拳頭不但準，而且快。

快得要命！

誰知溫良玉卻好像早就算準了這一著，身子一滾，連人帶凳子都到八、九尺外。

他並沒有生氣，還是帶著微笑道：「酒還沒有喝，難道閣下就已醉了？」

藍蘭道：「他沒有醉！」

溫良玉並不反對，也不爭辯，道：「也許他只不過天生喜歡揍人而已！」

藍蘭笑了笑，笑得很迷人，道：「你又錯了。」

溫良玉道：「哦？」

藍蘭道：「他並不是真的喜歡揍人，他只不過真的喜歡揍你。」

溫良玉道：「哦？」

藍蘭道：「不但他喜歡揍你，這裡的人只怕個個都很想揍你。」

常無意道：「我不想！」

藍蘭道：「你真的不想？」

常無意道：「我只想剝他的皮！」

溫良玉居然還是不生氣，還是帶著笑道：「聽說令弟的病很重。」

藍蘭道：「嗯。」

溫良玉道：「令弟真的是姑娘嫡親的弟弟？」

藍蘭道：「嗯。」

溫良玉道：「這位馬公子也是？」

藍蘭搖搖頭。

溫良玉道：「那麼令弟的一條命，難道還比不上他的一個拳頭？」

藍蘭道：「只可惜他的拳頭是長在他自己的手上的。」

溫良玉笑了笑，道：「姑娘這麼說，就未免太謙虛了。」

藍蘭道：「爲什麼？」

溫良玉道：「姑娘的暗器功夫精絕，在下平生未見。」

他一句話就揭破了她的秘密。

藍蘭的臉色居然沒有變，道：「閣下果然好眼力。」

溫良玉道：「姑娘身旁的幾位小妹妹，也全都是身懷絕技的高手，若想要什麼人的一個拳頭，只不過像是探囊取物而已！」

藍蘭也笑了笑，道：「我們現在若是想要你的一個拳頭，是不是也像探囊取物呢？」

溫良玉笑得已有點不太自然，道：「看來在下這趟生意是真的做不成了！」

藍蘭淡淡道：「好像是的。」

溫良玉道：「卻不知姑娘何時離開這裡？」

藍蘭道：「我們反正又不會在這裡住一輩子，遲早總是要走的。」

溫良玉道：「很好，在下告辭。」

他抱拳站起，展開摺扇，施施然走出去。

小馬忽然大喝道：「等一等！」

喝聲中，他的人已擋住了門。

溫良玉神色不變，道：「閣下還有何見教？」

小馬道：「你還有件事沒有做。」

溫良玉道：「什麼事？」

小馬道：「付賬！」

溫良玉又笑了。

小馬道：「生意歸生意，請客歸請客，這話是你自己說的！」

溫良玉並不否認。

小馬道：「不管你說出來的話算不算數，你不付賬，就休想走出這扇門！」

溫良玉立刻就輕搖著摺扇，施施然走回去，慢慢的坐下，悠然道：「我只希望你能明白幾件事。」

小馬在聽著。

溫良玉道：「我睡足了，你們卻極需休息；我很有空，你們卻急著要過山。這麼樣耗下去，對你們並沒有好處。」

他微笑著，又道：「這裡的太平客棧，誰也不許在這裡出手傷人。你們自己若是破壞了這規矩，狼山上就沒有你們存身之地了！」

小馬的臉都氣紅了。

他生氣，只因爲他知道溫良玉並不是在唬他。

這是真話。

張聾子道：「這次客你真的不請了？」

溫良玉道：「現在各位既然已不再是我的客人，我爲什麼還要請？」

張聾子道：「好，你不請，我請！」

溫良玉大笑，摺扇一揮，急風撲面，刺得人眼睛都張不開。

等到大家眼睛再張開時，他的人已不見了。

藍蘭忍不住嘆了口氣，道：「好功夫！」

郝生意笑道：「姑娘好眼力。除了朱五太爺外，狼山上就數他功夫最好！」

藍蘭道：「你見過朱五太爺？」

郝生意道：「當然見過。」

藍蘭道：「要怎樣才能見到他？」

郝生意遲疑著，反問：「姑娘想見他？」

藍蘭道：「聽說他是個很了不起的人，而且一諾千金，所以我想……」

她眼睛裡閃著光：「假如我們能見到他，假如他答應放我們走，就絕不會有人來阻攔我們了。我們要想平安過山，也許這才是最好的法子。」

郝生意道：「這法子的確不錯，只有一點可惜！」

藍蘭道：「哪一點？」

郝生意道：「你永遠也見不到他的。狼山上最多也只不過有五、六個人知道他住在哪裡！」

藍蘭道：「你也不知道？」

郝生意陪笑道：「我是個生意人，我只知道做生意。」

酒菜已來了。

一碟炒合菜、幾個炒蛋、幾張家常餅、一小盤滷牛肉、一鍋綠豆稀飯，再加上半罈子酒。

郝生意笑道：「這一頓我特別優待。只算各位一千五百兩銀子。」

他笑得很愉快。

因爲他知道這竹槓一敲下去，不管敲得多重，別人也只有挨著。

小馬看看張聾子，道：「你幾時發了財的，爲什麼搶著要請這頓客？」

張聾子苦笑，道：「我只不過急著要那小子趕快走！」

因爲他急著要照顧香香。

小馬總算沒有再開口。

小馬了解張聾子，他並不是個很容易就會動感情的人。

現在他已老了。老年人若是對年輕的女孩子有了感情，通常都是件很危險的事，可是小馬並不想管這件事。他一向尊重別人的情感——

無論什麼樣的情感，只要是真的，就值得尊重。

香香已被抬進了屋子，一間並不比鴿子籠大多少的破屋子。

她還沒有醒。

珍珠姐妹本是應該來照顧她的，可是她們自己也睡著了。

張聾子沒有睡著，一直都坐在她的床頭，靜靜的看著她。

轎子裡的病人還在轎子裡，他們直接將轎子抬入了最大的一間客房。

據藍蘭道：「我弟弟不能下轎子，只因爲他見不得風。」

這屋裡好像並沒有風。

小馬剛躺下去，又跳起來，他忽然發覺心裡有很多事都應該找個人聊聊。

張聾子並沒有陪他聊的意思，一點這種意思都沒有。

他只有去找常無意。

轎夫睡在後面的草棚裡，所以他們每個人都能分配到一間客房。

破舊的木板房，破舊的木板床，床上鋪著條破舊的草蓆。

常無意躺在床上，瞪著小馬。

他看得出小馬有事來找他，可是別人不先開口，他也絕不開口。

小馬遲疑著，在他床邊的凳子坐下，終於道：「這次是我拖你下水的！」

常無意冷冷道：「拖人下水，本來就是你最大的本事。」

小馬苦笑道：「我知道你不會怪我，可是我自己現在都有點後悔了！」

常無意道：「你也會後悔？」

小馬點點頭，居然還嘆了口氣，道：「因爲我現在雖然已經跳在水裡，卻連自己究竟是在幹什麼都不知道！」

常無意說道：「我們是在保護一個病人過山去求醫。」

小馬道：「那病人究竟是個什麼樣的人？爲什麼不肯露面？真的是因爲見不得風？還是因爲他見不得人？」

常無意盯著他，冷冷道：「你幾時變得如此多疑的？」

他又嘆了口氣，道：「現在我甚至連他是不是真的有病，都覺得有點可疑了！」

小馬道：「剛才變的。」

常無意道：「剛才？」

小馬道：「剛才你跟卜戰交手時，我好像看見那頂轎子後面有人影一閃！」

常無意道：「是個什麼樣的人？」

小馬道：「我沒看清楚。」

常無意道：「他是要竄入那頂轎子，還是剛竄出來？」

小馬道：「我也沒看清楚。」

常無意冷冷道：「你幾時又變成了瞎子？」

小馬苦笑道：「我的眼力並不比你差，可是那條人影的動作實在太快，簡直比鬼還快！」

常無意道：「也許你是真的見了鬼！」

小馬道：「所以我還想再去見見。」

常無意道：「你想去看看那頂轎子裡究竟是什麼人？」

小馬道：「現在大家好像都已睡著了，只有藍蘭可能還留在那屋裡。」

常無意道：「就算她還在那裡，你也沒有法子把她支開。」

小馬道：「我們甚至可以霸王強上弓，先揭開那頂轎子來看看再說！」

常無意盯著他，道：「你真的想去？」

小馬道：「不去的是小狗！」

常無意忽然間就從床上跳了起來，道：「不去的是王八蛋。」

十二 法師

太平客棧裡一共有八間客房，最大的一間在東邊，三面都有窗。

窗子都是關著的，關得很嚴，連縫隙都被人用紙條在裡面封了起來。

小馬在外面輕輕敲了敲窗子，裡面連一點動靜都沒有。

常無意已找來一根竹片，先用水打濕了，從窗隙裡伸進去，劃開了裡面的封條。

先用水打濕，劃紙時才不會有聲音。然後他們就挑開了窗裡的木栓。

對他們來說，這並不是什麼困難的事。

他們並不是君子。

屋子居然已被收拾得很乾淨，床上已換了乾淨的被單。

可是床上沒有人。

藍蘭並沒有在這裡。只有那頂轎子擺在屋子中間，裡面也沒有聲音。

小馬和常無意對望了一眼，同時竄過去。閃電般出手，拉開了轎上的簾子。

兩個人的手忽然變得冰冷。

這頂轎子竟是空的，連條人影都沒有。

他們浴血苦戰，拚了命來保護的，竟只不過是頂空轎子。

——如果轎子裡一直沒有人，怎能會有咳嗽的聲音傳出來？

——如果轎子裡的人真有病，現在到哪裡去了？

常無意沉著臉，道：「你剛才看見的不是鬼！」

小馬握緊雙拳，道：「可是我們真的遇見個女鬼！」

常無意道：「藍蘭？」

小馬道：「她不但是個女鬼，還是個狐狸精！」

這次常無意對他說的話居然也表示很同意。

小馬道：「你看她這樣做究竟有什麼目的？」

常無意道：「我看不出。」

小馬道：「我也看不出。」

常無意道：「所以我們現在就應該回去睡覺，假裝根本不知道這回事！」

鬼總是要現形的。

狐狸精也遲早會露出尾巴來。

他們又找來幾條紙，封上了剛才被他們挑破的窗子，才悄悄的開門走出去。

做這種事的時候，他們一向很小心。他們並不是君子，也不是好人。

門外靜悄悄的不見人影。小馬悄悄地返回了自己的房間，剛推開門，又怔住。

他房裡居然有個人。

木板床上的破草蓆不知何時不見了，已換上了雪白乾淨的被單。

藍蘭就躺在這床薄被裡，看著他。

她身子顯然是赤裸著的，因爲她的衣服都擺在床頭的凳子上。

她的眼波朦朧，彷彿已醉了，更令人醉。

小馬卻好像沒看見屋裡有她這麼樣一個人，關上門就開始脫衣裳。

藍蘭的眼波更醉，悄悄的問：「剛才你到哪裡去了？」

小馬道：「我喝得太多，總得放點出來！」

藍蘭嫣然道：「現在你還可以再放一點出來！」

小馬故意裝不懂：「你不睡在自己房裡，到我這裡來幹什麼？」

藍蘭道：「我一個人睡不著！」

小馬道：「我睡得著！」

藍蘭道：「你是不是在生氣？生誰的氣？」

小馬不開口。

藍蘭道：「難道你也怕常剝皮剝你的皮？」

小馬不否認。

藍蘭道：「可是他只說不許男人碰女人，並沒有說不許女人碰男人，所以……」

她笑得更媚：「現在我就要來碰你了！」

她說來就來，來得很快。

一個暖玉溫香的身子，忽然就已到了小馬懷裡。

她的嘴唇是火燙的。

小馬本來想推開她，忽然又改變了主意——

被人欺騙總不是件好受的事。

這豈非也是報復方法的一種。

他報復得很強烈！

藍蘭火燙的嘴唇忽然已冰冷，喘息已變爲呻吟。

她是個真正的女人，男人夢想中的女人。

她具有一個女人所能具備的一切條件，甚至比男人夢想中還好很多。

她的嘴唇熱了很多次，又冷了很多次。

小馬終於開始喘息。

她的呻吟也漸漸的變爲喘息，喘息著道：「難怪別人說你是條漢子，你真的是！」

這是句很粗俗的話，可是在此時此刻聽來，卻足以令人銷魂。

小馬的心已軟了。

——她至少沒有出賣他。

——她本來可以跟狼君子談成那筆生意的。

——她對他的熱情並不假。

現在他想起的，只有她的好處。

屋子裡平和安靜，緊張和激動都已得到鬆弛。這本就是男女間情感最容易滋生的時候。

他忽然問：「轎子裡為什麼沒有人？」

這句話一問出來，他已經在後悔。只可惜話一說出來，就再也收不回去。

想不到的是，藍蘭並沒有吃驚，反問道：「你是不是想看看我二弟？」

小馬道：「只可惜我看不見！」

藍蘭道：「那只因為他並不在你去看的那頂轎子裡。」

——她知道他們去看過？

小馬道：「他在哪裡？」

藍蘭道：「他在我房裡那頂轎子裡。他病得很重，我對他不能不特別小心！」

小馬冷笑。

藍蘭道：「我故意將一頂空轎子擺在最好的那間客房裡，卻將他抬入了我的房間。我到這裡來的時候，就叫珍珠姐妹去守著他。」

小馬冷笑。

藍蘭道：「你不信？」

小馬還是在冷笑。

藍蘭忽然跳起來，道：「好，我帶你去見他！」

不管她是女鬼也好，是狐狸精也好，這次她居然真的沒有說謊。

她房裡真的有頂轎子，轎子裡真的有個人。

她輕輕抓起簾子，小馬就看見了這個人。

現在是九月。

九月天氣並不冷。

轎子裡卻鋪了虎皮。就算在最冷的天氣，一個人躺在這麼多虎皮裡，都會發熱。

這個人卻還在發冷。

他還是年輕人，可是臉上卻完全沒有一點血色，也沒有一點汗。

他還在不停的發抖。

他很年輕，可是頭髮眉毛都已開始脫落，呼吸也細若遊絲。

無論誰都看得出他真的病得很重，很重很重。

小馬也看得出。

所以現在他心裡的感覺，就好像一個剛偷了朋友的老婆，這朋友卻還是把他當好朋友的人。

雖然並不完全像，至少總有點像。

藍蘭道：「這是我弟弟，他叫藍寄雲。」

小馬看著他蒼白憔悴的臉，很想對他笑笑，卻笑不出。

藍蘭道：「這就是拚了命也要保護我們過山的小馬。」

藍寄雲看著小馬，目光充滿了感激，忽然伸出手握住小馬的手道：「謝謝你。」

他的聲音衰弱如遊絲。

他的手枯瘦而冰冷，簡直就像是隻死人的手。

握住了這隻手，小馬心裡更難受，吃吃的想說幾句安慰他的話，卻連一個字都說不出。

病人又開始在咳嗽，連眼淚都咳了出來。

小馬也看得快掉眼淚了，終於掙扎著說出五個字：「你……你多保重。」

病人勉強笑了笑，也想說話，可是眼簾已慢慢闔起。

藍蘭輕輕的放下簾子。小馬早已悄悄的退了出去，只恨不得找個地洞鑽下去。

藍蘭出來的時候，他眼睛還是紅紅的，忽然道：「我不是漢子，我是條豬！」

藍蘭柔聲道：「你不是。」

小馬道：「我是！」

藍蘭嫣然道：「你又不肥，怎麼會是豬？」

小馬道：「我是條瘦豬！」

他抬起手，好像準備重重的給自己兩個耳光。

藍蘭已握住他的手，將面頰貼在他胸膛上：「我知道你心裡難受，我心裡也很難受，可是……」

她又抬起頭，仰視著他：「可是只要我們能保護他平安過山，我們……」

小馬打斷了她的話，大聲道：「我若做不到這件事，我就自己一頭撞死！」

藍蘭的手輕輕撫著他的手，嘴唇也輕輕吻著他的臉。

他忽然發現她的手冰冷，嘴唇也冰冷，而且在發抖。

現在並不是剛才，激情剛過去的時候，她的手和唇爲什麼會這麼冷？

小馬道：「你還在氣？」

藍蘭道：「嗯。」

小馬道：「我……」

藍蘭道：「我不是在氣你！」

小馬道：「你在氣誰？」

藍蘭道：「我再三吩咐她們，叫她們守在這裡，可是現在她們居然連人影子都看不見了。」

小馬這才想到房裡只有她弟弟一個人，珍珠姐妹果然已不見人影。

她們實在不該走的。

藍蘭道：「就算她們有什麼急事，也不該兩個人一起走的！」

小馬道：「也許她們很快就會回來。」

她們沒有回來。

過了很久很久，她們還是不見人影。

找遍了整個太平客棧，都找不到她們的人。

非但找不到她們，連老皮都不見了。

九月十三，正午。

晴，時多雲。

陽光從遠山外照過來，照進窗戶，照在常無意蒼白冷酷的臉上。

張聾子站在窗口發呆，小馬和藍蘭坐在屋子裡發呆。

他們在等老皮和珍珠姐妹的消息，這三個人卻連一點消息都沒有。

常無意冷冷道：「我早就說過他根本不是人。」

小馬苦笑道：「但我卻可以保證，珍珠姐妹絕不是被他拐走的。」

常無意冷笑道：「不是？」

小馬道：「他還沒有這麼大的本事。」

他站起來，又坐下，忽然問道：「你還記不記得那個有雙漂亮大腿的女孩子？」

常無意當然記得。

那麼美的腿並不是時常都能看得到的。只要是男人，想不看都很難。

小馬道：「你還記不記得她說的話？只要我們去找她，她隨時都歡迎。」

她說這句話的時候，她的腿正好是完全裸露的，彷彿也在對他們表示歡迎。

藍蘭嘆了口氣，道：「那女人實在是個魔女。我若是男人，說不定也會忍不住要去找她。」

他們還記得老皮看著那雙腿時眼睛裡的表情，也記得另外一個女孩子對珍珠姐妹做的事。

她們不喜歡用暴力，可是這種原始而邪惡的誘惑，卻遠比暴力更可怕。

小馬也在嘆息，道：「其實我早就應該知道他們受不了這種誘惑的。」

常無意道：「我只知道一件事。」

小馬道：「什麼事？」

常無意道：「多了他們三個人並不算多，少了他們三個也不算少。」

小馬道：「難道你準備就這麼樣把他們拋下？」

常無意道：「難道你還想去找他們？」

小馬道：「我想。」

常無意道：「你還想不想過山？」

小馬閉上了嘴。

忽然間，一個女孩子，吃吃的笑著，搖搖晃晃的走進來。

她還年輕，長得也很美，身上穿著件用麻袋改成的長袍，卻已有一半被鮮血染紅。

可是她笑得仍然很開心，一點都看不出受了傷的樣子。

她開心的笑著，向每個人打招呼，就好像跟他們是老朋友一樣打招呼，看來對任何人都沒有惡意。

小馬心裡在嘆息。

他看得出她也是一匹狼，一匹完全迷失了自己的嬉狼。

她的瞳孔擴散，眼睛裡充滿了一種無知的迷惘。忽然走過去，一屁股坐在小馬身上，輕撫著小馬的臉，夢囈般低語。

「你長得真好看。我喜歡好看的男人，我喜歡……我喜歡。」

小馬沒有推開她。

一個人能夠有勇氣說出自己心裡喜歡的事，絕不是罪惡。

他忍不住問：「你受了傷？」

她衣襟上的血還沒有乾，卻不停的搖頭，道：「我沒有，我沒有。」

小馬道：「這些血是哪裡來的？」

她癡笑著，道：「這不是血，是我的奶，我要給我的寶貝吃奶。」

染著紅血的衣襟忽然被掀開，露出了鮮血淋漓的胸膛。

她纖巧堅挺的乳房竟已剩下一半。

小馬的手冰冷。

她還在吃吃的笑。

這種痛苦本不是任何人所能忍受的，她卻好像完全感覺不到。

「你猜我另外一半的到哪裡去了？」

小馬猜不出，也不願猜。

「到法師肚子裡去了。」

她笑得又甜又開心：「他是我的寶貝，他喜歡吃我的奶，我也喜歡給他吃。」

小馬冰冷的手緊按著自己的胃，幾乎已忍不住要嘔吐。

——狼山上還有個頭目叫法師。他是個和尚，從來不吃肉，豬肉、牛肉、雞肉、羊肉、鹿肉，他都不吃。

他只吃人肉。

藍蘭已開始在嘔吐。

剩下的一半乳房還是堅挺著的，她忽然送到小馬面前。

「我也喜歡你，你也是我的寶貝，我也要給你吃我的奶。」

小馬嘆了口氣，忽然揮拳打在她下顎間。

她立刻暈了過去。

小馬看著她倒下，苦笑道：「我本不該這麼對你的，可是我想不出別的法子。」

要解決她的痛苦，這的確是種最直接、最有效的法子。

郝生意終於也出現了。看著暈倒在地上的少女，搖頭嘆息，喃喃道：「好好的一個女孩子，爲什麼偏偏要吃草？」

小馬道：「她吃草？」

郝生意道：「吃得很多。」

小馬更奇怪：「吃什麼的人我都見過，可是吃草的人……」

郝生意道：「她吃的不是普通那種草。」

小馬道：「是哪種？」

郝生意道：「是種要命的毒藥。」

他嘆息著解釋：「這裡的山陰後長著種麻草，不管誰吃了後，都會變得瘋瘋癲癲，癡癡迷迷的，就好像……」

小馬道：「就好像喝醉酒一樣？」

郝生意道：「比喝醉酒還可怕十倍。一個人酒醉時心裡總算有三分清醒，吃了這種麻草後，就變得什麼事都不知道，什麼事都做得出了。」

小馬道：「吃這種草也有癮？」

郝生意點點頭，道：「據說他們那些人連一天不吃都不行。」

小馬道：「他們那些人是些什麼人？」

郝生意道：「是群總覺得什麼事都不對勁，什麼人都看不順眼的大孩子。」

——他們吃這種草，就是爲了要麻醉自己，逃避現實。

小馬了解他們，他自己心裡也曾有過這種無法宣洩的憂鬱和苦悶。

一種完全屬於年輕人的憂鬱和苦悶。

可是他沒有逃避。

因爲他知道逃避絕不是解決問題的好法子。只有辛勤的工作和不斷的奮鬥，才能真的將這些憂鬱苦悶忘記。

他俯下身，輕輕的掩起了這少女的衣襟。

想到那個吃人肉的法師，想到那個人的可惡與可恨，他的手又冰冷。

他忽然問：「你見過法師？」

郝生意道：「嗯。」

小馬道：「什麼人的肉他都吃？」

郝生意嘆道：「如果他有兒子，說不定也已被他吃了下去。」

小馬恨恨道：「這種人居然還能活到現在，倒是件怪事。」

郝生意道：「不奇怪。」

小馬冷笑道：「你若有個兒子女兒被他吃了下去，你就會奇怪他爲什麼還不死了。」

郝生意道：「就算我有個兒子女兒被他吃了下去，我也只有走遠些看著。」

他苦笑，又道：「因爲我不想被他吃下去。」

小馬沒有再問，因爲這時門外已有個人慢慢的走進來。

一個態度很嚴肅的老人。戴著頂圓盆般的斗笠，一身漆黑的寬袍長垂及地，雪白的鬍子使得他看來更受人尊敬。

郝生意早已迎上去，恭恭敬敬的替他拉開了凳子，陪笑道：「請坐。」

老人道：「謝謝你。」

郝生意道：「你老人家今天還是喝茶？」

老人道：「是的。」

他的聲音緩慢而平和，舉動嚴肅而拘謹，無論誰看見這樣的人，心裡都免不了會生出尊敬之意。就連小馬都不例外。

他實在想不到狼山上居然也會有這種值得尊敬的長者。

他只希望這老人不要注意到地上的女孩子，免得難受傷心。

老人沒有注意。

他端端正正的坐著，目不斜視，根本沒有看見任何人。

郝生意道：「今天你老人家喝香片？還是喝龍井？」

老人道：「隨便什麼都行，只要泡濃些，今天我吃得太多太膩。」

他慢慢的接著道：「看見年輕的女孩子，我總難免會吃多一點的，小姑娘的肉不但好吃，而且滋補得很。」

小馬的臉色變了，冰冷的手已握緊。

十三 太陽湖之祭

老人卻連看都不看他一眼，態度還是那麼嚴肅而拘謹。他用一隻手慢慢的解開了繫在下顎的絲帶，脫下了那頂圓盆般的斗笠，露出了一顆受過戒的光頭，看來又像是位修爲功深的高僧。

老人搖頭。

小馬忽然走過去，拉開他對面的椅子坐下，道：「你不喝酒？」

小馬道：「據說吃過人肉後，一定要喝點酒，否則肚子會疼的。」

老人道：「我的肚子從來不疼。」

小馬冷冷道：「現在說不定很快就會疼了。」

老人終於抬頭看了他一眼，慢慢的搖了搖頭，道：「可惜可惜。」

小馬道：「可惜什麼？」

老人道：「可惜我今天吃得太飽。」

小馬道：「否則你是不是還想嚐嚐我的肉？」

老人道：「我用不著嚐，我看得出。」

他慢慢的接著道：「人肉也分好幾等，你的肉是上等。」

小馬笑了，大笑。

郝生意則端著茶走過來。滿滿一大壺滾燙的濃茶，壺嘴裡還在冒著熱氣。

小馬忽然問他：「這地方是不是真的從來沒有人打過架？」

郝生意立刻點頭，道：「從來沒有。」

小馬道：「很好。」

兩個字出口，他已一腳踢飛了桌子，揮拳痛擊法師的鼻子。

法師冷笑，枯瘦的手掌輕揮，本來就像是紙帶般捲著的指甲，忽然刀鋒般彈起，急劃小馬的脈門。

想不到小馬的另一隻拳頭已打在他肚子上。

這並不是什麼奇妙的招式，只不過小馬的拳頭實在太快。

「卜」的一聲，拳頭打在肚子上，就好像打鼓一樣。

接著又是「卜」的一聲，法師的凳子忽然碎裂。

他的人卻還是凌空坐著，居然連動都沒有動。小馬的拳頭竟好像並不是打在他身上，而是打在凳子上的。

常無意皺了皺眉。

他看得出這正是借力打力，以力化力的絕頂內功。能將功夫練到這一步的人並不多。

只可惜小馬的拳頭又已經打在他肚子上。

這一拳他已受不了，「砰」的撞上牆壁，再跌下。

小馬衝過去，拳頭如雨點，打他的鼻子，打他的肚子，打他的肩脅和腰。

他不停的打，法師不停的嘔吐，連鮮血、苦水、膽汁都一起吐了出來。

他整個人都被打軟了，只能像野狗趴在地上般挨揍。

小馬總算住了手。

因爲他的手已經被藍蘭用力抱住。

法師已經不能動，郝生意的臉色也發了白，喃喃道：「好快的拳頭，好快的拳頭。」

小馬道：「以後你可以告訴別人，這裡總算有人打過架了。」

郝生意嘆了口氣，道：「這裡本來是你們唯一可以太太平平睡一覺的地方，你爲什麼一定要壞了這裡的規矩？」

小馬道：「因爲這只不過是你們的規矩，不是我的。」

郝生意苦笑道：「你也有規矩？」

小馬道：「有。」

郝生意道：「有什麼規矩？」

小馬道：「該揍的人我就要揍，就算有刀架在我脖子上，我也非揍他一頓不可。」

他冷冷的接著道：「這就是我的規矩，一定比你的規矩好。」

郝生意道：「哪點比我好？」

小馬揚起他的拳頭，道：「只要有這一點，就已足夠了。」

郝生意不能不承認，任何人都不能不承認，世上的規矩，本就至少有一半是用拳頭打出來的。

我的拳頭比你硬，我的規矩就比你好。

小馬瞪著郝生意，道：「我還有件事要告訴你。」

郝生意只有聽。

小馬道：「破壞規矩的是我，跟別人沒有關係。所以他們在這裡歇著的時候，若有人來找他們麻煩，我就來找你。」

他板著臉，慢慢的接著道：「這一點你最好不要忘記。」

他知道郝生意一定不會忘記的，他的拳頭就是保證。

藍蘭忍不住問道：「我們在這裡歇著，你呢？」

小馬道：「老皮是我的朋友，珍珠姐妹對我也不錯。」

藍蘭道：「你還是想去找他們？」

小馬看著地上的女孩，道：「我不想讓他們留在這裡吃草。」

藍蘭道：「可是我們也需要你。」

小馬道：「現在最需要別人幫助的絕不是你們。至少你們在這裡還很太平，何況現在本來就是大家應該睡一覺的時候。」

藍蘭道：「你可以不睡？」

小馬道：「我可以。」

他不讓藍蘭開口，很快的接著又道：「有朋友要往火坑裡跳，只要能拉他一把，不管要我怎麼樣都可以。」

藍蘭道：「這也是你的規矩？」

小馬道：「是。」

藍蘭道：「就算拿刀架在你脖子上，你也絕不破壞你自己的規矩？」

小馬道：「是的。」

郝生意忽然又出現了。將手裡的一壺酒擺在小馬面前，道：「喝完了這壺酒再走還來得及。」

小馬笑了，道：「你是不是還想做我最後一筆生意？」

郝生意道：「這是免費的。」

小馬道：「你也有請客的時候？」

郝生意道：「我只請你這種人。」

小馬道：「我是哪種人？」

郝生意道：「有規矩的，有你自己的規矩。」

他替小馬斟滿一杯：「這種人近來已不多，所以我也不必擔心會時常破費。」

小馬大笑，舉杯飲盡，道：「可惜你今天至少還得再破費一次。」

郝生意道：「哦？」

小馬道：「日落時我一定會回來，就算爬，也要爬回來。」

藍蘭咬著嘴唇，悠悠的問：「回來喝他免費的酒？」

小馬凝視著她，道：「回來做我已答應過你的事。」

常無意忽然冷冷道：「你若死了呢？」

小馬道：「死了更好。」

藍蘭道：「更好？」

小馬道：「再兇的狼也比不上厲鬼。我活著時是個兇人，死了後一定是個兇鬼。」

他微笑著，又道：「如果有個兇鬼保護你們過山，你們還有什麼好擔心的？」

藍蘭也想笑，卻笑不出。

她替小馬斟滿了一杯，道：「你有把握能在日落前找到嬉狼的狼窩？」

小馬道：「本來沒把握，可是現在我已有了帶路的人。」

藍蘭看著地上的女孩，道：「她能找到她自己的窩？」

小馬道：「我有把握能讓她清醒。」

藍蘭嘆口氣，道：「她傷得不輕，清醒後一定會很痛苦。」

小馬道：「但是痛苦也能使人保持清醒。」

痛苦也能使人清醒。

人活著，就有痛苦，那本是誰都無法避免的事。

你若能記住這句話，你一定就會活得更堅強些，更愉快些。

因爲你漸漸就會發覺，只有一個能在清醒中忍受痛苦的人，他的生命才有意義，他的人格才值得尊敬。

泉水從高山上流下來，小馬將暈迷的女孩浸入了冰冷清澈的泉水裡。

她傷得不輕。

冰冷的泉水流入她的傷口，一定會讓她覺得痛苦難忍。

可是痛苦卻已使她清醒。

陽光燦爛，她忽然開始在泉水中掙扎打滾，就像是條忽然被標槍刺中的魚。

魚不會呼號。

她的呼號聲卻使他不忍卒聽。

小馬在聽，也在看。

他的心腸並不硬。他這麼樣做，只因爲他覺得這個女孩無論身體和靈魂都應該洗一洗——

不是用水洗，是用痛苦來洗。

就好像黃金一定要在火焰中才能煉得純，就好像鳳凰一定要經過烈火的洗禮，才會變得更輝煌美麗。

呼號和掙扎終於停止。

她靜靜的漂浮在水面上。等到她再能睜開眼睛時，她就看見了小馬。

她的眼睛也已清醒。

清醒使得她的眼睛看來更美，美而清純。

在迷途時她也許是個妖女、蕩女，清醒時她卻只不過是個寂寞而無助的小女孩。

看見了小馬，她居然露出了驚惶羞澀的表情。

妖女和蕩女們，是絕不會有這種表情的，即使在身子完全赤裸時都不會有。

小馬笑了，忽然道：「我姓馬，別人都叫我小馬。」

女孩吃驚的看著他，道：「我不認得你。」

小馬道：「可是剛才你還記得我的，你不該忘得這麼快。」

女孩看看他，再看看自己。

剛才的事，她並沒有完全忘記。

一個剛從噩夢中驚醒的人，絕不會很快就將那場噩夢忘記的。

——是噩夢中的她才是真正的自己？還是現在？

她已有點分不清了。

她已在噩夢中過得太久。

小馬了解她的感覺：「現在你是不是已經想起來了？是不是覺得很害怕？」

女孩忽然從水中躍起，撲向小馬，彷彿想去扼斷小馬的脖子，挖出小馬的眼睛。

小馬只有一個脖子，一雙眼睛。

幸好他還有一雙手。

他的手一伸出，就抓住了她的脈門。她整個人立刻軟了下去。

小馬用自己的衣服包住了她，輕輕的把她摟在懷裡。

女孩咬著牙道：「我要殺了你，我遲早一定要殺了你。」

小馬道：「我知道你並不是真的要殺我，因爲你真正恨的並不是我，而是你自己。」

他在笑，笑得很溫柔。

可是他說的話卻像是一根針，一針就能刺入人心：「我也知道你現在一定已經後悔，因爲你做那些事，本來只爲了要尋找快樂的，可是找到的卻只有痛苦和悔恨。」

他看得出她的痛苦表情，可是他的針卻刺得更深：「只要你在清醒的時候，你一定時時刻刻都在恨自己，所以你才會拚命虐待自己，折磨自己，報復自己，卻忘了這麼樣做無論對誰都沒有好處。」

現在他的針已刺得很深了，已經深得可以刺及她心裡的結。

他感覺得到。

她的身子顫抖，眼淚已流下。

一個已無藥可救的人，是絕不會流淚的。

他輕撫著她的頭髮：「幸好現在你還年輕，要想重新做人，還來得及。」

她忽然仰起臉，用含淚的眼睛看著他，就好像溺水的人忽然看見根浮木。

「真的還來得及？」

「真的。」

泉水又恢復了清澈，水中的血絲已消失在波浪裡。絕沒有任何污垢血腥能留在泉水裡，因爲它永遠奔流不息。

他們沿著泉水往山深處走。

「泉水的源頭，是個湖泊。」

女孩說：「我們都叫它太陽湖。」

「那就是你們祭祀太陽的地方？」

女孩點點頭。

「每天早上太陽昇起的時候，第一道陽光總是照在湖水上。」

她眼睛裡帶著種夢幻般的憧憬：「那時候湖水看來就好像比太陽還亮，我們赤裸著躍入湖水，就好像被太陽擁抱著一樣。」

「然後我們就開始在初昇的太陽下祭祀，祈禱它永遠存在，永遠不要將我們遺棄。」

她的聲音中也充滿了美麗的幻想，絕沒有一點邪惡淫猥之意。

「你們用什麼祭祀？」小馬問。

「在平常的日子裡，我們通常都用花束！」

女孩輕輕的說：「從遠山上採來的鮮花。」

「什麼時候是不太平常的日子？」

「每個月的十五。」

「那一天你們用什麼做祭禮？」

「用我們自己。」

她又解釋：「那一天我們每個人都要將自己完全奉獻給太陽。」

小馬還是不懂。

「你們怎麼奉獻？」

「我們選一個最強壯的男孩，他就象徵著太陽神。每個女孩子都要將自己奉獻給他，直到太陽下山時爲止。」

她慢慢的接著道：「然後我們就會讓他死在夕陽下。」

她說得很平淡，就好像在敘說著家常。

小馬卻覺得自己的胃又在收縮。

「那個男孩自己願意死？」他問。

「當然願意！」

女孩道：「世上絕沒有任何一種死法有那麼光榮，那麼美麗。」

她的聲音中忽然充滿悲傷：「只可惜我已沒有這種機會了。」

「你？」

「那一天男孩們當然也要選一個最美麗的女孩子，作他們的女神！」

「然後每個男孩都要跟她……跟她……」

小馬實在想不出適當的字句來說這件事。

「每個男孩都一定要將自己的種子射在她身體裡。」

她替他說了出來。

「因為男人的種子比血更珍貴。每個人都要將自己最珍貴的東西奉獻出來，讓她帶給太陽！」

她說得還是很平淡。小馬的拳頭卻已握緊。

他忽然發現他們之中一定有個極邪惡的人在操縱著他們，利用這些年輕人的無知和幻想，將一件極邪惡的事蒙上層美麗的外衣。他們不但肉體在受著那個人的摧殘，心靈也受到了損傷。

小馬握緊拳頭，只恨不得一拳就將那個人的鼻子打進他自己的鼻眼裡。

女孩又繼續說：「後天就是十五了，這個月大家選出的女神本來是我。」

「現在呢？」

「現在他們已換了一個人來代替我！」

她顯然很傷心：「他們選的居然是個從外地來的陌生女人！」

「所以你又生氣，又傷心，就拚命的吃草，想忘記這件事？」

女孩承認。

小馬忽然笑了笑，大笑。

女孩吃驚的看著他：「你爲什麼笑？」

小馬道：「因爲我覺得很滑稽。」

女孩道：「什麼事滑稽？」

小馬道：「你。」

女孩道：「我很滑稽？」

小馬道：「一個本來已經死定了的人，忽然能夠不死了，無論誰都會覺得開心得要命，你反而偏偏覺得很傷心。」

他搖著頭笑道：「我這一輩子都沒有聽過比這更滑稽的事！」

女孩道：「那只因爲你不懂！」

小馬道：「我不懂什麼？」

女孩道：「不懂得生命的意義！」

小馬道：「如果你就這麼糊裡糊塗的死了，你的生命有什麼意義？」

女孩嘆了口氣，道：「這本來就是件很玄妙神奇的事，我也沒法子跟你解釋。」

小馬道：「你知道有誰能解釋？」

女孩道：「有一個人。」

她眼睛裡又發出了光：「只有一個人，只有他才能引導你到永生。」

小馬的拳頭握得更緊，因爲他一定要控制住自己的怒氣。

他試探著問：「這個人是誰？」

女孩道：「他就是太陽神的使者，也就是爲我們主持祭禮的人！」

小馬道：「我能不能見到他？」

女孩道：「你想見他？」

小馬道：「想得要命。」

女孩道：「你是不是也有誠心想加入我們，做太陽神的子民？」

小馬道：「嗯。」

女孩道：「那麼我就可以帶你去見他！」

小馬跳起來：「我們現在就去。」

這時黑夜還沒有來臨，滿天夕陽如火。

「每天黃昏太陽下山時，最後一道陽光也總是照在湖水上。」

「那時你們也有祭祀？」

「嗯。」

「主持祭禮的也是那位太陽神的使者？」

「通常都是！」

小馬看著自己緊握的拳頭，喃喃道：「我只希望今天千萬不要例外！」

十四　夢中的女人

夕陽滿天，夕陽滿湖。

在夕陽下看來，這一片寧靜的湖水中彷彿也有火焰在燃燒著。

湖水上飄浮著一條船。

小小的船上，堆滿了鮮花。各式各樣的鮮花，從遠山採來的鮮花。

湖畔只有一個人。

一個好像是用黃金鑄成的人，金色的長袍，金色的高冠，臉上還帶著黃金面具。

他獨立在滿天夕陽下，滿湖夕陽邊，看來真是說不出的莊嚴，輝煌而高貴。

小馬看見了這個人。

小馬已來了，帶著緊握的拳頭來了。但他卻看不見這個人的莊嚴和高貴。

他只看見了這個人的邪惡和無恥。

——世上有多少邪惡和無恥的事，都披著高貴美麗的外衣？

小馬握緊拳頭衝過去：「你就是太陽神的使者？」

使者點點頭。

小馬指著自己的鼻子：「你知道我是誰？」

使者又點點頭，道：「我知道，我正在等著你。」

他的聲音中絕沒有一點太陽的熱情，卻帶著種奇異的魅力。

他慢慢的接著道：「你若是誠心來皈依，我就收容你，引導你到極樂和永生。」

小馬道：「死就是永生？」

使者道：「有時是的。」

小馬道：「那麼你爲什麼不去死？」

他的人衝了上去，他的拳頭已擊出，迎面痛擊這個人的鼻子。

就算明知這個鼻子是黃金鑄成的，他也要一拳先把它打成稀爛再說。

他一共打碎了多少鼻子，他已記不清。

他只記得像這樣一拳打出去，是很少會打空的——

就算打不中鼻子，至少也可以打腫一隻眼睛，打碎幾顆牙齒。

他這一拳並沒有什麼奇詭的變化，也不是什麼玄妙的招式。

這一拳的厲害，只有一個字——

快！快得可怕。

快得令人無法閃避，無法招架。

快得不可思議。

追風刀李奇是江湖中有名的快刀，據說他的刀隨時可以在一剎那間，把滿屋子飛來飛去的蒼蠅和蚊子都削成兩半。

有一次他很想把小馬也削成兩半，從小馬的脖子上開始削。

他的刀鋒已經到了小馬的脖子上。

可是小馬的脖子沒有斷，因爲小馬的拳頭已經先到了他鼻子上。

他這出手一拳當然比不上小李飛刀，小李飛刀是「出手一刀，例不虛發」的。

可是他也差不了太多。

假如有人替他計算過，他出拳擊中的比例大約是九成九。

那意思就是說，他一百拳打出去，最多只會落空一次。

想不到他這一拳居然又打空了。

他的拳頭剛擊出，這位太陽神的使者已經像風一樣飄了出去。

就在這天下午，還不到半天功夫，他的拳頭已經打空了兩次。

這實在是他一輩子都沒有遇見過的事。

他忽然發現這位太陽神使者的輕功身法，竟好像比狼君子還要高。

使者正在看著他，悠然道：「你打空了。」

小馬道：「這一次打空了，還有第二次。」

使者道：「你還想再試試？」

小馬道：「只要你的鼻子還在臉上，我的拳頭還在手上，我們就永遠沒完！」

他又準備衝過去。

使者立刻大叫：「等一等！」

小馬道：「等什麼？」

使者道：「等我先讓你看一個人！」

小馬道：「看誰？」

使者道：「當然是個很好看的人，我保證你一定很想看她。」

他說得好像很有把握。

小馬已經開始有點被他打動了。

使者道：「你見過了她之後，如果還想打碎我的鼻子，我絕不還手！」

小馬不信，卻更好奇，忍不住問：「這個人究竟是誰？」

使者道：「嚴格說來，現在她已經不能算是人。」

小馬道：「不是人是什麼？」

使者道：「是女神！」

——那一天男孩們當然也要選一個最美麗的女孩子，作他們的女神。

——現在他們選的居然是個從外地來的陌生女人。

小馬的拳放鬆，又握緊。

他心裡忽然有了種不祥的預兆，又忍不住問：「她在哪裡？」

使者轉過臉，遙指著湖上的花船：「就在那裡！」

夕陽已將消沉，在這將消沉，還未消沉的片刻間，也正是它最美麗的時候。

花舟在滿湖夕陽中飄盪，看來就像是一個美麗的夢境。

可是這美麗的夢，忽然就變成了噩夢。

滿船鮮花中，已有個人慢慢的站了起來。
一個女人。
一個完全赤裸著的美麗女人。
她披散的頭髮柔美如絲緞，她光滑的軀體也柔美如絲緞。
她的乳房小巧玲瓏而堅挺，她的腰肢纖細，雙腿筆直。
這正是男人夢想中的女人，一個只有在夢境中才能找尋的女人。
但是對小馬來說，這個夢卻是個噩夢。

多少有辛酸，有甜蜜的往事？
多少永難忘懷的回憶？
多少歡聚？
多少寂寞？

他消沉墮落是爲了誰？
——小琳。
他悲傷痛苦是爲了誰？
——小琳。
他流浪天涯，是爲了尋找誰？

——小琳。

小琳在哪裡？

——小琳就在這裡。

這個從鮮花中站起來的女人，這個已準備將自己奉獻給太陽神的女人，就是他魂牽夢縈，銘心刻骨，永難忘懷的小琳。

小馬的手冰冷，全身都已冰冷。

此時此刻，他心裡是憤怒？

是悲傷？

是痛苦？

什麼都不是。

此時此刻，他心裡竟忽然變成了一片空白。他的靈魂，他的血，都彷彿一下子被抽光。

只有真正經歷過真正悲痛和打擊的人，才能了解他這種感覺。

小琳呢？

她彷彿已完全沒有感覺。

她癡癡的站在花舟上，癡癡的站在鮮花中，她的靈魂，她的血，好像也被抽光了。

早已被抽光了。

她也在看著小馬，卻好像已完全不認得這個人。

小馬忽然大喊，用盡全身力氣大喊：「小琳！小琳！」

這花舟就像是夢中的花，風中的煙，水中的月，他能看得見，卻永遠捉不住。

他再游過去，花舟又已遠。

花舟就在湖心，他用盡全身力氣游過去。花舟卻已到了另一方。

沒有人阻攔。

小馬衝過去，躍入湖中。

她已不是她自己，她已奉獻給太陽神。

她聽不見。

夕陽已消沉。

黑暗的夜，不知在什麼時候已回歸大地。遠山、湖水，都已沉沒在黑暗中。

那剛才還在夕陽下發著光的太陽使者，也變成了一條黑暗的影子。

可是他仍在湖畔，冷冷的看著小馬在湖水中掙扎、追逐、呼喊。

只可惜他的呼喊永無回應，他追逐的也彷彿是個永遠追不上的幻影。

夜色更深，更黑暗。

湖水冰冷。

他突然覺得心裡一陣刺痛，直刺入他的四肢，他的骨髓。

他沉了下去，沉入了冰冷的湖水裡。

沒有水了，有火。

火焰在燃燒。

燃燒著的火焰閃動不息，讓人幾乎很難張得開眼睛。

可是小馬終於張開了眼睛。

火焰中彷彿也有一個人的影子，火焰又像是鮮花，人仍在花中。

「小馬！小馬！」

他想撲過去，撲向火焰。

——飛蛾爲什麼要撲火？

只因牠的愚蠢？

還是因爲牠寧死也要追求光明？

他想撲過去，可是他不能動。他全身上下，手足四肢都已不能動。

幸好他還能看，還能聽。

而他第一個看見的人竟是老皮。

老皮正站在火焰旁，笑嘻嘻的看著他。

也不知是因爲火焰的閃動，還是因爲他的眼花了，現在這個老皮，看來已不像是他以前認識的那個老皮。

以前的老皮雖然皮厚，雖然賴皮但看起來卻是個蠻像樣的人，高大挺拔，相貌堂堂。

——一個人若是長得很不像樣，怎麼能在外面冒充「神拳小諸葛」？怎麼能在外面混吃混喝，招搖撞騙？

可是現在這個老皮樣子卻變了，竟變得有七分像瘋子，三分像白癡。

以前的老皮一向很講究穿衣服。在這種「只重衣冠不重人」的社會裡，要想做一個騙子，幾件好行頭是萬萬不可少的。

可是他現在居然只穿著條短褲。

小馬看著他，心裡又想做一件事——

一拳打扁這個人的鼻子。

只可惜他連拳頭都握不緊。

老皮忽然笑嘻嘻的問：「你看我怎麼樣？」

小馬只能用一個字答覆：「哼！」

老皮道：「可是我自己覺得好極了，簡直從來都沒有這麼好過！」

他笑起來更像白痴：「到了這裡後，我才知道從前的日子都是白活的！」

小馬道：「滾！」

老皮道：「你叫我滾，我就滾！」

他居然真的往地上一躺，居然真的滾走了。

看著他像野狗般在地上打滾，小馬的心裡是什麼滋味？

不管怎麼樣，這個人總是他的朋友。現在這個人還能不能算是人？

再想到小琳，想到她很快就會遭遇到的事，小馬更連心都碎了。

他沒有流淚，也沒有呼喊，只因爲他發現那太陽神的使者正在火焰後冷冷的看著他，道：

「現在你有兩條路可走！」

小馬只有聽。

使者道：「如果你真心皈依我，現在還來得及；如果你想死，也方便得很！」

小馬真的很想死。

他已救不了老皮，也救不了小琳。他恨不得能立刻投入火焰，讓自己全身的骨骼血肉都化作灰燼。

可是他又想起了丁喜的話。

丁喜是他的好朋友，是他的兄弟，丁喜一向被人認爲是「聰明的丁喜」。

丁喜曾經對他說：「死，並不是解決問題的法子，只有懦夫才會用死來解脫！」

「只要你活著，只要你有決心，有勇氣，無論多艱苦困難的事，都一定有法子解決的！」

火焰中彷彿又出現了丁喜的笑容，笑得那麼討人喜歡，又笑得那麼堅強勇敢。

小馬忽然道：「我不想死。」

十五　狼山之王

使者道：「那麼你就該明白一件事！」

小馬在聽。

使者道：「現在你的命，已經是我的。」

小馬道：「我明白。」

使者道：「你準備用什麼來換回你的命？」

小馬道：「你要什麼？」

使者道：「藍蘭！」

小馬很意外：「你想要她？」

使者道：「很想！」

小馬道：「你不想要轎子裡那個人？」

使者道：「更想！」

小馬的心往下沉。

他並不是很不聰明的人，他當然已明白使者的意思：「你要我用他來換小琳？」

使者不否認：「只要你跟你的朋友站在我這一邊，他們絕對逃不出我的掌心。」

小馬並沒有答應。

他不敢答應得太快，他不敢讓對方有一點懷疑。

過了很久，他才試探著問：「你要我替你做事，當然要先放我走。」

使者道：「當然！」

小馬的心在跳：「你相信我？」

使者道：「我相信！」

小馬的心跳得更快，道：「你認爲我是個隨時都會出賣朋友的人？」

使者道：「我知道你不是，但他們並不是你的朋友，老皮卻是的，還有小琳。」

他悠然接著道：「我相信你絕不會爲了他們犧牲小琳。」

小馬的心又往下沉。

使者道：「所以只要你答應我，我立刻放你走。十五號日出之前，你若不帶他們來，那麼你的小琳就……」

他沒有說下去，也不必說出來。

小馬更不願聽，忽然問道：「我只有一點想不通。」

使者道：「你可以問。」

小馬道：「你們最恨的本來是我！」

使者不否認。

小馬道：「轎子裡那個人，卻只不過是個陌生的過路客，而且還有重病。」

使者道：「嗯。」

小馬道：「但現在你們卻寧可爲了他而放過我，他對你爲什麼如此重要？」

使者回答得很乾脆：「他值錢！」

小馬道：「多値錢？」

使者道：「多得你連做夢都想不到。」

小馬沒有再開口，他想吐。

他看見老皮爬過來，正在吻使者的腳。

他想不通一個人爲什麼會在一日間就變得如此可怕。

使者道：「你應該感激我，我沒有讓你吃草，可是我已經給你吃了另外一種藥！」

小馬的指尖冰冷，忍不住問：「什麼藥？」

使者道：「當然是毒藥。」

小馬道：「毒藥也有很多種。」

使者淡淡道：「十五的日出之前，你若還沒有把人帶來，你就會知道那是種什麼樣的毒藥了！」

九月十三，夜。

夜已深，有霧。

太平客棧的窗內有燈，從霧中看過去，燈光朦朧如月色。

小馬衝進來時，郝生意正在算賬。

房子裡沒有別的人，他的算盤打得「叮噹」響，這正是他一天中最愉快的時候。

他做生意沒有虧過本。

小馬衝過去，大聲問：「人呢？」

郝生意沒有抬頭，道：「什麼人？」

小馬道：「我那些朋友！」

郝生意道：「那些人已經走了。」

小馬道：「什麼時候走的？」

郝生意道：「當然是算過賬才走的，已經走了很久，他們急著趕路！」

小馬怔住。

他並沒有打算出賣他的任何一個朋友。他回來找他們，只因爲現在正是他最需要朋友的時候。

他實在已被逼得無路可走。

郝生意終於抬頭看了他一眼，道：「你不想去追他們？」

小馬道：「你知道他們走的是哪條路？」

郝生意道：「不知道。」

他掩起賬簿，嘆了口氣，淡淡的接著道：「我只知道無論他們走的是哪條路，都是條死路，所以你就算追上他們也沒有用。」

小馬瞪著他，突然出手，一把揪住他的衣襟，把他整個人從櫃台後抓出來。

郝生意的臉白了，勉強笑道：「我說的是老實話。」

小馬知道他說的是老實話，就因爲他說的是老實話，所以小馬才難受。

因爲他已經沒法子再自己騙自己。

他不能出賣別人，也不能犧牲小琳。

沒有人能替他解決這難題，也沒有任何人能夠幫助他。

現在他就算追上了他們，又有什麼用？郝生意看看他的臉色，試探著道：「我知道你一定又遇上了麻煩，而且麻煩一定不小！」

小馬的臉色慘白。

郝生意立刻接下去，道：「我們總算也是朋友，我也很想幫幫你的忙。只可惜這裡是狼山，無論誰在這裡遇上了麻煩，都絕對沒有人能替他解決的。」

小馬忽然道：「也許還有一個人！」

郝生意道：「誰？」

小馬道：「狼山之王。」

郝生意勉強作出笑臉，道：「只要有朱五太爺的一句話，當然什麼問題都可以解決了，只可惜……」

小馬道：「只可惜我找不到他？」

郝生意嘆道：「非但你找不到，簡直就沒有人能找得到。」

小馬道：「我知道一定有個人能找到他的。」

郝生意道：「誰？」

小馬道：「你！」

郝生意的臉色已發白，道：「不是我。」

小馬道：「你帶我去，我絕不會害你，朱五太爺也絕不會怪你，因爲我只不過是送禮去的！」

郝生意道：「送禮？送什麼禮？」

小馬道：「送我的這雙拳頭！」

他握緊拳頭，對準郝生意的鼻子：「否則我就將這雙拳頭送給你！」

郝生意居然沒有閃避，反而挺起胸，道：「你就算打死我，我也沒法子帶你去！」

小馬道：「我並不想打死你，死人不會帶路，沒有鼻子的人卻一樣可以帶路！」

郝生意的鼻尖已冒出冷汗，苦著臉道：「沒有鼻子的人也一樣找不到他老人家。」

小馬道：「如果連眼珠子也掉一個呢？」

郝生意道：「那……那……。」

小馬道：「也許那也沒什麼了不起，可是男人身上，有樣東西是萬萬不能少的！」

郝生意滿頭大汗滾滾而落，連一個字都說不出了。

他當然知道男人身上最不能少的是什麼，每個男人都知道。

小馬道：「現在你是不是已經想起他在哪裡了？」

郝生意吃吃道：「有一點，好像有一點，你總得讓我慢慢的想。」

小馬道：「你要想多久？」

郝生意還沒有開口，門外已有個人冷冷道：「你就算讓他再想三年，他也想不起來的。」

說話的是個女人，這女人好大的一雙腳。

人都有腳。

女人也是人，當然都有腳。有的腳好看，有的難看，有的底平趾斂，就像是用白玉雕成的；有的卻像是發了霉的蘿蔔乾。

這女人的一雙腳卻簡直像是兩條小船。鞋子脫下來，就算不能載人過河，至少也可以做孩子的搖籃。

如果你沒有見過這個女人，我保證你連做夢都想不到天下會有這麼大的一雙腳，而且居然是長在一個女人身上的。

現在小馬總算見到了。見到了之後，還幾乎有點不太相信。

這個女人當然就是柳金蓮。

柳金蓮不但腳大嘴也不小，就好像隨時都準備一口把小馬吞下去。

小馬只想吐。

柳金蓮上上下下把他打量了幾遍，才接著道：「你想找朱五太爺，只有一個人能帶你去找。」

小馬立刻問：「誰？」

柳金蓮伸出一根胡瓜般的手指，指著臉上一堆又像是肥肉，又像是鼻子的東西，道：「我。」

小馬心裡在嘆氣，卻還是忍不住問道：「你肯帶我去？」

柳金蓮道：「只要你答應我一件事！」

小馬道：「什麼事？」

柳金蓮道：「你們殺了章長腿，你總得賠個老公給我。」

小馬又一把抓起了郝生意，道：「這個人不但會說話而且會賺錢，做老公正是再好也沒有的了！」

他的話還沒說完，郝生意已經在拚命搖頭，道：「我不行，我是個……」

小馬沒有讓他把話說完，隨手拿了塊抹布，塞住了他的嘴，道：「我就把他賠給你做老公，你看好不好？」

柳金蓮道：「不好！」

小馬道：「你想要個什麼樣的男人？」

柳金蓮道：「我要的就是你！」

這句話剛說完，她的人已經向小馬撲了過來，就像是一座山忽然壓下來了一樣。

可是她的身法居然很輕快，兩條膀子一伸開，又像是老鷹撲小雞。

幸好小馬不是小雞。

小馬的拳頭已經閃電般擊出，往她臉上那堆又像是肥肉，又像是鼻子般的東西打了過去。

只可惜小馬忘了一件事。

他忘了柳金蓮不但有雙大腳，還有張大嘴——

比他的拳頭還大得多。

他一拳擊出，柳金蓮就已張開嘴等著。

他這一拳竟打進了柳金蓮的嘴。

小馬叫「憤怒的小馬」。

憤怒的小馬當然喜歡打架，爲了各式各樣的原因，跟各式各樣的人打過架。

所以各門各派，各種奇奇怪怪的招式，他大多都見過。

可是他沒想到柳金蓮這一招。

他只覺得自己的拳頭好像一下子打進了一堆燙爛泥裡。

更糟的是，爛泥裡還有兩排牙齒，一下子就把他脈門咬住。

接著，他的人也被抱了起來，抱得好緊。

他已連氣都透不出。

現在他才真正明白什麼事比死更可怕了。

被柳金蓮這麼樣一個女人抱著，已經比死更可怕三百倍。

如果再真的被迫做了她的老公，那情況簡直令人連想都不敢想。

只可惜現在他連死都死不了。

如果一個人的嘴裡含著個拳頭，還能不能笑得出來？

柳金蓮能，她的笑聲簡直可以令人把三個月以前吃的飯都吐出來。

她的手還在亂動。

小馬的頭已經被擱在她胸膛上的肥肉裡。他眼睛雖然看不見，卻可以感覺到她正抱著他往最左邊的一間房裡走。

那間房裡有張最大的床，會發生些什麼事？也許有很多人都能想像得到。

幸好這一次什麼事都沒有發生，因爲一進了那間房，柳金蓮就倒下去。

忽然間就像是一座山一樣倒了下去。

鮮血箭一般從她頸子後面的大血管裡噴出來，噴在牆上。

她還想撲上來，心口又挨了一刀。

這一刀更狠，更重。

小馬的手根本不能動，手裡根本沒有刀。

是誰殺了她？

「是我！」

有個人手裡有把刀——菜刀。

能夠用菜刀就殺死柳金蓮的人，是個什麼樣的人？

當然是個絕不會讓柳金蓮提防的人，是那種絕不會讓任何人覺得危險的生意人。

刀鋒上還有血，刀就在郝生意的手裡。

小馬先看見這把刀，才看見郝生意的手。

他看見過郝生意很多次，每次都只注意到那張會做生意的笑臉。

這是他第一次注意到郝生意的手，一隻有七根手指的手。五根手指緊緊握著刀柄，兩根歧指就像是路標般指向西方。

小馬長長吐出口氣：「原來是你！」

郝生意道：「就是我！」

九月十三，四更後。

霧濃。

小馬和郝生意並肩走在濃霧中，寸步不離。

他實在不敢離開這個人半步。這個人很會做生意，實在太詭秘難測，太難以捉摸。

先開口的是郝生意：「你知道我生平最倒楣的事是什麼？」

小馬道：「是認得那個老太婆？」

郝生意嘆了口氣，道：「只不過我平生最走運的事，也是認得了她。」

小馬道：「哦？」

郝生意道：「若不是她，現在我已經只能到十八層地獄裡去做生意。」

小馬道：「所以你一定要報她的恩？」

郝生意道：「所以你現在還活著。」

如果真的做了柳金蓮那種女人的老公，除了一頭撞死外，還能怎麼辦？

小馬心裡雖然感激得要命，嘴裡卻絕對連一個「謝」字都不肯說出來。

他只問：「現在我們走的是什麼路？」

郝生意道：「那就得看你了。」

小馬道：「看我？」

郝生意道：「你若走得對，這就是狼山唯一的一條活路。」

小馬道：「我若走得不對？」

郝生意道：「那麼你跟我就都要被打下十八層地獄，萬劫不復。」

小馬當然明白他的意思，卻還是忍不住要問：「除了閻王之外，還有誰能把我們打下十八層地獄？」

郝生意道：「還有一個王。」

他說得已經很明顯，小馬卻非要打破砂鍋問到底不可。

「還有一個什麼王？」

「狼山之王。」郝生意聲音裡充滿尊敬：「在狼山上，他的權力遠比閻王還大得多。」

十六 朱五太爺

每條路都有盡頭，這條路的盡頭，已在山巔。

雲霧已到了足底，仰面就是青天。旭日正在東方昇起，彩霞滿天。

小馬的心一跳：「今天是十幾？」

郝生意道：「十四。」

小馬仰起臉：「前面是什麼地方？」

郝生意道：「前面就是狼山之王的王宮。」

小馬已完全信任這個人，可是他看見的卻絕不像是座王宮。

山巔居然還有花，一叢叢不知名的小花，掩映著一道竹籬，籬後彷彿有間木屋。

一個白髮蒼蒼的跛足老人，正彎著腰，在慢慢的掃著石徑上的落花。

現在已到了花落時節，斜斜的石徑上落花繽紛。他們踏著落花走上去，郝生意遠遠就停下腳，道：「我只能送你到這裡。」

小馬道：「到了這裡，我就一定可以見到他？」

郝生意道：「不一定。」

他勉強笑了笑道：「這世上本就沒有絕對一定可以做得到的事。我已盡了力，你是不是可以見得到他，就全得看你自己了。」

小馬也勉強笑了笑，道：「我明白。如果我見不到他，這裡就是我的葬身之地。」

風中充滿了乾燥枯葉和百花的芬芳，青天下遠山如翠。

一個人能死在這裡，也算是死得其所了，可是小琳呢？

郝生意看著他的笑，忽然壓低聲音，道：「我還可以洩漏一點秘密給你。」

小馬在聽。

郝生意道：「要想見朱五太爺，對那掃花的老人，就得特別尊敬。」

小馬沒有再說什麼，卻伸出了手。

那隻長著七根手指的手，指尖發冷。

郝生意道：「祝你順利。」

小馬道：「祝你好生意。」

掃花的老人彎著腰掃花，始終沒有抬起頭。

小馬大步走過去，抱拳躬身：「我姓馬，我特地來求見朱五太爺。」

掃花的老人聽不見。

小馬道：「我此來並無惡意，我是來送禮的。」

掃花的老人還是沒有抬頭，卻忽然道：「跪下來說話，再爬著進去。」

小馬並沒有忘記郝生意的叮嚀，他已經對這老人特別尊敬。

現在他居然還能忍住氣，道：「你叫誰跪下來？」

老人道：「叫你。」

小馬忽然大吼：「放你媽的屁。」

他已經準備不顧一切衝出去，他的拳頭已握緊。

誰知道這掃花的老人反而笑了，抬頭看著他，一雙衰老疲倦的眼睛裡也充滿笑意。

小馬的拳頭無法再打出去。

老人喃喃道：「有意思，有意思。」

小馬不懂：「什麼事有意思？」

老人道：「我已有五十一年沒聽過『放你媽的屁』這五個字，現在忽然聽見，實在很有意思。」

小馬的臉有點紅了。不管怎麼樣，這老人的年紀已經大得可以做他爺爺，他實在不應該太無禮。

老人又道：「走進去再向左，就可以看見一扇門。敲三次門，就推門進去。」

他又彎下腰去掃地，掃那永遠掃不盡的落花。

小馬很想說幾句有禮貌的話，卻連一句都說不出。

等他走入竹籬，再回頭時，卻已看不見竹籬外彎著腰掃花的人影。門也在花叢中。

小馬敲門三次，就推開門走進去。

木屋不大，窗明几淨。一個人坐在窗下，背對著他，彷彿在看一卷畫。

小馬躬身問：「朱五太爺？」

這人既不承認，也不否認，卻反問道：「你來幹什麼？」

小馬道：「來送禮。」

這人道：「什麼禮？」

小馬道：「一雙拳頭。」

這人道：「你的拳頭？」

小馬道：「是。」

這人道：「你這雙拳頭有什麼用？」

小馬道：「這雙拳頭會打人，打你要打的人。」

這人道：「人人的拳頭都會打人，我爲什麼偏偏要你的？」

小馬道：「因爲我打得比別人快，也比別人準。」

這人道：「你先打兩拳試試。」

小馬道：「好。」

他居然毫不考慮就答應，而且說打就打，先衝過去，再轉身打這人的鼻子。

這並不是因爲他特別喜歡打人的鼻子，只不過因爲他從不願在別人背後出手。先衝到這人面前再轉身，出手當然要慢一步。

這一拳打空了。

這個人凌空躍起，再飄飄落下。

小馬失聲道：「是你。」

他認得這個人。

這個人不是朱五太爺，是卜戰，「老狼」卜戰。

卜戰看著他，眼睛居然也有笑意，道：「你從不在背後打人？」

小馬道：「嗯。」

卜戰道：「好，好漢子。」

他忽然指著後面一扇門，道：「敲門五次，推門進去。」

這扇門後的屋子比較長，也比較寬。

屋角有張短榻，短榻上斜臥著一個人，也是背對著門的，卻不知是睡是醒。

小馬再躬身問：「朱五太爺？」

這人道：「不是。」

小馬道：「你是誰？」

這人道：「是個想挨揍的人。」

小馬道：「我若想見朱五太爺，就得先揍你一頓？」

這人道：「不錯。」

他還是斜臥在短榻上，背對著小馬：「隨便你揍我什麼地方都行。」

小馬道：「好。」

他又握緊拳頭衝過去。

他可以打這人的後頸和背脊，也可以打這人的屁股和腰。

這都是人身上的關節要害。

現在全都是空門，只要挨上一拳，就再也站不起來。

但是小馬打的並不是這些地方。他打的是牆，這人對面的牆。

一拳頭打過去，木板牆立刻被打穿個大洞，碎裂的木板反激出來，彈向這人的臉。

這人當然沒法子再躺在那裡，身子一挺，已凌空躍起。

小馬也一躍而起，凌空揮拳，痛擊這人的臉。

這一次他打的不是鼻子。

倉促間他沒把握能打準這人的鼻子，臉的目標總比較大些。

這人再想閃避，怎奈力已將盡而身子懸在半空中，也沒法子再使新力。

只聽「轟」的一聲，他的人已被打得飛了出去，撞在木板牆上。

本來已被打穿個大洞的木板牆，破的洞更大了。這人穿洞飛出，小馬也跟著穿過去，裡面的一間屋子更大。

一個人遠遠的坐在几邊喝茶，滿頭蒼蒼白髮，赫然竟是那掃花的老人。

剛才被一拳打進來的人，現在又已從牆上的破洞中穿出去。

掃花的老人道：「他不好意思見你。」

小馬道：「為什麼？」

掃花的老人道：「剛才他還在吹牛，只要你不在背後出手，絕對過不了他這一他眼睛裡又有了笑意：「你果然沒有失信，果然沒有在他背後出手。」

小馬道：「他也沒有失信。」

掃花的老人不懂。

小馬道：「他想挨揍，現在已挨了揍。」

掃花的老人大笑：「好小子，不但有種，而且還有趣。」

小馬道：「我是個好小子，你呢？」

掃花的老人道：「我只不過是個老頭子。」

小馬盯著他，道：「是老頭子？還是老太爺？」

掃花的老人微笑道：「老頭子通常就是老太爺。」

小馬眼睛裡閃著光：「是朱五太爺？」

掃花的老人不說話了，只笑。

小馬也不再問。他忽然跳起來，一拳打出去，打這老人的鼻子。

他並沒有失約，並沒有在背後出手。可是他出手的時候，也沒有打聲招呼。

他要讓這老人一點防備都沒有。這種打法，非但不能算英雄，簡直有點賴皮。

可是他一定要試試這老人的武功。

像這麼樣一拳打出去，無論誰要閃避招架都不容易。

何況這老人背後就是牆，根本已沒有退路。

他對自己這一拳本來很有信心，可是這一拳卻偏偏又打空了。

他一拳擊出，掃花的老人已到了牆上，就像是一張紙一樣，輕飄飄的飛了上去，輕飄飄的貼在牆上，看著小馬微笑。

小馬沒有再打第二拳。

他向後退，退出去好幾步，找了張椅子坐下。

掃花的老人道：「怎麼樣？」

小馬道：「很好。」

掃花的老人道：「誰很好？」

小馬道：「你很好，我不好。」

掃花的老人道：「你哪點不好？」

小馬道：「我那麼樣出手很不好，比起在背後出手已差不了多少。」

掃花的老人道：「可是你出手了。」

小馬道：「因爲我想試試你。」

掃花的老人道：「你試出了什麼？」

小馬道：「我的拳頭一向很少打空，今天卻已打空了三次。」

掃花的老人道：「哦？」

小馬道：「第一次是溫良玉，第二次是個見鬼的太陽神使者。」

掃花的老人道：「那兩個人本就是狼山上數一數二的高手。」

小馬道：「但是他們比你還差得多。」

掃花的老人道：「哦？」

小馬道：「自從我上了狼山，你是我遇見的第一高手。」

掃花的老人道：「哦？」

小馬道：「可是我的拳頭也不錯。」

掃花的老人承認：「很不錯。」

小馬道：「而且我拚命。」

掃花的老人道：「我看得出。」

小馬道：「所以你若肯收下我這雙拳頭，對你還是很有用。」

掃花的老人道：「當然很有用。」

小馬道：「你肯收？」

掃花的老人道：「我也很想收下來，只可惜你這雙拳並不是送給我的。」

小馬道：「我是送給朱五太爺的。」

掃花的老人道：「不錯。」

小馬道：「你就是朱五太爺，朱五太爺就是你。」

掃花的老人笑了，就在這時，後面忽然響起了一聲金鑼。

掃花的老人微笑道：「這一次你雖然又看錯了人，可是朱五太爺已準備見你。」

小馬怔住。

掃花的老人道：「還有一點你一定要記住。」

小馬只有聽。

掃花的老人道：「我絕不是狼山上的第一高手。在朱五太爺面前，我簡直連出手的機會都沒有。」

小馬幾乎不能相信世上真有武功比他高出那麼多的人，卻又不能不信。

掃花的老人道：「所以你在他面前，千萬不能放肆，更不能出手，否則必死無疑。」

他說得很鄭重，忽又笑了笑：「普天之下，能見到他真面目的人並不多，所以你進去無論是死是活，也都可以算不虛此行了。」

屋後還有一扇門，鑼聲又一響，門大開。

小馬在門外怔住，此刻他面對著的，竟是間七丈寬，二十七丈長的大廳。

他走入竹籬時，實在想不到那幾間木屋後竟有這麼樣一個地方。

大廳裡空無一物，四壁潔白如雪，二十七丈外卻又有扇門。

門上掛著珠簾，一個人坐在珠簾後。

小馬看不見他的臉，甚至連他的衣冠都看不清楚。

卻已覺得有種懾人的氣勢，如殺人的劍氣般直逼眉睫而來。

後面的門已關起，掃花的老人留在門外。

小馬正想往前走，四壁後突然傳出一聲嗚雷般的暴喝：「站住。」

小馬只有停住。

他是來求人的，不是來打架的。至少有九個人的性命都被捏在珠簾後這個人的手裡，他怎麼能輕舉妄動。

一聲暴喝後，大廳裡立刻又變得死寂如墳墓，過了很久，珠簾後才有聲音傳出。

聲音蒼老而有威。

「你已知道我是誰？」

「是的。」

小馬當然已知道，除了朱五太爺外，誰有這樣的威風？這樣的氣勢？

朱五太爺道：「你要見我？」

小馬道：「是。」

朱五太爺道：「你姓馬？」

小馬道：「是。」

朱五太爺道：「憤怒的小馬？」

小馬道：「是。」

朱五太爺：「昔年鏢局連營，五犬開花，就是被你和丁喜破了的？」

小馬道：「是。」

朱五太爺道：「好，看坐。」

雪白的牆壁間，忽然出現了一扇門。

兩條巨人般的彪形大漢，禿頂光頭，耳戴金環，抬著張虎皮交椅進來。

朱五太爺道：「坐下。」

小馬坐下，兩條大漢還留在他身後沒有走，牆上的門卻已消失了。

朱五太爺道：「五犬開花，氣焰不可一世，天下豪傑共厭之，你能擊破他們的連營，弱了他們的氣勢，所以你今日才有坐。」

小馬道：「我知道。」

朱五太爺道：「可是有坐未必就有命！」

小馬道：「我知道。」

朱五太爺道：「我也知道你並不珍惜你自己這條命。」

小馬沉默。

朱五太爺道：「你已中了太陽化骨散的毒，最多也只能活到明日午時。」

小馬沉默。

朱五太爺道：「你的朋友都已陷入絕境，你的情人已落入太陽神使者手裡，這次你們同上狼山的人，要想活著下山，已難如登天。」

小馬只有沉默，因爲他已無話可說。對這位狼山之王，他實在不能不佩服。

他本來以爲這個人只不過是個孤僻古怪、妄尊自大的垂死老人，隱士般獨居在山巔，任憑他的屬下欺瞞擺佈。

現在他才明白，只有這個人，才是狼山真正的主宰。狼山上發生的每件事，沒有任何一件能瞞過他的。

朱五太爺道：「現在你自知已無路可走，所以你才來找我，想用你的一雙拳頭，換回你們的十條命。」

他忽然冷笑，接著又道：「你有沒有見過只憑在神前燒一炷香，就能換得終生幸運的人？」

小馬道：「沒有見過。」

朱五太爺道：「我就是這裡的神。」

小馬道：「我的拳頭卻不是一炷香。」

朱五太爺道：「你的拳頭是什麼？」

小馬道：「是個忠心的夥伴，也是件殺人的利器。」

朱五太爺道：「哦？」

小馬道：「你並不是真的神，你的力量畢竟有限。能夠多一個忠心的夥伴，多一件殺人的利器，遲早總是有用的。」

他一定要說服這個人，所以又接著道：「死人卻沒有用，十個死人也比不上一把快刀，我的拳頭遠比刀更快。」

朱五太爺道：「你怎麼知道我這裡沒有比你更快的拳頭？」

小馬道：「至少我還未見過。」

朱五太爺道：「你想見？」

小馬道：「很想。」

朱五太爺道：「你回頭看看。」

小馬回過頭，就看見那兩條大漢，神話中巨人般的大漢。

十七 燃燒

他們當然也有拳頭。

他們的拳頭都已握緊，就像是鋼鐵打成的。

朱五太爺道：「你左邊的那個人叫完顏鐵。」

這個人身材雖較矮，卻還是有九尺開外。臉上橫肉繃緊，全無表情，左耳上戴著個碗大的金環，禿頭閃閃發光。

朱五太爺道：「他是童子功，十三太保橫練，左拳擊出重五百斤，右拳重五百七十斤。」

小馬道：「好，好拳。」

朱五太爺道：「你右邊的那個，叫完顏鋼。」

這個人的身材更高，容貌幾乎和左邊那人完全相同，只不過金環戴在右耳。

朱五太爺道：「他也是從小練童子功、金鐘罩、鐵布衫的功夫。刀槍難入，他的右手一拳重四百斤，左拳一擊卻至少有七百斤重。」

小馬道：「好，好拳頭。」

朱五太爺道：「他們都是胡兒，單純質樸，毫無心機。」

小馬道：「我看得出。」

朱五太爺道：「他們不但已將拳頭奉獻給我，連他們的命也奉獻給我。」

小馬道：「我也看得出。」

朱五太爺道：「有了他們，我爲什麼還要你？」

小馬道：「因爲我既不單純，又有心機，所以我比他們有用。」

朱五太爺道：「可是現在他們這兩雙拳頭若是同時擊下，你會怎麼樣？」

小馬道：「不知道。」

他真的不知道。這兩雙拳頭一擊，縱然沒有兩千斤的力氣，也差不了太多。要對付他們，他實在沒把握，但他也知道自己絕無選擇的餘地。

朱五太爺道：「你想不想試試他們的拳頭？」

小馬道：「很想。」

九月十四，晨。

晴。

大廳裡沒有窗戶，也沒有陽光。

這寬闊的大廳，四面牆壁雖然粉刷得雪一般白，卻終年不見日色。陰慘慘的燈光，也不知是從哪裡照過來的。

朱五太爺道：「你真的很想？」

小馬道：「真的。」

朱五太爺道：「你不後悔？」

小馬道：「一言既出，永無反悔。」

朱五太爺道：「好。」

這個字說出口，完顏兄弟的鐵拳已擊下，鐵拳還未到，拳風已震耳。

完顏鐵右拳打小馬的左顎，完顏鋼的左拳打小馬的右顎。

他們每個人只擊出一拳，這兩拳合併之力，已重逾千斤。

小馬沒有動，快拳必重，重拳必快。

這兩拳既然重逾千斤，當然快如閃電。一拳擊出，力量一發，就如野馬脫韁，弩箭離弦，再也難收回去了。

小馬看準了這一點，他並不是那種很有心機的人，可是他打架的經驗實在太豐富。

他既然不動，這兩拳當然全力擊出。

就在這時候，他忽然動了，他的人忽然游魚般滑了出去。

他幾乎已能感覺到拳頭已觸及他的臉。

他一直要等到這千鈞一髮，生死剎那間，他才肯動。除了經驗外，這還得有多麼大的勇氣。

只聽「蓬」的一聲，雙拳相擊，完顏鐵的右拳，正打在完顏鋼的左拳上。

沒有人能形容那是種多麼可怕的聲音。

除了兩隻鐵拳相擊聲外，其中還帶著骨頭碎裂的聲音。

但是這兩個神話中巨人般的大漢，卻連一點聲音都沒有發出來。

他們還是山嶽般站在那裡，橫肉繃緊的臉雖已因痛苦而扭曲，冷汗如雨。

但是他們連哼都沒有哼一聲。

小馬身子滑出，驟然翻身，忽然一拳擊向完顏鐵的左脅，完顏鐵並沒有倒下去。

他還有一隻拳頭，反手揮拳迎了上去。

小馬的拳頭並沒有變化迴避，他是個痛快的人，喜歡用痛快的招式。

又是「蓬」的一聲，聲音更可怕，更慘烈。

小馬的身子飛出，凌空翻了兩個筋斗才落下。

完顏鐵居然還沒有倒下去，可是他也已站不住了。

他的全身都已因痛苦而痙攣，滿頭黃豆般的冷汗滾滾而落，他的雙手垂下，拳骨已完全碎裂。

但他還是沒有哼一聲，他寧死也不能丟人，不能替他的主人丟人。就算他要死，也只能站著死。

小馬忍不住道：「好漢子！」

完顏鋼雙眼怒凸，瞪著他，一步步走過去，他還有一隻拳頭。

他還要拚！孤軍奮戰，不戰至最後一人，絕不投降。因爲他們有勇氣，還有一份對國家的忠心。

這個人也一樣。

只要還有一分力氣，他就要爲他的主人拚到底。

就是明知不敵，也要拚到底。

小馬在嘆息。

他一向敬重這種人，只可惜現在他實在別無選擇。

他也只有拚，拚到底。

完顏鋼還沒有走過來，他已衝過去，他一拳擊出，筆直如標槍。

這一拳並不是往完顏鋼拳頭上打過去的，是往他鼻子上打過去的。

要從這巨人的鐵拳下去打他的鼻子，實在太難、太險。

小馬這麼做，也並不是因爲他特別喜歡打別人的鼻子。

他敬重這個人的忠誠，他要爲這個人留一隻拳頭。

這一拳沒有打空。

完顏鋼的臉上在流著血，鼻樑已碎裂。

雖然他的眼睛裡滿是金星，已看不見他的對手，但是他還想再拚。

小馬卻已不再給他這種機會，小馬並不想這個人爲了別人毀滅自己。

他再次翻身，一拳打在這個人的太陽穴上。

完顏鋼終於倒了下去，只剩下他的兄弟一個人站在那裡，臉上不但有汗，彷彿還有淚。

一種無可奈何的痛淚。

既然敗了，就只有死，他本來想死的。

可是朱五太爺沒有要他死，他就不能死。他只有站在那裡，忍受著戰敗的痛苦與屈辱。

他希望小馬也過來一拳將他打暈。

小馬卻已轉過身，面對著二十丈外珠簾中端坐的那個人。

人在珠簾內，仍然望之如神。

小馬忽然道：「你爲什麼一定要這樣做？」

朱五太爺道：「怎麼樣做？」

小馬道：「你本來早就可以阻止他們的，你早就該看得出他們沒有機會！」

朱五太爺並不否認。完顏兄弟第一拳擊出後，他就已應該看得出。

小馬道：「但是你卻沒有阻止，難道你一定要毀了他們？」

朱五太爺冷冷道：「一個沒有用的人，留著又有何益？毀了又有何妨？」

小馬握緊雙拳，很想衝過去，一拳打在這個人的鼻子上。

如果只有他一個人，一條命，他一定會這麼樣做的，可是現在他絕不能輕舉妄動。

朱五太爺道：「其實他們剛才本可毀了你的！」

小馬不否認。

朱五太爺道：「剛才的勝負之分，只不過在剎那之間，連我都想不到你敢用那樣的險招。」

小馬道：「要死中求活，用招就不能不險！」

朱五太爺道：「你好大的膽！」

小馬道：「我的膽子本來就不小。」

朱五太爺沉默了很久，才說出一個字：「坐。」

小馬坐下。等他轉身坐下時，才發現完顏兄弟已悄悄退下去，連地上的血跡都看不見了。這裡的人做事的效率，就像是老農樁米，機動而迅速。

他坐下很久，朱五太爺才說道：「這一次我要你坐下，已不是爲了你以前做的事，而是爲了你的拳頭。」

小馬道：「我知道。」

朱五太爺道：「只不過有坐還是未必就有命。」

小馬道：「你還不肯收下這雙拳頭？」

朱五太爺道：「我已看出你這雙拳頭，的確是殺人的利器！」

小馬道：「多謝！」

朱五太爺道：「只不過殺人的利器，未必就是忠心的夥伴。」

他慢慢的接著道：「水能載舟，也能覆舟。若將殺人的利器留在身旁，而不知他是否忠心聽命，那豈非更危險？」

小馬道：「要怎麼樣你才相信我？」

朱五太爺道：「我至少還得多考慮考慮。」

小馬道：「你不能再考慮。」

朱五太爺道：「爲什麼？」

小馬道：「你有時間考慮，我已沒有。你若不肯助我，我只有走。」

朱五太爺道：「你能走得了？」

小馬道：「至少我可以試試看！」

朱五太爺忽然笑了，道：「至少你應該先看看你的朋友再走。」

小馬的全身冰冷，心又沉下。他的朋友也在這裡？

他忍不住問：「你要我看誰？」

朱五太爺淡淡道：「你並不是第一個到這裡來送禮的人，還有人的想法也跟你一樣！」

小馬道：「還有誰來送禮？送的是什麼？」

朱五太爺道：「是一把劍！」

小馬道：「常無意？」

朱五太爺道：「不錯。」

小馬動容道：「他的人也在這裡？」

朱五太爺道：「他來得比你早，我先見你，只因爲你不說謊。」小馬怔住。

朱五太爺道：「坐。」

小馬只有再坐下。常無意既然也已到了這裡，他怎麼能走？

他忽然發現自己竟已完全被這個人控制在掌握中，別無去路。

鑼聲又響起，門大開。常無意赫然就在門外，蒼白疲倦的臉，看起來已比兩日前蒼老了十歲。

這一夜間他遭遇到些什麼事？遇到過多少困境？多少危險？

此時此刻，忽然看見他，就好像在他鄉異地驟然遇見了親人——

一個身世飄零，無依無靠的人，這時是什麼心境？

小馬看著他，幾乎已忍不住有熱淚奪眶而出。

常無意臉上卻連一點表情都沒有，只冷冷的說了句：「你也來了？」

小馬忍住激動，道：「我也來了！」

常無意道：「你還好？」

小馬道：「還好！」

常無意慢慢的走進來，再也不說一個字，甚至連看都不再看他一眼。

小馬也只有閉上嘴。

他很了解常無意這個人，就像是焦煤一樣。平常是冷的，又黑、又硬、又冷。可是只要一燃燒起來，就遠比任何可以燃燒的東西熾熱。不但熾熱，而且持久。

也許它連燃燒起來都沒有發光的火燄，可是它的熱力，卻足以讓寒冷的人們溫暖。

現在他既然已到了這裡，別的人呢？

是在寒冷危險中？還是平安溫暖？

現在常無意也已面對珠簾。

他並沒有再往前走，他一向遠比任何人都能沉得住氣。

珠簾中的人也仍然端坐，就像是一尊永遠受人膜拜的神像。

常無意在等著他開口。

朱五太爺忽然問道：「你殺人？」

常無意道：「不但殺人，而且剝皮。」

朱五太爺道：「你能殺什麼樣的人？」

常無意道：「你屬下也有殺人的人，有些人他們若不能殺，我能殺。」

朱五太爺道：「你說得好像很有把握。」

常無意道：「我有把握。」

朱五太爺道：「只可惜再利的口舌也不能殺人。」

常無意道：「我有劍。」

朱五太爺道：「劍在哪裡？」

常無意道：「通常都在別人看不見的地方，到了要殺人時，就在那人的咽喉間。」

朱五太爺沉默了，過了很久，又說出了他剛才說過的兩個字：「看坐。」

十八　殺人者死

小馬坐的是張虎皮交椅。

交椅的意思，通常並不是張普通的椅子，當然也不是寶座。

可是交椅的意思，和寶座也差不了太多。

交椅通常都很寬大，兩邊有舒服的扶手。大部份人坐上去，都會覺得宛如坐入雲堆裡。

雲是飛的，是飄的。

椅子不是，無論哪種椅子都不是。

這張椅子卻像是飛進來的，飄進來的，誰都看不見抬椅子的人。

因爲抬椅子的人實在太矮、太小。大家只看得見這張寬大沉重的虎皮交椅，卻看不見他們。

他們的腰絕不比椅子腳粗多少，看來就像是七、八歲的孩子。

他們絕不是七、八歲的孩子，他們的臉上已有了皺紋，而且有了鬍鬚。

他們的腰上，束著二道腰帶，一條金，一條銀，光華燦爛，眩人眼目。

交椅放下，大家才能看見他們的人。

朱五太爺道：「只要是劍，都能傷人。」

常無意道：「是。」

朱五太爺道：「一柄劍是否可怕，並不在於它的長短。」

常無意道：「是。」

朱五太爺道：「一寸長，一寸強，一寸短，一寸險。」

常無意道：「是。」

朱五太爺道：「人也一樣！」

常無意道：「是。」

朱五太爺道：「這兩人都是侏儒，可是他們從十歲已開始練劍，現在他們已四十一。」

練劍三十年，這柄劍必是利劍，練劍三十年，這個人如何？

常無意道：「我知道他們。」

朱五太爺道：「哦？」

常無意道：「昔年天下第一劍客燕南天，身高一丈七寸，但是劍法之輕靈變化，舉世無敵！」

沒有人不知道燕南天，沒有人不尊敬他。

一個人經過許多年的渲染傳說，很多事都會被誇大。燕南天也許並沒有一丈七寸，但他人格的偉大高尚，卻是沒有人能比得上的。

常無意道：「當今最高的大劍客，號稱巨無霸，他的劍法卻比不上白玉京。」

朱五太爺道：「我知道他已敗在『長生劍』下十三次。」

常無意道：「你也應該知道，當今江湖中練劍的人，最高大的也不是他。」

朱五太爺道：「我知道。」

常無意道：「當今江湖中練劍的人，最矮小的卻無疑必是玲瓏雙劍！」

朱五太爺道：「你知道的倒不少。」

常無意道：「這兩人就是玲瓏雙劍，死在他們劍下的，至今最少有一百一十七人！」

朱五太爺道：「差不多。」

常無意道：「他們的腰帶，就是他們的劍。玲瓏雙劍，金銀交輝，金劍長三尺七寸，銀劍長四尺一寸。人短劍長，凌空飛擊，很少人能通過他們的劍下！」

朱五太爺道：「的確很少。」

常無意道：「要破他們的劍，只有一種法子！」

朱五太爺道：「什麼法子？」

常無意道：「要他們根本無法拔出他們的劍！」

這句話有十三個字。

說到第一個字時，他的劍已出鞘。

說到第二個字時，他的劍已在金劍咽喉上。

說到第三個字時，他的劍又已到了銀劍的咽喉間。

說到第四個字時，劍鋒又到了金劍的咽喉。

說到第十二個字時，他的劍鋒已在這兄弟兩人的咽喉間移動六次。

說到第十三個字時，他的劍已入鞘。

玲瓏雙劍呆住了。

他們的劍根本無法出鞘。縱然一個人的劍能有機會出鞘，另一個人的咽喉也已被刺穿。

他們並不是完顏兄弟那種純真質樸的人，他們已看到完顏兄弟的教訓。

他們誰也不希望看到自己的兄弟像狡兔已死的走狗般，死在別人劍下。

他們的冷汗已濕透衣裳。

大廳中又一陣死寂。

朱五太爺終於不能不承認：「好，好快的劍！」

常無意並不謙虛。

小馬更不是個謙虛的人，立刻道：「我的拳頭也不慢。」

朱五太爺道：「卻不知是你的拳快，還是他的劍快？」

小馬道：「不知道。」

朱五太爺道：「你們不想試試？」

小馬道：「也許我們遲早總會試一試，可是現在——」

朱五太爺道：「現在怎麼樣？」

小馬道：「現在我只想要我的朋友安全無恙，太平過山。」

朱五太爺道：「他們太平過了山，你的拳頭，他的劍，就都是我的？」

小馬看著常無意。

常無意道：「是。」

朱五太爺大笑，道：「好朋友，果然不愧是好朋友。」

他的笑聲笑得突然，結束得也突然。可是笑聲一發，珠簾就開始搖盪，珠玉拍擊，「叮噹」作響，直到笑聲停頓很久，還在不停的響。

小馬又看了看常無意，兩個人心裡都明白，這位狼山之王的氣功，的確已到登峰造極，駭人聽聞的地步。

就算他們的一雙拳頭、一柄劍同時攻過去，也未必是這人的敵手。朱五太爺忽然又問：「你們是九個人上山的，三個人到了太陽湖，你們在這裡，還有四個人在哪裡？」

常無意道：「在一個安全之地。」

朱五太爺道：「那地方真的安全？」

常無意閉上了嘴，他實在沒把握。

朱五太爺道：「在這狼山上，真正的安全之地只有一處。」

小馬忍不住問：「太平客棧？」

朱五太爺冷笑。

小馬道：「不是太平客棧是哪裡？」

朱五太爺道：「是這裡。」

他冷冷的接著道：「普天之下，絕沒有任何人敢在這裡惹事生非。縱然丁喜和鄧定侯到了這裡，也絕不敢放肆無禮。」

小馬道：「除此之外呢？」

朱五太爺道：「除此之外，無論他們在哪裡，隨時都可能有殺身之禍。」

小馬的心懸起。

他知道這絕不是恫嚇，他忍不住問常無意：「現在他們究竟是否平安？」

「是的。」

回答他這句話的人不是常無意，而是狼山之王。

小馬的心又下沉。

常無意的指尖在顫抖，掌心已有了冷汗。

這是他握劍的手，他的手一向乾燥而穩定，可是現在他竟已無法控制自己。

因爲他已聽懂了朱五太爺這句話的意思。

小馬也懂。

既然只有這裡才是狼山上的唯一安全之地，既然朱五太爺能確定張聾子、香香和藍家兄妹都依舊平安無恙，那麼他們現在當然也都已到了這裡。

過了很久，小馬才長長吐出口氣，道：「他們是怎麼來的？」

「是我帶來的。」

回答這句話的，既不是常無意，也不是朱五太爺。

門開了一線，一個人悄悄的走進來，竟是郝生意。

小馬的拳頭握緊，道：「想不到你又做了一票好生意。」

郝生意苦笑道：「這次我做的卻是件賠本生意，雖然沒賠錢，卻賠了不少力氣。」

小馬冷笑道：「賠本的生意你也做？」

郝生意道：「只此一次，下不爲例。」

他嘆了口氣，接著道：「他們都是我的好客人。我總不能讓他們糊裡糊塗就死在那山洞裡。」

小馬道：「什麼山洞？」

郝生意道：「飛雲泉後面的一個山洞。」

小馬道：「你怎知他們在那裡？」

郝生意道：「這位常先生雖然覺得那地方又平安、又秘密，卻不知那地方才是真正有死無生的絕地。」

他又嘆了口氣，道：「狼山上沒有人不知那地方。前面飛泉險洞，滑石密佈，無論誰都很難從裡面攻出來，後面更無路可退，若有人攻進去，你讓他們往哪裡走？」

常無意臉色鐵青。

小馬忍不住道：「那麼秘密的地方，你能找得到，倒也不容易。」

郝生意立刻同意：「若不是有人帶路，實在很難找得到。」

小馬道：「帶路的人是誰？」

常無意不開口，郝生意搶著道：「一定是獵狗。」

小馬道：「獵狗？」

郝生意道：「獵人首先放狗出去把老虎引到有陷阱的地方，老虎才會掉下去。這種狗，就叫獵狗。」

小馬道：「你知道那條獵狗是什麼人？」

郝生意道：「當然知道。」

小馬道：「是誰？」

郝生意道：「就是我。」

這次小馬握緊的拳頭居然沒有打出去。

他的拳頭只打人，不打狗。這個人的確是條狗，甚至比狗都不如。

郝生意居然還振振有詞，道：「我答應過那老太婆，要報她一次恩，我也答應過朱五太爺，絕對聽他老人家的話，現在我兩樣都做到了。」

小馬道：「哦？」

郝生意道：「你們要我帶你們來見朱五太爺，我已帶你們來了，因爲朱五太爺正好要我帶你們來見他，所以我不但還了那老太婆的情，也沒有違抗朱五太爺的命令。」

他長長吐出口氣，嘆道：

「我是個生意人，要做生意，就得兩面討好，誰都不能得罪的。」

小馬忍不住問：「你爲什麼要殺柳大腳？」

郝生意道：「要殺她的不是我。」

小馬道：「是誰？」

郝生意道：「只有朱五太爺才能叫我殺人。」

小馬道：「柳大腳得罪了他？」

郝生意道：「我是個生意人，只管做生意，別的事我從來不問。」

小馬道：「殺人也是生意？」

郝生意道：「不但是生意，而且通常都是好生意。」

常無意突然道：「這種生意我也常做。」
郝生意笑道：「我看得出。」
常無意道：「只不過我通常只殺人，不殺狗。」
郝生意笑得已有點勉強，道：「這附近好像沒有狗。」
常無意道：「有一條。」
郝生意退後幾步，笑得更勉強，道：「你既然從不殺狗，這次當然也不會破例。」
常無意冷冷道：「偶爾破例一次也無妨。」
郝生意笑不出了，驟然翻身，想奪門而出。
門還沒有拉開，劍已飛來。四尺長的軟劍標槍般飛了過去，從他的背後穿入，前胸穿出，「奪」的一聲，活生生將他釘死在門上。

他死得實在很冤。
因爲他做夢也想不到竟有人敢在這裡出手！

沒有慘呼。
劍鋒一下子就已穿透心臟。
大廳中一片死寂，過了很久，朱五太爺才緩緩道：「你好大的膽子。」
常無意不開口，小馬搶著替他回答：「他的膽子本來就不小。」
朱五太爺道：「你竟敢在這裡殺人！」

小馬又搶著道：「他本來不敢的，只不過他也不願意壞了自己的規矩。」

朱五太爺道：「什麼規矩？」

小馬道：「他一向不喜歡別人騙他，騙了他的人，從來也沒有活過半個時辰的。」

朱五太爺道：「你知不知道這裡的規矩？」

小馬道：「什麼規矩？」

朱五太爺道：「殺人者死。」

小馬道：「這是條好規矩。」

朱五太爺道：「所以我也不願有人壞了這條規矩。」

小馬道：「我也不願意。」

朱五太爺道：「那麼現在你就替我殺了他！」

小馬道：「是。」

他轉過身，面對常無意：「反正我早就想試試，究竟是我的拳頭快，還是你的劍快。」

劍已拔下，劍鋒還在滴著血。

拳頭也已握緊。

常無意的臉色鐵青，全無表情。

小馬道：「快擦乾你劍上的血。」

常無意道：「爲什麼？」

小馬道：「因爲我若殺不了你，你就會殺了我。我不想讓一柄上面還帶著狗血的劍刺入我喉嚨裡去，我連狗肉都不吃。」

常無意道：「有理。」

他就在那張鋪著虎皮的交椅上擦乾了他劍鋒上的血。

小馬卻已轉過身，面對珠簾，道：「不行，絕對不行。」

朱五太爺道：「什麼事不行？」

小馬道：「我不能殺他。」

朱五太爺道：「爲什麼？」

小馬道：「因爲我忽然想起了一件事。」

朱五太爺道：「什麼事？」

小馬道：「你這裡的規矩，是殺人者死。」

朱五太爺道：「不錯。」

小馬道：「他殺的卻不是人，是狗。」

一個人若是連自己都承認自己是條狗，別人爲什麼還要把他當做人？

小馬道：「我想你這裡總不會有『殺狗者死』這條規矩。」

無論什麼地方都不會有這條規矩。

朱五太爺忽然大笑，笑聲振動珠簾，珠簾搖盪間，鑼聲又響起。

門大開。

四個人抬著兩頂轎子大步走進來，還有兩個人走在後面。

後面的兩個人是香香和張聾子，轎子裡的當然無疑就是藍家兄妹。

朱五太爺道：「你們果然都不愧是好朋友，不管怎麼樣，我總得讓你們先見上一面。」

小馬想再問：「見過一面之後又如何？」

但是他沒有問。

他已經感覺到這次事件很不單純。其中有很多關鍵，都是他上山時沒有想到的，而且隨時隨刻都可能有變化，每個變化也全都出他意料之外。

現在他既然已上了山，憑一口氣上了山，就好像一個人已經騎上了虎背。

這是他自己心甘情願的，他只有騎在虎背上，等著看以後的變化。

就算他被這頭老虎吃下去，連皮帶骨都吃下去，他也只有認命。

可是他絕不能看著被他拖上虎背的這些朋友，被吃下去，屍骨無存。

幸好他現在還有一條命。

不管以後的事還有什麼變化，他都已準備將這條命送給他的朋友，送給他心愛的人。

——只要死得有代價，死又何憾？

——可是爲了自己的朋友，爲了自己心愛的人，就算自己只能多活一天，就絕不能死。

——所以他現在絕不能死，他還要活著爲他們的生存奮鬥下去。

香香走得很慢，顯得很虛弱。

張聾子寸步不離，一直跟隨在她身旁，目光一直沒離開過她。

她卻連看都沒有看他一眼，就好像自己身旁根本沒有這麼樣一個人。

他不在乎，他關心的是她，不是自己。

世上有很多種感情都很難解釋，他這種情感顯然就是其中之一。

他落拓江湖，潦倒一生，現在年紀已老大，自知配不上香香。

只不過他也是人，在度過了空虛孤獨的半生之後，他也想找一個精神上的安慰和寄託。

他對香香的感情，並不完全是男女間的愛，更不是佔有，而是一種奉獻和犧牲。

小馬不但了解這種感情，而且尊敬。

因爲他知道這是真的，無論哪種感情，只要是真的，就值得尊敬。

十九　圖窮匕現

抬轎子進來的四條大漢，黑衣白刃，慓悍矯健，已不是他們上山時帶來的轎伕。

轎子停下，香香趕過去掀起第一頂轎子的垂簾，藍蘭就扶著她的手走下來。

經過了這麼多天的危難勞頓後，她居然完全沒有一點疲倦憔悴之色，反而顯得更容光煥發，明艷照人。

她來的時候，一定已經在轎子裡著意修飾過。

因爲她不但美麗而且聰明，她知道一個女人最大的武器，就是她的容貌和風姿，小馬一向很佩服她。

他從未在任何時候看見她有一點令人不愉快的樣子。

藍蘭只用眼角瞟了他一眼，就面對珠簾，盈盈一拜，道：「我叫藍蘭，特地來拜見朱五太爺！」她的聲音柔媚，風姿優美。

朱五太爺縱然已老了，畢竟是個男人。她相信只要是男人，就無法抗拒她的魅力。

這就是她唯一可以用來對付朱五太爺的武器。

朱五太爺卻完全沒有反應。

藍蘭又道：「我雖然是個平凡無用的女人，但有時說不定也有能替你老人家效力的地方。

只要你老人家吩咐，不管什麼事，我都遵命！」

這句話說得並不露骨，可是其中的風情，只要是男人，就應該明白。

她相信朱五太爺也一定不會拒絕的，她已經準備用最優美的姿態走過去。

只要能接近珠簾中的這個人，不管什麼事都有希望了。

想不到這一次她的武器居然完全失效。

朱五太爺只冷冷的說了兩個字：「站住！」

藍蘭只有站住，卻還想再作一次努力，柔聲道：「我只不過想看看你老人家的風采，難道連這一點你老人家都不准？」

朱五太爺道：「你看見了面前的石階？」

藍蘭當然看見了。

——入門兩丈外，就有幾層石階，光可鑑人。

朱五太爺道：「無論誰只要上了這石階一步，格殺勿論！」

石階遠離珠簾至少有二十丈，他爲什麼一定要和別人保持這麼遠的距離？

藍蘭沒有問，也不敢問。

她使出的武器已無效，這一戰她已敗了。

朱五太爺道：「你的兄弟有病？」

藍蘭輕輕嘆息，道：「他病得很重，所以只求你老人家……」

她說話的時候，誰也沒有注意到張聾子正在悄悄往前走，幾乎已接近了石階。

這句話她沒有說完，因爲朱五太爺忽然又大喝一聲：「站住！」

喝聲振動了珠簾，也震住了人的心。

張聾子卻忽然一箭步往前面衝過去，大聲道：「你騙不到我的，你……」

他平時行動雖然蹣跚遲鈍，輕功卻不弱，說出這七個字，他已衝出十餘丈。

就在這時，搖盪的珠簾後，也有個人竄了出來，身法快如鬼魅，出手更快。

大家還沒有看清他的人，他身子還在半空，已一腳踢在張聾子胸膛上。

張聾子武功本不差，昔年也是身經百戰的好手，卻沒有避開這一腳。

他的人竟被踢得飛起來，滾了幾滾，滾下石階。

香香立刻撲過去，撲在他身上，失聲道：「你這是爲了什麼？」

張聾子本來緊咬著牙，現在想開口說兩句話。一開口，鮮血就箭雨般噴出，落在臉上。

香香立刻用衣袖去擦，一面擦，一面流淚，他臉上的血擦乾了，她已淚流滿面。

張聾子看著她，不停的咳嗽，居然還勉強笑了笑，掙扎著說出兩句話：「我實在想不到

……想不到我死的時候，居然還有人爲我流淚。」

小馬也撲過來，壓低聲音問：「你爲什麼要這樣做？」

張聾子不停的咳嗽喘息，又說出了兩個字：「因爲……」

這就是他說出的最後兩個字。

香香痛哭失聲。

她了解他對她的感情，可是她不敢表露，因爲他只不過是個落拓的老人，衰老的皮匠。

現在她才明白，一個人的愛是否值得接受，並不在他的身分和年紀。

而在於那份感情是不是真的。

可惜現在已太遲了。

小馬沒有淚，常無意也沒有。

他們都盯著站在珠簾前的一個人，剛才一腳踢死張聾子的人。

這個人居然也是個侏儒，卻極健壯。一雙腿雖然不到兩尺，卻粗如樹幹。

常無意忽然冷冷道：「好厲害的飛雲腳！」

這人咧開嘴笑笑，不開口。

珠簾後卻又傳出朱五太爺的聲音：「他不會說話，他是個啞巴。」

常無意道：「據說江湖中有兩個最厲害的啞巴，叫西北雙啞！」

朱五太爺道：「不錯！」

常無意道：「他就是西方星宿海，天殘地缺門下的無舌童子？」

朱五太爺道：「想不到你們還有點見識。」

常無意冷冷道：「張聾子能死在這種名人腳下，總算死得不冤。」

朱五太爺道：「我說過，無論誰只要超過這石階一步，格殺勿論！」

常無意道：「我還記得你說過的一句話！」

朱五太爺道：「什麼話？」

常無意道：「殺人者死！」

朱五太爺道：「你想爲你的朋友報仇？」

常無意道：「是。」

朱五太爺道：「你遲早會有機會的。可是現在，你若敢踏上石階一步，我叫你立刻萬箭穿心而亡！」

「萬箭穿心」這四個字說出口，珠簾兩旁的牆壁上忽然出現了兩排小窗，無數柄強弓硬弩已對準了常無意的心臟，箭頭閃閃發光。

常無意整個人都已僵硬。

這看來空無一物的大廳，其實卻到處都有殺人的埋伏！

藍蘭嘆了口氣，柔聲道：「張先生雖然死了，能死在名人手中，美人懷裡，也算死得其所，死而無憾了！」

小馬忽然大笑，道：「說得好，說得有理！」

他的笑聲聽起來實在比哭還讓人難受。

藍蘭道：「人死不能復生，何況每個人遲早都要死的。」

小馬的笑聲突然停頓，大吼道：「那麼爲什麼你不讓你弟弟去死？」

藍蘭道：「因爲他是我弟弟！」

她的聲音還是很平靜，慢慢的接著道：「也因爲我相信你，一定會護送他平安過山的！」

小馬閉上了嘴。

藍蘭道：「他是個可憐的孩子，從小就多病，連一天好日子都沒有過。若是這麼樣死了，叫我這做姐姐的怎麼能安心？」

她的聲音已哽咽，美麗的眼睛裡也有了淚光，又面對珠簾拜下，道：「你老人家若是要了他這條命，簡直和踩死螞蟻一樣。所以我只求你老人家開恩放了我們，讓我們過山去求醫。」

朱五太爺冷冷道：「我很想放了他，只可惜他不是螞蟻，螞蟻不坐轎子。」

藍蘭道：「他一直躲在轎子裡，沒有出來拜見你老人家，絕不是因爲他敢對你老人家無禮！」

朱五太爺道：「那是因爲什麼？」

藍蘭道：「因爲他實在病得太重，見不得風！」

朱五太爺道：「這裡哪裡有風？」

藍蘭不能不承認：「沒有。」

朱五太爺道：「他爲什麼不出來？」

藍蘭道：「因爲……因爲外面總比轎子裡冷得多。」

朱五太爺忽然大笑，道：「說得好，說得有理！」

他的笑聲忽又停頓，厲聲道：「你們替我去把他揪出來，看他死不死得了！」

一句話還沒有說完，四壁間已出現了六個人，其中不但有玲瓏劍，還有卜戰和那掃花老人。

無舌童子的身子也凌空飛起，竄了過來。

常無意早就在等著他。

他的人一過石階，常無意立刻迎了上去，劍光一閃，直刺咽喉。

他的劍走偏鋒，奇詭迅急。

可是星宿海門下的弟子，武功更奇秘怪異，半空中居然還能再次擰身。

常無意這一劍刺空了，無舌童子的飛雲腳已踢向他胸膛。
霎眼間兩人已打了十餘招，使出的都是致命的招數！
他們自己心裡都知道，兩個人只要一交上手，就有個人必死無疑。

小馬迎向那掃花的老人。
老人道：「你是個好男兒，我不想殺你！」
小馬道：「多謝多謝。」
老人道：「我也不喜歡殺人！」
小馬道：「客氣客氣。」
老人道：「這是什麼話？」
小馬道：「你白天在這裡掃花，晚上到哪裡去了？」
老人道：「你說我到哪裡去了？」
小馬道：「去殺人！」
他淡淡的接著道：「也許你不喜歡自己動手，可是你喜歡看人殺人！」
——夜狼圍攻，浴血苦戰，一個跛足的黑衣人，遠遠的站在岩石上。
小馬道：「你白天掃花，晚上殺人，這種日子也過得未免太忙了些，你累不累？」
老人已沉下臉，冷冷道：「掃花和殺人都是種樂趣，我怎麼會累！」
小馬居然同意，道：「一個人做的若是自己喜歡做的事，就不會覺得累的。」
老人道：「你喜歡幹什麼？」

小馬道：「喜歡打你的鼻子，一拳不中，還有第二拳，就算打上三千六百拳，我也不會累的！」

這句話說完，他已經打出了七、八拳。

七、八拳打出後，他才發現這老人的身法輕靈飄忽，要想打中他鼻子，實在不容易。

小馬不怕累，可是他卻不能不替藍蘭和轎子裡那病人擔心，因爲玲瓏雙劍已經過去了，老狼卜戰還在旁邊掠陣。他根本沒法子分身去救他們，何況還有兩排強弓大箭。

小馬也不怕死。

對他來說，真正可怕的並不是他現在的對手，也不是老狼卜戰和玲瓏雙劍，更不是這些大箭長弓。

真正可怕的只有一人——朱五太爺！

只有他才是狼山上的主宰，幾乎也可以算是小馬這一生所見過的第一高手。

他的氣功固然可怕，他的陰沉更可怕。

——你們都是好朋友，不管怎麼樣，我總得讓你們先見上一面。

現在小馬終於明白了這句話的意思。

——見過一面後怎麼樣？

——死！

死也有很多種死法，他選擇的必定是最殘酷可怕的一種。

從一開始，他就沒有打算要小馬的拳頭、常無意的劍。

從一開始，他就沒有打算讓他們其中任何一個人活著回去。

病人還在轎子裡，藍蘭一直沒有離開過這頂轎子。

她看見玲瓏雙劍向這頂轎子走過來。

小馬在拚命，常無意也在拚命，爲她和她那重病的兄弟拚命。

她卻好像沒有看見。

她的笑還是那麼迷人，聲音還是那麼動聽：「兩位小弟弟，你們今年已經有多大年紀？」

她知道玲瓏雙劍絕不會回答這句話的，因爲侏儒們一定都不願意別人提起他們的年紀，他們自己當然更不願提。

她問話的重點並不在這裡。

所以她不等他們開口，立刻又問：「你們有沒有見過一個真正美麗的女人，而且完全脫光了衣服的？」

玲瓏雙劍也許見過，也許沒見過，但他們畢竟也是男人。

若有一個真正美麗的女人脫光了衣服，無論什麼樣的男人都不會拒絕去看的。

藍蘭忽然喚：「香香！」

香香還在流淚。

藍蘭道：「你自己認爲你自己是不是很難看？」

香香搖頭。

藍蘭道：「那麼你爲什麼不讓他們看看？」

香香雖然還在流淚，卻很快就站了起來，很快就讓自己完全赤裸了！

在這麼樣的心情下，她的動作當然絕不會美，可是她身材卻實在很美。

那堅挺的乳房，纖細的腰，渾圓修長的腿，都不是任何男人常常能看得到的。

藍蘭自己好像也很欣賞，輕輕嘆了口氣，道：「你們看她美不美？」

玲瓏兄弟同時道：「美！」

藍蘭道：「你們爲什麼不多看看？」

玲瓏兄弟道：「我們想看你！」

藍蘭嫣然道：「我已經是個老太婆了，沒什麼好看的，可是你們如果一定要看，我……」

她垂下頭，開始解衣服的扣子，她的衣扣中也藏著暗器。

誰知她的暗器還沒有發出，玲瓏雙劍的劍已揮出。

他們根本沒有看香香，他們一直都在盯著藍蘭的手。

藍蘭嘆了口氣，道：「我看錯了你們，原來你們這裡連大帶小，連老帶少，都不是男人！」

她的暗器還是發了出來，卻已被劍光擊落。

玲瓏雙劍就是雙生兄弟，心意相通，金銀兩劍合璧，天衣無縫。

藍蘭並不是弱不禁風的女人，她會武功，而且武功不弱。

可是她也沒法子抵擋這兩把劍。

她的髮髻已被削落，金色的劍光如毒蛇般纏住了她，銀色的劍光有幾次都已幾乎穿透她咽喉。

她已經開始在喘息，大叫道：「小馬，你還不快來救我？」

小馬想過來，有幾次他都已幾乎可破那跛足老人的招式，可是卜戰的旱煙袋又迎面擊來。

沉重的煙斗、熾熱的煙絲，他只有退。

他看出藍蘭的情況更危急，可是他完全無能為力。

藍蘭的聲音已顫抖，道：「你們真的忍心殺我？」

玲瓏雙劍不理她。

金色的劍光綿密如絲，封住了她所有的退路，銀色的劍破空一刺，眼見就要透胸而過。

朱五太爺忽然道：「留下她！」

銀光立刻停頓，劍鋒還在她眉睫間。

朱五太爺道：「我要的是轎子裡的那個人！」

玲瓏雙劍道：「要死的，還是活的？」

朱五太爺的回答只有一個字：「殺！」

狼山上的人，本就視人命如草芥。朱五太爺若說要殺一個人，這個人就死定了。

小馬也只有看著。

他答應過藍蘭平安護送這個人過山的，他已為這個人流過汗，流過血。

只可惜他是人，不是神！

人力畢竟是有限的，人世間本就有許多無可奈何的事。

你若遇見了這種事，流汗也沒有用，流淚也沒有用，流血更沒有用。

「殺」這個字說出口，抬轎子進來的那四條黑衣白刃大漢，刀已拔出。

四把刀，兩柄劍，同時刺入了那頂轎子，分別由四面刺了進去。

無論轎子裡的人往哪邊去躲，都躲不開的。就算他是條生龍活虎般的好漢，也避不開。

何況轎子裡這個人已病重垂危，命如遊絲，連手都抬不起。

藍蘭整個人都軟了，用手蒙住了眼睛。

轎中人是她的兄弟，這四把刀、兩柄劍刺入，她兄弟的血立刻就要將這頂轎子染紅。

她當然不忍看，也不敢看。

奇怪的是，她的手指間居然還留著一條縫，居然還在指縫間偷看。

她沒有看見血，也沒有聽見慘呼。

刀劍刺入，轎子裡居然連一點反應都沒有。轎子外面的六個人臉色卻變了，手足也已僵硬。

只聽「格、格、格」幾聲響，六個人同時後退，刀劍又從轎子裡抽出。

四把百煉精鋼打成的快刀，刀頭竟已被折斷。玲瓏雙劍的劍也已只剩下半截。

朱五太爺冷笑道：「果然不出我所料，果然好功夫！」

他突然又大喝：「看箭！」

弓弦聲響，亂箭齊發，暴雨飛蝗般射了過來，射入轎子。

轎子裡還是全無反應，幾十根箭忽然又從裡面拋出，卻已只剩下箭桿。

箭頭呢？

只聽「嗤」的一聲響，十道寒光自轎子裡飛出，打入了珠簾左邊的第一排窗口。

窗口裡立刻響起了慘呼，濺出了血珠。

這變化每個人都看得見。小馬也看見了，心裡卻不知是什麼滋味。

現在他才知道，他們流血流汗，拚命保護的這個人，才是真正的高手，武功遠比任何人想像中都要高得多。但他卻實在想不通這個人為什麼要裝成病重垂危的樣子？

為什麼要躲在轎子裡？

他故意要小馬他們保護他過山，究竟為的是什麼？

朱五太爺忽又大喝：「住手！」

小馬立刻住手。

他本就不願再糊裡糊塗的為這個人拚命了。

他忽然發現自己這幾天做的事，簡直就像是條被人戴上眼罩去拉磨的驢子。

常無意也已住手。

他的心情當然也跟小馬差不多。朱五太爺說的話就是命令，他的屬下當然更不敢不住手。

大廳裡立刻又變得一片死寂，過了很久，才聽見藍蘭輕輕嘆了口氣，道：「我早就勸過你們，不要去惹他的，你們為什麼不聽？」

轎子裡的人在咳嗽。

朱五太爺冷笑道：「神龍已現首，閣下又何必再裝病？」

藍蘭道：「他本來就有病！」

朱五太爺道：「什麼病？」

藍蘭道：「心病！」

朱五太爺道：「他病得很重？」

藍蘭點點頭，嘆息著道：「幸好他的病還有藥可治。」

朱五太爺道：「哦？」

藍蘭道：「治他的病，並不在山那邊！」

朱五太爺道：「在哪裡？」

藍蘭道：「就在這裡，我們就是上山來求藥的，所以我們故意讓你把我們逼入絕路，故意讓你認爲我們已不能不到這裡來。」

朱五太爺道：「你們千方百計，爲的就是要來見我？」

藍蘭不否認。

朱五太爺道：「既然如此，他爲什麼還要躲在轎子裡？」

藍蘭道：「我問問他！」

她轉過身，靠近轎子，輕輕問道：「朱五太爺想請你出來見見面，你看怎麼樣？」

轎子裡的人「嗯」了一聲，藍蘭立刻掀起了垂簾。扶著她的手，慢慢的走下轎子的人，正是小馬在太平客棧裡見過的那個年輕人。

他臉色還是那麼蒼白，完全沒有血色。在這還沒有寒意的九月天氣，他身上居然穿著件貂裘，居然沒有流汗。

貂裘的皮毛豐盛，掩住了他半邊臉，卻還是可以看出他的眉目很清秀。

藍蘭看著他，眼睛裡流露出無限溫柔，道：「你走不走得動？」

這年輕人點點頭，面對著珠簾，道：「現在你已看見了我！」

朱五太爺道：「看來閣下好像真的有病。」

他臉上的表情別人雖然看不見，但是每個人都能聽得出他的聲音很激動，只不過正故作鎮定而已。

年輕人嘆了口氣，道：「只可惜你雖然看得見我，我卻看不見你！」

朱五太爺道：「你爲何不過來看看？」

年輕人道：「我正想過去！」

他居然真的走了過去，走得雖然很慢，腳步卻沒有停。

走過石階時，他的腳步也沒有停。

——無論誰只要走上這石階一步，格殺勿論！

這句話他好像根本沒聽見。

珠簾旁的窗口裡，箭又上弦，閃閃發光的箭頭，都在對著他。

他好像根本沒看見。

卜戰、無舌、夜狼、玲瓏雙劍，這些絕頂高手，在他眼中也好像全都是死人！

卜戰他們並沒有動，因爲朱五太爺還沒有發出命令。

二十 眞相

這是不是因爲他故意要留下這個人，由自己來出手對付？

因爲他才是狼山上的第一高手，只有他才能對付這年輕人。

他那驚人的氣功，江湖中的確已很少有人能比得上。

這年輕人深藏不露，武功更深不可測。

他們這一戰是誰勝誰負？

沒有人能預料，可是每個人手裡都捏著把冷汗。不管他們誰勝誰負，這一戰的激烈與險惡，都必將是前所未見的。

年輕人已走近珠簾，朱五太爺居然還是端坐在珠簾裡，動也不動。

他是不是已有成竹在胸？

小馬的拳頭又握緊，心裡在問自己：「別人敢過去，我爲什麼不敢？難道我真是條被人牽著拉磨的驢子？」

別的事他都可以忍受，挨窮、挨餓、挨刀子，他都不在乎。

可是這口氣他實在忍不下去。

這世上本就有種人是寧死也不能受氣的，小馬就是這種人。

他忽然衝了過去，用盡全身力氣衝了過去，衝過了石階。

沒有人攔阻他，因爲大家的注意力，都集中在那年輕人身上。

等到大家注意到他時，他已箭一般衝入了珠簾，衝到朱五太爺面前。

一個人年紀漸漸大了，通常都會變得比較孤僻古怪。

朱五太爺變得更多。

近年來除了他的貼身心腹無舌童子外，連群狼中和他相處最久的卜戰，都不敢妄入珠簾一步。

——妄入一步，亂劍分屍。

以他脾氣的暴烈，當然絕不會放過小馬的。

小馬是不是能撐得住他的出手一擊？

常無意也準備衝過去，要死也得和朋友死在一起！

誰知朱五太爺還是端端正正的坐在那裡，動也沒有動。

小馬居然也沒有動。

一衝進去，他就筆筆直直的站在朱五太爺面前，就好像突然被某種神奇的魔法制住，變成了個木頭人。

難道這個珠簾後真的有種神秘的魔力存在？

可以將有血有肉的人化爲木石？

還是因爲朱五太爺已練成了某種神奇的武功，用不著出手，就可以置人於死地？

這世上豈非本就有很多令人無法思議，也無法解釋的事！對這些事，無論任何人都會覺得有種不可抗拒的恐懼。

常無意緊握著他的劍，一步一步走過去。

他心裡也在怕，他的衣衫已被冷汗濕透，但是他已下定決心，絕不退縮。

想不到他還沒有走入珠簾，小馬就已動了。

小馬並沒有變成木頭人，也沒有被人制住，卻的確看見了一件不可思議的怪事。

一闖入珠簾，他就發現這位叱吒風雲、不可一世的狼山之王，竟是個死人，不但是死人，而且已死了很久。

珠簾內香煙繚繞，朱五太爺端坐在他的寶座上，動也沒有動，只因爲他全身也已冰冷僵硬。

他臉上的肌肉也已因萎縮而扭曲，一張本來很莊嚴的臉，已變得說不出的邪惡可怖，誰也不知道他已死了多久？

他的屍體還沒有腐爛發臭，只因爲已被某種神秘的藥物處理過。

因爲有個人要利用他的屍體發號施令，控制住狼山上的霸業。

剛才在替他說話的，當然就是這個人。

他絕不能讓任何人知道這秘密，所以絕不能讓任何人接近這道珠簾。

他能夠信任的，只有一個無舌的啞巴，因爲他非但沒有舌頭，也沒有慾望。

現在小馬當然也明白張聾子爲什麼要冒死衝過來了！

——他天生就有雙銳眼，而且久經訓練。就在這道珠簾被「站住」那兩個字的喝聲振動時，發現了這秘密。

——「站」字是開口音，可是說出這個字的人，嘴卻沒有動。

他看出端坐在珠簾後的人已死了，卻忘了死人既不能說話，說話的必定另有其人，這個人當然絕不會再留下他的活口。

小馬怔住了很久，只覺得心裡有種說不出的悲哀。爲這位縱橫一世的狼山之王悲哀，爲人類悲哀。

不管一個人活著時多有權力，死了後也只能受人擺佈。

他嘆息著轉過身，就看見了一個遠比他更悲傷的人。

那個身世如謎的年輕人，也正癡癡的看著朱五太爺，蒼白的臉上，淚流滿面。

小馬忍不住問：「你究竟是誰？」

年輕人不開口。

小馬道：「我知道你一定不姓藍，更不會叫藍寄雲。」

他的目光閃動，忽然問：「你是不是姓朱？」

年輕人還是不開口，卻慢慢的跪了下去，跪在朱五太爺面前。

小馬突然明白：「難道你是他的……他的兒子？」

只聽一個人在簾外輕輕道：「不錯，他就是朱五太爺的獨生子朱雲。」

朱五太爺仍然端坐在他的寶座上，從珠簾外遠遠看過去，仍然莊嚴如神。他的獨生子還是跪在他面前，默默的流著淚。

卜戰遠遠的看著，眼睛裡彷彿也有熱淚將要奪眶而出。

小馬道：「你和朱五太爺已是多年的夥伴。」

卜戰道：「很多很多年了。」

小馬道：「但是你剛才並沒有認出朱雲就是他的獨生子。」

卜戰道：「朱雲十三歲時就已離開狼山，這十年都沒有回來過。」

無論對任何人來說，十年間的變化都太大。

小馬道：「他爲什麼要走？爲什麼不回來？」

卜戰道：「他天生就是練武的奇才，十三歲時，就認爲自己的武功已不在他父親之下，就想到外面去闖他自己的天下。」

小馬道：「可是他父親不肯讓他走？」

卜戰道：「一個人晚年得子，當然捨不得讓自己的獨生兒子離開自己身邊。」

小馬道：「所以朱雲就自己偷偷溜走了？」

卜戰道：「他是個有志氣的孩子，而且脾氣也和他父親同樣固執。如果決定了一件事，誰都沒法子讓他改變。」

他嘆息著，又道：「這十年來，雖然沒有人知道他在哪裡，可是我和他父親都知道，以他的脾氣，在外面一定吃了不少苦。」

小馬轉向藍蘭：「這十年來他在幹什麼，也許只有你最清楚。」

藍蘭並不否認：「他雖然吃了不少苦，也練成了不少武功絕技。爲了要學別人的功夫，什麼事他都可以做得出來。」

一個人的成功本就不是偶然的。

他能夠有今日這樣的武功，當然也經過了一段艱苦辛酸的歲月。

藍蘭道：「可是他忽然厭倦了，他忽然發現一個人就算能練成天下無敵的功夫，有時反而會覺得更空虛寂寞。」

她的神情黯然，慢慢的接著道：「因爲他沒有家人的關懷，也沒有朋友。他的武功練得愈高，心裡反而愈痛苦。」

小馬了解這種情感。

沒有根的浪子們，都能了解這種情感。

若是沒有人真正關心的成敗，成敗豈非也會變得全無意義？

小馬凝視著藍蘭，道：「你不關心他？」

藍蘭道：「我關心他，可是我也知道，他真正需要的安慰與關懷，絕不是我能給他的。」

小馬道：「是他的父親？」

藍蘭點點頭，道：「只有他的父親，才是他這一生中真正唯一敬愛的人。可是他的脾氣實在太倔強，非但死也不肯承認這一點，而且總覺得自己是溜出來的，已沒有臉再回去。」

卜戰道：「我們都曾下山去找他。」

藍蘭道：「那幾年他還未曾體會到親情的可貴，所以一直避不見面。等他想回來的時候，已經聽不見你們的消息。」

——人世間豈非本就有很多事都是這樣子的？

否則人生中又怎麼會有那許多因誤會和矛盾造成的悲劇。

一點點誤會和矛盾，可能造成永生無法彌補的悲劇。

這也就是人生中最大的悲劇。

藍蘭道：「他救過我們藍家一家人的性命，我當然不能看著他受苦，所以我就偷偷的替他寫了很多封信，千方百計託人帶到狼山上來，希望朱五太爺能派人下山去接他的兒子。」

卜戰道：「我們爲什麼都不知道這回事？」

藍蘭嘆息道：「那也許只因爲我所託非人，使得這些信都落入了一個惡賊的手裡。」

她接著又道：「可是當時我們都沒有想到這一點，因爲我的信發出不久，狼山上就有人帶來了朱五太爺的回音。」

卜戰道：「什麼回音？」

藍蘭道：「那個人叫宋三，看樣子很誠懇，自稱是朱五太爺的親信。」

卜戰道：「我從未聽說過這個人。」

藍蘭道：「他這姓名當然是假的，只可惜我們以後永遠都不會知道他究竟是誰了。」

卜戰道：「爲什麼？」

藍蘭道：「因爲現在他連屍骨都已腐爛。」

她又補充著道：「他送來的是個密封的蠟丸，一定要朱雲親手剖開，因爲蠟丸中藏著的朱五太爺給他兒子的密函，絕不能讓第三者看見。」

父子間當然應該有他們的秘密，這一點無論誰都不會懷疑。

藍蘭道：「想不到蠟丸中藏著的，卻是一股毒煙，和三枚毒針。」

小馬搶著問道：「朱雲中了他的暗算？」

藍蘭苦笑道：「有誰能想得到父親會暗算自己的兒子？幸好他真的是位不出世的武林奇才，居然能以內力將毒性逼出了大半。」

小馬道：「宋三呢？」

藍蘭道：「宋三來的時候，已經中了劇毒，他剛想逃走時，毒性就已發作，不到片刻時，連骨帶肉都已腐爛。」

小馬握緊拳頭，道：「好狠的心，好毒辣的手段。」

藍蘭道：「可是虎毒不食子，那時我們已想到，叫宋三送信來的，一定另有其人，他不願讓朱五太爺父子重逢，因爲他知道朱雲一回去，必將繼承朱五太爺的霸業。」

她嘆息著道：「我們同時還想到了另外更可怕的一點。」

小馬道：「哪一點？」

藍蘭道：「這個人既然敢這樣做，朱五太爺縱然還沒有死，也必定病在垂危。」

卜戰立刻同意，恨恨道：「朱五太爺雄才絕頂，他若平安無恙，這個人就算有天大的膽子，也絕不敢這麼做的。」

藍蘭道：「父子連心，出於天性，到了這時候，朱雲也不能再固執。」

她又嘆了口氣，道：「可是我們也想到了，這個人既然敢暗算朱五太爺的獨生子，在狼山上一定已有了可以左右一切的勢力。如果我們就這麼樣闖上山來，非但一定見不到朱五太爺，也許反而害了他老人家。」

卜戰替她補充，道：「因爲那時你們還不能確定他的死活，朱雲縱然功力絕世，毒性畢竟還沒有完全消除，出手時多少總會受到影響的。」

藍蘭道：「可惜我們也不能再等下去，所以我們一定要另外想個萬無一失的法子。」

小馬道：「所以你們想到了我。」

藍蘭點點頭道：「我們並不想欺騙你，只不過這件事實在太秘密，絕不能洩露一點消息。」

小馬也嘆了口氣，點頭道：「其實我也並沒有怪你，這本來就是我心甘情願的。」

常無意冷冷道：「現在我只想知道一件事。」

小馬道：「什麼事？」

常無意道：「主使這件陰謀的究竟是誰？」

小馬沒有回答，藍蘭和卜戰也沒有。可是他們心裡都同時想到了一個人——「狼君子」溫良玉。

他本是朱五太爺的心腹左右，在這種緊要關頭，卻一直沒有出現過。

珠簾後的寶座下還有條秘道，剛才替朱五太爺說話的人，一定已從秘道中溜了。

這個人是不是溫良玉？他能逃到哪裡去？

「不管他逃到哪裡去，都逃不了的。」

「可是我們就算要追，也絕不能走這條秘道！」

「爲什麼？」

「以他的陰險和深沉，一定會在秘道中留下極厲害的埋伏。」

卜戰畢竟老謀深算：「這一次我們絕不能再因為激動而誤了大事。」

大家都同意這一點。每個人都在等著朱雲的決定，只有小馬沒有等。他不願再等，也不能再等。

他又衝了出去，藍蘭在後面追著他問：「你想去哪裡？去幹什麼？」

小馬道：「去揍一個人。」

藍蘭道：「誰？」

小馬道：「一個總是躲在面具後的人。」

藍蘭的眼睛裡發出光，又道：「你認為他很可能就是溫良玉？」

小馬道：「是的。」

外面有光，太陽的光，陽光正照在湖水上。

九月十四，黃昏前。晴。

太陽已偏西，陽光照耀著湖水，再反射到那黃金的面具上。

「就是他？」

「是的。」

小馬有信心：「除了溫良玉之外，我想不出第二人。」

朱雲沒有反應，歡樂的事雖然通常都令人疲倦，卻還比不上悲傷。

一種真正的悲傷非但能令人心神麻痺，而且能令人的肉體崩潰。憤怒卻能令人振奮。

小馬衝出來，瞪著對岸的太陽神使者：「你居然還在這裡？」

使者道：「我為什麼要走？」

小馬道：「因為你做的事——你用朱五太爺的屍體，號令群狼；你不願他們父子相見，暗算朱雲；為了摧毀他們的下一代，你假借太陽神的名，利用年輕人反叛的心理，讓他們耽於淫樂邪惡……。」

這些事小馬根本不必說出來，因為這太陽神的使者根本不否認。

小馬道：「這些事你做得都很成功，只可惜朱雲還沒有死，我也沒有死。」

使者道：「他沒有死，是他的運氣，你沒有死，是我的運氣。」

小馬道：「是你的運氣？」

使者道：「因為朱雲不是你的朋友，小琳和老皮卻是的。」

小琳就在他身後，老皮也在。使者道：「而且你還有雙拳頭，還有個會用劍的朋友，朱雲卻只剩下半條命。」

小馬道：「你要我殺了他，換回小琳？」

使者道：「這世上喜新厭舊的人並不少，也許你會為了藍蘭而犧牲小琳，只不過我相信你絕不是這種人。」他知道小馬不能犧牲小琳，卻可以為小琳犧牲一切。「我也可以保證，以你的拳頭和常無意的劍，已足夠對付朱雲。」

小馬的拳頭沒有握緊。他不能握緊，他的手在發抖，因為他沒有想到一件事，他沒有想到那個會跪在地上舐人腳的老皮，竟忽然撲起來，抱住了這太陽神的使者，滾入了湖水裡。

在滾入湖水前，老皮還說了兩句話：「你把我當朋友，我不能讓你丟人。」

「朋友。」

多麼平凡的兩個字，多麼偉大的兩個字！

對這兩個字，朱雲最後下了個結論。

「現在我才知道，無論多高深的武功，也比不上真正的友情。」

人世間若是沒有這樣的情感，這世界還成什麼世界？人還能不能算是人？

滿天夕陽，滿湖夕陽。

小馬和朱雲默默相對，已久無語。

先開口的是朱雲：「現在我也知道你才是個真正了不起的人，因爲你信任朋友，朋友也信任你，因爲你可以爲朋友死，朋友也願意爲你死。」

小馬閉著嘴。

朱雲道：「誰都想不到老皮這麼樣是爲了你，我也想不到，所以我不如你。」

他歎息，又道：「我也知道我對不起你，可是我至少也可以爲你做幾件事。」

小馬並沒有問他是什麼事，發問的是藍蘭。

朱雲道：「我可以保證，狼山上從此再也沒有惡狼，也沒有吃草的人。」

小馬站起來，說出了他從未說過的三個字。

他說：「謝謝你！」

小琳已清醒。

夕陽照著她的臉，縱然在夕陽下，她的臉也還是蒼白的。

她沒有面對小馬，只輕輕的說：「我知道你在找我，也知道你爲我做的事。」

小馬道：「那麼你——」

小琳道：「我對不起你。」

小馬道：「你用不著對我說這三個字。」

小琳道：「我一定要說，因爲我已經永遠沒法子再跟你在一起，我們之間已經有了永遠無法彌補的裂痕，在一起只有痛苦更深。」

她在流淚，淚落如雨：「所以你若真的對我還有一點兒好，就應該讓我走。」

所以小馬只有讓她走。

看著她纖弱的身影在夕陽下漸漸遠去，他無語，也已無淚。

藍蘭一直在看著他們，忽然問：「這世上真有永遠無法彌補的裂痕？」

常無意道：「沒有。」

他臉上還是全無表情：「只要有真的情，不管多大的裂痕，都一定可以彌補。」

藍蘭道：「這句話你是對誰說的？」

常無意道：「那個像驢子一樣笨的小馬。」

小馬忽又衝過去，衝向夕陽，衝向小琳的人影消失處。

夕陽如此艷麗，人生如此美好，一個人只要還有機會，爲什麼要輕易放棄？

《七種武器》全書完

七種武器（四）七殺手／拳頭

作者：古龍
發行人：陳曉林
出版所：風雲時代出版股份有限公司
地址：10576台北市民生東路五段178號7樓之3
電話：(02) 2756-0949　　　傳真：(02) 2765-3799
封面原圖：明人出警圖（原圖為國立故宮博物館典藏）
封面影像處理：風雲編輯小組
執行主編：劉宇青
業務總監：張瑋鳳
出版日期：古龍珍藏限量紀念版2024年9月
ISBN：978-626-7464-42-7

風雲書網：http://www.eastbooks.com.tw
官方部落格：http://eastbooks.pixnet.net/blog
Facebook：http://www.facebook.com/h7560949
E-mail：h7560949@ms15.hinet.net
劃撥帳號：12043291
戶名：風雲時代出版股份有限公司

風雲發行所：33373桃園市龜山區公西村2鄰復興街304巷96號
電話：(03) 318-1378　　　傳真：(03) 318-1378
法律顧問：永然法律事務所 李永然律師
　　　　　北辰著作權事務所 蕭雄淋律師

行政院新聞局局版台業字第3595號 營利事業統一編號22759935

定價：340元　

國家圖書館出版品預行編目資料

七種武器．四，／古龍 著．　-- 三版.--
臺北市：風雲時代出版股份有限公司，2024.09
冊；公分.（七種武器系列）古龍珍藏限量紀念版
ISBN 978-626-7464-42-7（平裝）

857.9　　113007027